Mit Unterstützung von:

Klagenfurt/Celovec
www.drava.at
Satz und Druck: Drava

ISBN 3-85435-360-X

Blagoja Risteski-Platnar (Hg.)

Das Haus am Ende des Dorfes

Zeitgenössische Erzählungen aus Mazedonien

Aus dem Mazedonischen
von Roberto Mantovani

Aus dem Albanischen
von Joachim Röhm

Mit einem Vorwort
des Herausgebers

Drava Verlag

Zur Aussprache slawisch-mazedonischer Namen

c	wie z in Zorn
č	wie tsch in rutschen
dž	wie j in engl. John
gj	wie g in engl. George
h	wie ch in Krach
k'	wie kch in Häkchen
s	wie ß in beißen
š	wie sch in Schule
v	wie w in wahr
z	wie s in leise
ž	wie j in Journalist

Zur Aussprache albanischer Namen
(in den Texten von Kim Mehmeti)

sh	wie sch in Schule
z	wie s in leise

Betont wird in der Regel die vorletzte Silbe

INHALT

VORWORT DES HERAUSGEBERS

Die fantastische Literatur Mazedoniens

Um zu begreifen, welch eine Großtat, ja eigentlich welch ein Wunder die heutige mazedonische Literatur darstellt, muss man zunächst die Umstände skizzieren, unter denen sie entsteht, sowie die Tradition, auf deren Grundlage die ›Wortkunst‹ in Mazedonien sich bis heute fortsetzt.

Später normiert und somit legalisiert als wahrscheinlich alle anderen uns bekannten europäischen Sprachen (nämlich erst nach dem Zweiten Weltkrieg), gehört die mazedonische Sprache zu den umstrittensten linguistischen Fakten auf dem Balkan. Die umliegenden Völker, die es darauf angelegt zu haben schienen, Mazedonien gewissermaßen von allen Seiten in die Zange zu nehmen, haben im Lauf der Geschichte kontinuierlich und vehement ihre Ansprüche auf jenen geographischen Raum angemeldet, den die Römer *catena mundi* nannten, das Ende der Welt. Diese Grenzmarkierung, die Ost und West voneinander trennt, ist der Punkt, wo zwei Zivilisationen von globaler Bedeutung, die vor allem auf philosophischer und religiöser Ebene Unterschiede aufweisen, sich aneinander reiben und Funken schlagen: der Islam und das Christentum. Wenn einmal alle Wege nach Rom führten, besser gesagt, nach Konstantinopel, so war der Knotenpunkt, an dem sie sich kreuzten und verflochten, Mazedonien. Deshalb galt: Wer dieses Land oder, wie die Byzantiner gesagt hätten, dieses ›Thema‹ beherrschte, der kontrollierte unmittelbar die Meerenge und nahm an den Ereignissen teil, die das Schicksal der Welt prägten, oder steuerte sie sogar.

Seit der Epoche vor unserer Zeitrechnung bis heute sind die Grenzen Mazedoniens reichlich unbestimmt, dehnbar und vor allem hypothetisch. Nimmt man das Reich Alexanders des Großen, dann reichte Mazedonien bis Tibet, wohin der Kaiser bei seinen Feldzügen gelangt war; nimmt man die Grenzen des Reiches des Zaren Samuil, so reichte Mazedonien zu einem anderen Zeitpunkt der Geschichte von der Donau bis zum Peloponnes. Aber die meisten ethnischen Karten zeigen nach dem Zerfall des byzantinischen Reiches und vor allem nach dem Rückzug des osmanischen Reiches vom Balkan ein Mazedonien, das sich vom Golf von Saloniki im Süden und dem Pirin-Massiv im Osten bis zu den Ufern der Seen von Prespa und Ohrid im Westen und zur serbischen Grenze im Norden erstreckt. Nach dem Vertrag von Versailles und jenem von Jalta konnte Mazedonien sich allerdings als eigener Staat auch nicht annähernd in seinen ethnischen Grenzen konstituieren, und sein restliches Territorium wurde zwischen Griechenland, Bulgarien und in geringerem Maße auch Albanien aufgeteilt. So von eklatanten historischen Ungerechtigkeiten traumatisiert, in denen die Starken ihren Willen und ihre Interessen zur Geltung brachten, konnte Mazedonien trotz allem mit erstaunlicher Vitalität seine Kultur, genauer: seine sprachliche Besonderheit erhalten.

Während sich die mazedonische Literatur sozusagen jenseits der Legalität entwickelte, brachte sie besonders auf dem Feld der mündlich weitergegebenen, also der anonymen traditionellen Literatur, für ganz Europa beispielhafte Werke hervor, vor allem im Bereich der Lyrik ... Und darin liegt ein Paradox, genauer gesagt eine geniale Intuition: auf Drohungen und Pogrome, Kriege und tödliche Gewalt, immer geknechtet, immer in äußerster Spannung lebend, antwortet der anonyme mazedonische Autor mit außergewöhnlicher Weisheit. Er singt lyrische Lieder, Liebeslieder, er beschäftigt sich mit dem Beben des Herzens, er preist den Eros. Aber wahrscheinlich ist dies der einzige Ausweg, die Zauberformel, die ihn erlöst, der Angelpunkt, auf den er sein Fortdauern gründet: Andere mögen morden, du aber liebe in geradezu ekstatischer Verzückung, weil nur so das Leben über das gewaltsame Verschwinden triumphieren kann. Auf den Schlachtfeldern, in den gewaltsamen Zusammenstößen, den Weiten, übersät mit zerfetzten Leichen, gibt es nichts, was zu besingen wert wäre, ganz im Gegenteil, all das ist verachtenswert, man muss es zurückweisen und übergehen, um es aus der Erinnerung zu tilgen, man darf nicht zulassen, dass es den Gesang in den Schmutz zieht. Nur die Liebe ist es wert, dass man sie besingt, sie ist es, was den Menschen als solchen ausmacht; diese Quintessenz, die nur der Mensch ziehen kann oder nach allem, was wir wissen, nur die Auserwählten unter den Menschen ziehen können, jene mit einem göttlichen Geschenk bedachten. Genauer gesagt singt die Liebe selbst, sie ist das Wesen des Gesanges, sein einziger hymnischer Grundstoff.

Wenn Sie in der traditionellen mazedonischen ›Wortkunst‹ auf eine epische Erzählweise stoßen, seien Sie weiterhin vorsichtig bei der Bestimmung des Genres, denn vor allem die kurzen Formen sind ohne Ausnahme nacherzählte Gedichte und Lieder. Aber nicht etwa, weil der Sänger erschöpft oder sein Talent versiegt wäre, sondern um des Volumens willen, wegen der komplizierteren prosodischen Struktur. So verhält es sich auch mit der zeitgenössischen mazedonischen Literatur, mit den Autoren, die heute ihre Texte verfassen. Nur geht es hier nicht etwa um traditionalistische Schriftsteller, die vom Erbe fasziniert sind und sich in diesen Grenzen verbarrikadiert haben, keineswegs. Vielmehr geht es um einen Archetyp, um ein festgelegtes prosodisches Modell, von dem sie als mazedonische Autoren umrahmt und abgegrenzt sind und das sich der Sprache, diesem ›Kollektivgedächtnis‹ eingeprägt hat.

Wenn man die mazedonische Literatur seit dem Zweiten Weltkrieg ernsthafter untersucht, wird man zu erstaunlichen, aber auch lehrreichen Ergebnissen kommen. Und zwar hat in dieser Zeitspanne von nur fünfzig Jahren die mazedonische Literatur wie im Zeitraffer den Weg von der Renaissance bis zur Postmoderne durchlaufen und dabei auch nicht eine Etappe, nicht ein universales literaturtheoretisches Modell ausgelassen. Dies zeichnet sich mit derart reliefartiger Klarheit ab, dass man manchmal im Schaffen eines einzigen Autors eine ganze Epoche ausmachen kann, und oft sogar wesentlich mehr. Eine solcherart beschleunigte literarische Entwicklung drängt auf unvergleichlich kleinem Raum die Epochen der

Weltliteratur zusammen, ordnet ihnen die jeweiligen ›Höhenmarken‹ zu und macht die Gründe des Übergangs von einem ästhetischen System zum nächsten deutlich sichtbar.

Die vorliegende Auswahl gründet sich auf zwei Prinzipien: dem der Zugehörigkeit zu einer Generation (zwischen den Geburtsjahren der Autoren liegt eine zeitliche Distanz von gerade einem Jahrzehnt) und dem der Nähe zu einem Genre (das dritte Prinzip, das hier selbstverständlich vorausgesetzt werden muss, ist die axiologische Einstellung des Herausgebers dieser Auswahl). Vier von den hier aufgeführten Autoren, genauer gesagt, ihre Texte, zählen zum Genre der so genannten *fantastischen Erzählungen*. Unter dieser Definition verstehen wir die theoretische Distinktion, wie sie von dem Franzosen M. Tournier für die von ihm als *Conte* bezeichneten Texte vorgenommen wurde und die da lautet: »In der fantastischen Erzählung ist alles erlaubt, solange der Autor den Leser dafür gewinnen kann.« Aber von genauso entscheidender Bedeutung sind die Vorstellungskraft des Autors und seine Ausdruckskraft, die den Leser dazu verleitet, in die fantastische Welt der Erzählung einzutauchen, wie in jene von Dragi Mihajlovski, wenn beispielsweise Milton, der Autor des »Verlorenen Paradieses«, hier und jetzt in Gestalt eines Katers auftritt.

Der fünfte Autor, der in dieser Auswahl am Beginn steht, gehört im Sinne des Genres eigentlich nicht hierher, denn seine Texte repräsentieren eine sehr spezifische und seltene literarische Gattung, die sich *essayistische Prosa* nennt. Doch auch abgesehen von allen Definitionen kann man ihn, Ferid Muhić, einfach nicht übergehen. Zu Recht stellt das serbische Akademiemitglied Nikola Milošević mit der ihm eigenen Autorität im Vorwort zu Muhićs Buch *Der goldene Schild* fest: »Die essayistische Prosa von Ferid Muhić befindet sich auf dem höchsten Gipfel dieses Typs von weltlicher Prosa, genauer gesagt stellt sie selbst diesen Gipfel dar.«

Zwei der Autoren, Ferid Muhić und Kim Mehmeti, sind ethnisch gesehen keine Mazedonier und überdies zweisprachige Autoren: Muhić schreibt auf Bosnisch und auf Mazedonisch, und Kim Mehmeti, der große Autor fantastischer Literatur, schreibt mazedonisch und albanisch, womit im Grunde eine weitere Besonderheit Mazedoniens als Land und als Literatur angesprochen ist, nämlich seine Multiethnizität und seine sprachliche und religiöse Buntscheckigkeit. Das heißt: Mazedonien, diese *catena mundi*, teilt nicht nur die Welten, sondern vereint in sich die Kulturen. Dies hat zweifellos tiefe zivilisatorische Implikationen und es zeigt, welch große Weisheit in der Kohäsion, im Zusammenhalt liegt.

Blagoja Risteski-Platnar
Prilep, im Jänner 2001

FERID MUHIĆ

Der goldene Schild

Pajo und der Hund

Zwei Tunnel

Der goldene Schild

Wenn die Kelten in den Krieg zogen, ließ jeder von ihnen einen Stein auf einem Haufen zurück. Nach der Rückkehr nahm jeder Krieger wieder einen Stein an sich und legte ihn beiseite. Die Zahl der übrig gebliebenen Steine, die niemand weggenommen hatte, war gleichbedeutend mit der Zahl der Männer, die aus dem Krieg nicht zurückgekehrt waren. So wuchs dieser Haufen unaufhörlich, nach und nach, und wurde zum Grabhügel. In jedem von uns hat alles – die Tage, die nicht wiederkehren, die Menschen, die uns für immer verlassen haben, die Blumen, die wir nie wieder werden pflücken können und an denen wir nicht mehr riechen werden ... – hat alles, was für alle Zeit dahingegangen ist, in uns Steine hinterlassen, jeweils ein Steinchen, ein Stückchen Kies oder eine Hand voll Sand, die wir nicht mehr fortbringen. Wenn nämlich einmal jemand diesen Stein irgendwo hingelegt hat und liegen lässt, wird es niemand sonst gelingen, ihn je wieder aufzuheben. Wörter, Lieder, Bücher – sie sind nichts anderes als ein solcher Stein, umgeschmolzen in Klang oder Zeichen, in uns ausgegossen von all denen, die wir nie wieder sehen werden. So bleibt uns alles für immer erhalten, und nichts kann verloren gehen. Wenn uns die Blumen, die Vögel, die Menschen verlassen, was auch immer und wann auch immer, so verwandeln sie sich in Gegenstände, Klänge, Stein; und die Gegenstände, die Klänge, der Stein wandeln ihr Sein langsam in Leuchten und Schönheit um. Sie verweben sich in einen Stein, den wir irgendwo irgendwann einmal jemand hinterlassen werden, wenn wir von unserem Krieg nicht mehr zurückkehren.

*

Unaufhörlich, Tag und Nacht, ist der Stein wach und am Werk. Er gräbt und bohrt. Jetzt, über mir, schließt er den Bogen des alten Stadttors von Konstantinopel. Aus gutem Grund bezeigte Meister Eckhart den Werken aus Stein den größten Respekt. Und wenn ich den roten byzantinischen Ziegel, der das Sonnenlicht von vor sechshundert Jahren erinnert und bewahrt, mit dem roten Granit vergleiche, aus dem die runden Kuppeln gebaut sind, und der die Macht hat, das Aussehen der Sonne von vor mehreren Hunderten Millionen Jahren ins Gedächtnis zu rufen, dann bin ich bereit, in einem einzigen Punkt die Aussage des großen Mystikers zu ergänzen: Der Stein arbeitet wirklich unaufhörlich, und zwar sogar dann, wenn er zu nichts dient!

Die riesige Säule aus Kalkstein auf dem Ovčenec, der blaugraue Basalt von Taula, der Stein auf der Ljubotenska Livada – sie alle dienen zu nichts, und doch arbeiten sie ohne Unterlass. Mehr und wirklicher als die in majestätischen Schwärmen herabstürzenden Felsen vom Schlag der Meteoriten!

Denn bei allen alten Mauern und Türmen ahnt man verborgen im Stein das Fallen von Milchtropfen, wie ein Klopfen auf die Gehörmembran, Tropfen, die von den Baumeistern eingemauert wurden, um für immer dort zu bleiben. Sie entsprechen dem illusionistisch geschickt umgesetzten Traumbild der rosafarbenen frischen Brüste jener ganz jungen und überaus schönen Frau, der jüngsten und schönsten, die schon immer als Opfer darbringen musste, wer jemals etwas baute, was Bestand haben sollte. Denn darin besteht die Baukunst: dass etwas mit Mauern umzogen wird, abgeschlossen, überbaut, um bewahrt und verborgen zu sein. Die besten Türme sind diejenigen, worin die Baumeister das eingemauert haben, was ihnen das Liebste war; und die Pyramiden wären schon längst eingestürzt, lägen nicht die Pharaonen in ihnen begraben. Auch die Pyramiden sind nichts anderes als diese keltischen Steine, die anzeigen, dass die Pharaonen niemals wiederkehren.

Aber diesen Felsen ist schon längst die Macht genommen, ihr Werk zu tun. Wir haben sogar den Stein gelehrt, uns zu dienen, aber zweifellos gibt es außerdem noch eine Arbeit, deren Sinn nur der Stein kennt, eine endlose, ununterbrochene Arbeit. Er achtet nicht auf die Sonnenglut, nicht auf die Mondnacht, nicht einmal, wenn die Maiglöckchen blühen, noch wenn inmitten des Farns, bei den Weiden, um ihn herum die Nixen tanzen.

*

Und als das westliche Tor Konstantinopels hinter mir lag, um über anderen Schicksalen und Menschen zuzufallen, betrat ich das Museum und ging halb absichtlich und doch ohne klare Absicht genau dorthin, wo er in einer Glasvitrine stand – der goldene Schild! Was dazwischen war, hat sich aus meinem Gedächtnis verloren. Ob ich nun den einen oder den anderen Weg dorthin gewählt habe, ob ich jemand begegnet bin, ob ich mit jemand etwas gesprochen habe, oder ob in der Einsamkeit allein das Geheimnis mir gefolgt ist – ich weiß es nicht. Geblieben ist nur der Eindruck von durchsichtiger Bläue und dem nicht fassbarem Licht des Gewölbes, worin alles, was es zu sehen gab, klar und sicher zu sein schien wie in einem euklidischen Traum.

Dieser Schild, sagt man, wurde einst dem Propheten selbst geschenkt, von einem neubekehrten

Scheich aus der jemenitischen Wüste. Es war eben der, der sich einen zwölfstöckigen Turm gebaut hatte, wobei er die Decke des letzten Zimmers im obersten Stockwerk ganz aus durchsichtigem Alabaster hatte fertigen lassen; dort beobachtete er am Tag die Vögel, wie sie vorüberflogen und sich nachts in ein Flimmern von Sternen verwandelten. So schaute er mit weit aufgerissenen Augen, auf dem Rücken liegend. Niemand durfte sich dann in diesem Zimmer, ja nicht einmal in diesem Turm aufhalten, solange er dort verweilte, in den Himmel verloren, sein Körper nur durch ein Gewölbe aus Alabaster vom Licht getrennt.

*

Der goldene Schild wog einst volle sechzehn Kilogramm. Jetzt sind es kaum noch vier. Und wirklich ist die Materie des Schildes geradezu durchsichtig, wie ein Rosenblatt im Spätherbst. Doch gibt es an ihm nichts Blendendes; sein Schein ist klar und der Glanz zurückhaltend tief, als hinge er nicht von der Menge des verbliebenen Goldes ab und sogar als käme der Glanz nicht eigentlich von dem Gold. Er ist wie ein Blatt, aber ein Blatt, das den Blütenduft einer persischen Rose bewahrt, damals irgendwann verwelkt, in einer Maidämmerung. Die Dämmerung ist auch die Zeit, wenn die Morgenröte sich mit Blütenblättern von stillem Weiß überzieht und mit der sanften Röte des Duftes persischer Rosen.

*

Nein, keine Vandalen haben das Gold des Schildes abgeschlagen. Als eine Reliquie von größtem Wert wurde er sorgsamer als das Leben selbst gehütet. Der goldene Schild war immer bewacht. Wie das Herdfeuer, von dem die ganze Zukunft abhängt. Es gelangten zu ihm allein die Gläubigen, die lange

Pilgerfahrten ins Ungewisse unternahmen, nur um den Schild zu sehen und sich ihm mit den Lippen zu nähern ...

Nach langen Jahrhunderten unaufhörlicher Küsse und ehrfürchtiger Berührungen begann der goldene Schild nach und nach dahinzuschwinden, bis er schließlich bei den heutigen vier Kilogramm Gewicht angelangt war. Er liegt in einer Glasvitrine, gesichert mit einem Alarmsystem. Immer noch kann man ihn sehen, aber er ist den Lippen und Liebkosungen entzogen.

*

Und wieder ergoss sich vom Blau herab der Schein, durchsichtig. Das Gewölbe aus Alabaster öffnete sich, auf dem murmelnden Wasser tanzten die Schatten des jungen Buchenlaubs. Auf dem Rücken liegend, den Blick auf die Vögel und die Sterne gerichtet, ahnte der Scheich sicher nicht, dass drei Viertel von seinem goldenen Schild, von seinem Geschenk an den Propheten, zu nichts verbrannt werden sollten durch die Küsse von Jahrhunderten. Was wäre wohl geschehen, wenn man diesen Schild nicht abgeschirmt hätte? Wenn die Küsse und Liebkosungen fortgedauert hätten? Bis der Schild ganz hinweggeschmolzen wäre, auf drei, auf zwei, auf ein Kilogramm? Auf ein halbes Kilo, auf hundert Gramm! Wie dann schneller noch und leidenschaftlicher die Pilger in langen Reihen dorthin geströmt wären, immer in der Hoffnung: ob sie nicht vielleicht doch noch wenigstens ein Bruchstückchen des goldenen Schildes erreichen möchten! Wie sie dann auf jene letzten Gramm geschaut hätten, jene letzten Überreste des letzten Gramms, dieses kaum noch sichtbare Körnchen Lichtschein, diesen Schutzschirm für die Erinnerung an die langen Jahrhunderte, in denen der Schild existiert hatte, und für die unendliche Zahl von Jahrtausenden davor, die alle in den Schild eingeschmiedet waren! Der Moment vor dem letzten Kuss, das Erbeben vor dem Übergehen ins Nichts!

*

Später dann, wenn nur noch Erinnerung übrig geblieben wäre an den goldenen Schild, vielleicht würde dann der Ort, an dem er gelegen hatte, zum Mittelpunkt der erneuerten gläubigen Begeisterung der Pilger!? Vielleicht würde jener Glanz, der sich dort einmal festgesetzt hatte, sich von dort nicht mehr verlieren!? Vermehrt um die Beschreibungen derjenigen, die ihn einst noch gesehen hatten, und noch mehr durch die leidenschaftliche Fantasie derjenigen, die ihn nie gesehen hatten – vielleicht würde doch an dem Ort seines Verweilens für immer eine Art von Helligkeit schwebend zurückbleiben, wie verborgene Glut unter einer lockeren Schicht Asche, und das für alle Ewigkeit!?

Ausgestreckt auf dem Rücken, den Blick durch den alabasternen Filter in die Unendlichkeit gerichtet, wusste der jemenitische Scheich vielleicht auch, was mit seinem Geschenk geschehen sollte, mit dem goldenen Schild. Vielleicht hätte er dies gerade gewollt – dass dem Schild das zugefallen wäre, was dem Menschen unmöglich ist: zu leben und dabei das Gold des eigenen Fleisches und der Gedanken, der Gefühle und Erlebnisse eben nicht aufzusparen und auch nicht das kleinste bisschen von dem zurückzuhalten, was zum Besten in uns gehört und dem Verderben entzogen ist.

Dass kein Lächeln versteckt wird, kein Wunsch, nichts vom eigenen Leben, dass es nicht die Küsse und Liebkosungen entbehren muss. Wirklich unwiederbringlich ist nur das verloren, was man für sich behält – was aufgespart wird, ganz wie getrocknete oder verdorrte Blumen. Sie sind von der allumfassenden Vegetation, von ihren Familien losgerissen und für immer verloren. Aus ihnen kann niemals, niemals mehr etwas keimen. In Ikebana-Arrangements oder im Herbarium sind sie nur der Beweis dafür, dass sie für immer von der großen Kette der Existenz losgerissen sind, ein Beweis für ihre Abwesenheit von dem, was eigentlich die Realität ist. Sie *sind* nicht! Für immer und ganz und gar kann nur erhalten werden, was einmal ausgegeben werden soll. So erhält und vermittelt sich, was in uns das Beste ist: die Güte, die Leidenschaft, die Küsse. Der Geist und das Wissen. Das Talent.

(Die trockene, papieren raschelnde Haut, übersät von den Zeichen des Alters, gelb wie trockene Erde; darin dicht gedrängt Sporen, Scherben, Knochen. Unter dem Stirnbogen die getrübten Augen, dahinter, erstarrt im Grabesentsetzen, die Zellen des zerstörten Gehirns. Salvador Dalí, der immer noch malt. Die letzten Tropfen dichter und süßer Schönheit fallen quälend langsam aus den Tiefen des Bewusstseins und dem Vorgefühl des unausweichlich nahenden Ausruhens. Dunkel und schwer, wie Tropfen trockenen Honigs, fallen die Feigen durch die Transparenz des Oktobers.)

Wer an Güte, Kraft, Talent und Liebe gespart hat, wer sie gespart hat, um sie nicht zu verschwenden, hat seinen Verlust nur vergrößert. Alles, was er sich bewusst vorenthalten hat, macht diesen Verlust immer größer. Und da es keinen Menschen gibt, der nicht etwas gespart hätte, das heißt, der sich nicht selbst etwas vorenthalten hätte, in der Hoffnung, so einen Teil seiner selbst und seines Wissens, seiner Kraft, seiner Gefühle zu bewahren, gibt es also auch niemand, der nicht etwas verloren hätte. Und es gibt niemand, der nicht etwas verlieren wird. Jeder schließt sich manchmal in einer gläsernen Vitrine ein und stellt die Alarmanlage an. Aber da man eine solche Isolierung nicht vermeiden kann, ein derart falsches Sparen, kann man es doch vielleicht verkürzen und zeitlich ordnen. Der Mensch muss sich nur an den goldenen Schild erinnern, um zu sehen, wie falsch das ›Beiseitelegen‹ ist, das ›Aufbewahren für schlechte Tage‹ der eigenen Güte, der eigenen Sensibilität, der eigenen Talente und der eigenen Kraft (so wie man Sachen auf der Bank aufbewahrt, im Tontopf, in der Speisekammer, im Strumpf, unter der Matratze ...). Um zu verstehen, dass also dies der größte Fehler ist, den der Mensch begehen kann. Nicht nur, dass solches aus unserem Sein zurückbehaltenes Gold keine Zinsen bringt, sondern, was noch schlimmer ist und unumkehrbarer – nichts von dem Aufgesparten kann man mehr abheben, an sich nehmen! Mehr noch: Den Ort, wo man es abgelegt hat, wird man niemals finden, und selbst wenn dies möglich wäre, würde man dort nichts mehr vorfinden. Dieses Gold ist verschwunden, aber nicht durch Küsse. Ins Nichts. Unbrauchbare Güte oder Liebe wurde in einen Spalt ohne Boden geschleudert. Wer nicht will, wenn er kann, wird nicht können, wenn er will.

Lieber doch auf Küssen emporgetragen werden! Lieber verschwinden, abgetragen werden Schicht für Schicht, um so viel leuchtender, je dünner die Grundlage dieses Glanzes ist! Wenn es wahr ist, dass jeder Mensch immer Verlust macht, kann dann das Schicksal des goldenen Schildes, wenn der Mensch es nur bis zum Ende durchleben könnte, nicht doch wenigstens ein gewisses Minimum in dieser endgültigen Bilanz bezeichnen? Ohne Dreingabe, ohne Ersparnis, und genau deshalb ganz erhalten!? Und wenn ein solches Leben nicht möglich ist, bedeutet nicht schon das Bewusstsein, dass es gedacht werden kann, in gewisser Weise die Lösung? Läge er nicht hinter kugelsicherem Glas, würde der goldene Schild uns sicher zeigen, was das bedeutet – ein Leben ohne Verlust. Oder – Bewahrung ohne Verlust: die vollständige Bewahrung durch den vollständigen Verlust.

So dass man verfolgen könnte, wie die Substanz weniger wird, wie der Körper vergeht, solange die Zeit vergeht, und wie das Leuchten wächst und immer mehr davon hinzukommt. Viele Leute haben versucht, das Geheimnis des goldenen Schildes zu enträtseln. Während ihre Säfte austrockneten und ihre Kraft abnahm und sie selbst weniger wurden, während immer weniger von ihnen übrig blieb, verbreitete sich um sie herum immer schöner und klarer der sanfte Schein.

*

Einige wiederum sind schon früh spurlos verschwunden. (Wie der ungarische König, der 1526 die Schlacht bei Mohács gegen Süleyman den Prächtigen anführte. Verfrüht geboren, um sieben Monate, verfrüht gekrönt – mit zehn Jahren –, verfrüht verheiratet und verfrüht umgekommen, in einer goldenen Panzerrüstung, das Gesicht in den Schlamm der Landstraßen von Mohács gedrückt, die von den langen Regenfällen überschwemmt waren.) Manche gingen und waren noch nicht gereift, waren noch nicht so weit gekommen, Küsse oder die Berührung der Hände zu verschwenden oder die guten Wünsche derjenigen, von denen sie geliebt wurden. Tränen dagegen kann man sowieso nicht verschwenden. Der Mensch hat mehr davon vorrätig als Gründe dafür. Jeder einzelne könnte die ganze Welt beweinen. Und doch blieb auch von ihnen immer ein starker, kräftiger Glanz zurück, der bewies, dass der Tausch gerecht gewesen war: Existenz gegen Erinnerung! Was sie von ihrem Gold genommen hatten, das haben sie an Küssen zurückgelassen, als unseren Maßstab für Zärtlichkeit, und in ebendiesem Maße ist bei uns das Gefühl dafür gewachsen, was sie uns vorenthalten haben.

Aber diejenigen, denen es gegeben ist, länger zu bestehen, sie können die Lektion vom goldenen Schild lernen: dass wir uns denen überlassen, die uns lieb gewinnen und lieb haben, damit sich also die Bedeutung der Vögel und der Primeln, der Erdbeeren und der Wölfe, der Sterne und der Menschen hält und bestätigt. Mehr als das kann man gar nicht lernen.

*

Denn um wie viel geringer wären die Erlebnisse und Ekstasen, die ängstlichen Freuden und die begeisterte Hingabe gewesen, und wie viel hätten die Menschen auch von der verwirklichten Gefühlsintensität verloren, wäre der goldene Schild von Beginn an verborgen gewesen und jenseits der Reichweite von Lippen und Händen aufgestellt!

Wie viel Tausende Küsse, wie viel tausend Menschen braucht es, um ein Gramm Gold verschwinden zu lassen! Was wäre da der Maßstab für Liebe und Leidenschaft? Sagen wir – wenn ein durchschnittlicher Kuss genügte, ein Milligramm Gold abzutragen, wessen Kuss wäre da fähig, ein ganzes Gramm zu schmelzen? (Wie Helena in Troja, die wegen ihrer Schönheit tausend Schiffe zu sich in Bewegung setzte – die nach ihr zu benennende Maßeinheit für die höchste Schönheit wäre ein Millihelén: so viel Schönheit, dass es zur Bewegung eines einzigen Schiffs ausreicht! Wer vermag das?

Und wiederum, wenn es jemand vermag: muss dafür die ganze Mannschaft auf dem Schiff verliebt sein oder reicht ein einziger verliebter Matrose?)

Deshalb ist der Verlust nur dann wesentlich, wenn irgendein Mensch jung gehen muss: dann geht der Schild aus Gold dahin, obwohl er noch groß und schwer ist; es gehen unendlich viele Partikel dahin, die durch Freude, durch Berührung mit der Welt in Glanz hätten übergehen können. Wenn aber einer im hohen Alter heimgeht, verhutzelt, verschrumpelt, geschrumpft, jemand, der bis zum letzten Ende, wie lange er auch gelebt haben mag, großzügig sich allen Lippen dargeboten hat, die ihn haben küssen wollen, dann erfasst uns eine ruhige, beinahe heitere Nachdenklichkeit; geradeso als hätten wir den letzten Kuss beobachtet, unter dem das Letzte verschwand, was noch von dem schönen und ruhmreichen goldenen Schild übrig geblieben war.

Auch die Verzweiflung, nicht nur die Liebe, und das krampfhafte Zupacken, nicht nur die leichte Spannung der Lippen, hatten oft Metall, Marmor und Granit zum Schmelzen gebracht. In den Konzentrationslagern, in den Kasematten der ganzen Welt, wo auch immer die freiheitsdurstigen Gefangenen die Gitter packen konnten, überall geschah dasselbe. Schon immer dünner, wären die runden eisernen Gitterstäbe schließlich mit Händen, durch die das Bewusstsein der Freiheit strömte, vollkommener durchtrennt worden als mit den stärksten Feilen. Es wären weder die Metallspäne noch die verbogenen, zerbrochenen, aber immer noch vorhandenen und weiterhin wirklichen Eisenstäbe erhalten geblieben. Einfach in der Leere verschwunden wären sie und hätten die vorab gelernte »Formel der Gitter des Himmels« negiert.

Auch die Treppen, über die Tausende Leute unaufhörlich gehen, müssen erneuert werden, denn sie werden abgelaufen, werden dünner, wurmstichig, obwohl der Marmor nicht wurmstichig werden kann. Was wäre, wenn man sie bis zum Ende stehen ließe? Würden sie einstürzen? Die dort befindlichen Menschen, würden sie abstürzen? Und wer hat das ausprobiert? Wer hat sich schon dazu entschlossen, sie einmal bis zum Ende stehen zu lassen? Vielleicht haben die Leute nur nicht den Mut, das auszuprobieren, einfach weil sie ahnen, was in Wirklichkeit geschehen würde: die Treppen würden verschwinden, und die Leute würden ohne sie emporsteigen, aufwärts, in die Höhen, und würden dabei jene Annahme der Scholastik bestätigen, dass der Mensch das Wesen ist, welches sich erhebt, nach den Höhen strebt.

Was für ein Schauspiel wäre das und welch ein Schock für all diejenigen, die wollen, dass der Mensch unten bleibt, niedergedrückt, und welch ein Schock für alle die, die gerne Kontrolleure wären, um das Steigen der Leute zu überwachen! Denn solange sie existieren, garantieren die Treppen die absolute Wichtigkeit und Unentbehrlichkeit desjenigen, der sie gebilligt hat, der im Voraus geplant hat, wer wann wie hoch und über welche Treppe emporsteigen wird! Aber wenn nur eine einzige Marmortreppe bis zum Schluss stehen gelassen würde, bis zum Zerfall und totalen Verschwinden, dann würde dies darauf hinweisen, dass überall um uns herum potenzielle, unsichtbare, verschwundene Treppen sind, über die jeder von uns, der nur will, dorthin steigen kann, wohin er will! Ein ganzes System des sichtbaren und von daher erlaubten Auf- und Abstiegs würde verschwinden und hinfällig werden! Wenn man alle Gefängniswärter der Welt zusammengerufen hätte, dass sie jene letzten Abdrücke der Hände betrachteten, von deren Druck die spinnwebfeinen Fädchen der einstmals dicken Eisengitter geradezu transsubstanziiert worden waren, aus der Existenz in die Nicht-Existenz, aus einer Barriere in die Freiheit! Wer von ihnen würde noch die Kraft aufbringen, gleich wen und wann auch immer noch einmal einzusperren!? Wer würde den Anblick vergessen, als die ganze Unendlichkeit des Raumes in die aufgerissene Zelle der Einsamkeit einbrach? Wer würde beschließen, auch nur ein einziges neues Gefängnis oder Lager zu bauen, für auch nur einen einzigen Menschen!?

Und wenn das Märchen vom goldenen Schild davon spricht, wie mit dem Verschwenden von Kostbarkeiten diese Kostbarkeiten wiederhergestellt werden, sind die Gitter das Märchen darüber, wie das Kostbare sein Gegenteil sogar dann niederwirft, wenn dieses sich in Stahl und in die dicken Mauern mächtiger Gefängnisse gegossen hat.

*

Der Stein tut eine Arbeit, unaufhörlich. Er erlaubt dem Regen Küsse und dem Wind, ihn mit seinen Liebkosungen abzuschleifen, bis zum letzten Körnchen Staub. Er vergeht und hinterlässt nichts, keine Spur und keinen Rest. Genauer gesagt, er vergeht nicht. Er – verschwindet.

In jedem von uns hinterlässt alles – die Tage, die nicht wiederkehren, die Menschen, die uns für immer verlassen haben, die Blumen, die wir nie wieder werden pflücken können und an denen wir nicht mehr riechen werden ... – alles, was für alle Zeit dahingegangen ist, all dies hat in uns Steine hinterlassen, jeweils ein Steinchen, ein Stückchen

Kies oder eine Hand voll Sand, die wir nicht mehr fortbringen.

Mit jeder getanen Tat nehmen wir eine sichtbare Stufe weg und bauen eine unsichtbare, die nicht mehr wachsen kann, aber auch nicht fallen; mit jedem schönen Erlebnis (wir sind hier – wegen der Schönheit) nehmen wir eine unendlich feine Schicht Gold von unserem Schild und verwenden es auf den unauslöschlichen Schein, der des Goldes nicht bedarf; mit jedem Akt des Widerstandes gegen diejenigen, die uns gefangen halten wollen, reißen wir eine Schicht Eisen von den Gittern ab, die sich über unseren Himmel erstrecken und ersetzen sie durch ein Teilchen Alabaster, durch den man betrachten kann, wie schnell die wilden Tauben fliegen.

Pajo und der Hund

Wo ist Pajo? Wo *ist* Pajo wirklich?

Im Aufzug. In der hämatologischen Klinik. Er schaut aus den Augenwinkeln und sieht sich um. Denkt nach. Er zögert: Besuch ist gekommen, absagen wäre unhöflich. Und trotzdem – eigentlich ist es nicht mehr Zeit für Besuche, nie mehr.

Unterteil: bunter Krankenhauspyjama, oben: rot-blaues Sporthemd.

Pajo-Pajasit. Klein, helle Haut. Der Unterkiefer geht übermäßig zur Seite, wegen der fortgeschrittenen Krankheit, von Zeit zu Zeit hängt er seitlich schräg nach unten. Die Lippen sind ihm geschwollen, als sähen sie ein, wie unnötig und ohnmächtig die Worte sind. Auf der Stirn durchsichtige, dünne Haut, glatter als die Haut eines ungeborenen Lämmchens, ein Palimpsest, auf dem sich nun der letzte Text abzeichnet.

Seine Augen sind blau, müde, sehr reif, wie späte Beeren, wie sie inmitten der hohen Pflanzenstiele im August aufleuchten. Den Blick nach innen gerichtet, verlöschen sie und brennen. Pulsieren. Kurzes, schwarzes Haar; wie mit Gewalt ausgerechnet auf diesen Kopf gesetzt, von dem es, wenn auch vergeblich, zu fliehen versucht. Die Arme – eigentlich Ärmchen: dünn, klein, zerbrechlich, aber doch auch lang und wie nachträglich angebracht. Sie stehen von Pajo ab wie ein zweites Ich, wie eine Stütze und ein Halt. Pajo ist gerade sechzehn.

Die Krankheit hat ihn ruiniert.

*

Dort, auf dem ragenden Felsen, der sich zum Himmel hin abzeichnet, über der hoch gelegenen Quelle bei Čam, direkt unter den Gipfeln des Stogovo – diese dünne Vertikale über dem Abgrund, dieser Einschnitt und dieser Punkt mitten im Rachen der Unendlichkeit – das ist Pajo. Unter ihm das glänzende und kräftige Grün der jungen Buchenwipfel – durchbohrt hier und da von einer kerzengeraden Tanne wie mit einem dunklen, langen Nagel. In der Ferne der Glanz des Schnees vom Frühling, überzogen mit einem Film glänzend gebrannten Silbers. Darüber – das Blau, am Grund – die Radika. Dazwischen – Berge und Menschen. Pajo, inmitten von all dem.

Wo ist Pajo? Wo *ist* Pajo wirklich? Da ist er, auf dem engen Pfad, da kommt er. Links von ihm ist der Babin-Kamm, ein Gipfel des Stogovo, fern und einsam; rechts von ihm sind Krčin, Velvar, grüne Bergsättel wie Wellen, von deren Kämmen der Schnee schäumt und auf denen ganz oben, schwarz und stark, ein Schiff schwimmt – der Korab. In den Händen hält er den Hirtenstock, trägt ihn leicht und sicher wie ein Schwert. Und die Arme sind lang und sicher, schon sehr gewachsen. Vor Pajo eine Herde Schafe, vor den Schafen zwei Hunde. Der dritte überquert den Hang über der Quelle und nimmt die Späherposition ein. Er kontrolliert die Herde und wacht über Pajo.

Wo ist Pajo? Wo *ist* Pajo?

Er steht vor uns, kräftig und dunkel. Seine Augen sind blau, wie Sheffield-Stahl. Er spricht wenig. Ungern. Wir müssen zusehen, dass wir uns zusammennehmen, damit er uns angesichts der Weiten, mit denen er kurz zuvor vertrauensvoll gesprochen hat, überhaupt wahrnimmt. Sein Schritt ist leicht, fest, sicher. Er weiß, wann er wohin und weshalb seinen Schritt setzt. So sind auch seine Worte. Ein richtiger Mann, obwohl er gerade erst fünfzehn ist.

*

Zwei junge Hunde spielen um uns herum. Der dritte, hübscheste, steht Wache. Vergeblich rufe ich ihn. Wir werfen ihm Brot zu, das Pajo für uns aus der Tasche geholt hat – der Hund kommt nicht. Die zwei Hunde hier fressen, er schaut nur zu. Plötzlich stürzt er sich hinunter ... Blitzschnell bringt er ein Lamm zurück und ist schon wieder oben, auf seinem Platz. Zusammen mit Pajo reizen wir diese zwei Hunde zum Kampf, um den dritten herbeizulocken, »das ist der Stärkste vom ganzen Gebirge«, wie Pajo ihn lobt. Nichts hilft. Kein Rufen, kein Pfeifen. Dort oben, auf dem Aussichtspunkt, auf dem vorstehenden Felsen, weht die lange dunkle Mähne am Hundehals. Ein Hund, der weiß, wann er was und wie will. Man sieht, Pajo liebt ihn heftig und jubelt innerlich, dass der Hund der Prüfung gewachsen ist: Er verlässt nicht grundlos seine Herde. Er vertritt seinen Pajo, der da unten einfach so einen Teil von der wirklichen Schönheit vertut, die sie beide kennen, wenn sie allein sind; aber was soll man machen, Pajo hat Gäste. Pajo und er sind zwei eindeutige Stützen, zwei gute Gründe, derentwegen die Herde überhaupt besteht.

Die Herde wiederum ist der Hintergrund, das Medium, durch das Pajo und der Hund sich treffen und verwirklichen. Die Herde ist das Material für die Arbeit, die sie beide zu tun haben und der Pflock, an den sie die Geschichte ihrer Freundschaft binden.

*

Pajo beendet das karge Gespräch. Die Herde muss zu den Abhängen geführt werden, wo die Sonne noch ein paar Stunden länger scheinen wird. Selim bittet ihn: »Sing was, Pajo«, und uns sagt er, dass es keinen besseren Sänger auf dem Stogovo gibt.

Aber Pajo scheint gar nicht hinzuhören. Er verabschiedet sich. Er sagt, dass es wohl bessere gibt und dass er jetzt sicher nicht wie eine Frau zwischen Tür und Angel irgendwelche unwichtigen Gespräche führen wird. Leichtfüßig klettert er schräg nach rechts, zum westlichen, von der Sonne beschienenen Hang, von dem aus man glitzernd den See erblickt, und ein Stück von den Häusern der Broschtitschki und Papradiški. Da oben ist er schon, Pajo, in der Weite des Abhangs, er marschiert durch Hahnenfuß und Primeln.

Und auf einmal fängt er an zu singen:

»Als ich loszog, Cveta, in fremdes Land
Tränen hast du, Cveta, vergossen viel.«

Mit starker, männlicher Stimme singt Pajo, singt, und durch den Stogovo läuft ein Beben. Genau wie jene »göttliche Schalmei«, von der Plato spricht, so sicher, eben und ohne Zweifel fließt sein Lied. Wenn Pajo nicht die »Schalmei ist, auf der die Götter spielen«, dann ist er sicher die Stimme des ganzen Gebirges, das durch ihn singt. Dieses Lied ergießt sich in die Formen der Landschaft, in die Anhöhen und Täler und Ebenen; es hallt wider, so schwarz und schwer, dass es schwärzer nicht mehr geht:

»Tränen hast du, Cveta, vergossen viel,
Auf die Kinder, Cveta, geschworen hast,
Dass du treu mir, Cveta, stets bleiben wirst ...«

Pajo singt, als ob in ihm alle versammelt wären, die bis dahin seit Urzeiten diese Gegend verlassen haben und ihre Cvetas in Tränen schluchzend Treue schwören ließen.

»Eilend kam ich, Cveta, zu dir zurück,
Um die Kinder, Cveta, war's schade mir ...«

Pajo singt, als ob er allein die Stimme all derer ist, die von hier weggegangen sind und Frau und Kinder zurückgelassen haben; als gäbe es Pajo gar nicht – da ist allein diese starke Stimme, die zwischen dem Himmelsblau und der Radika widerhallt. Laut klingt das Lied, dass die Stimme bricht, das Lied, dieses Wissen, das keine Worte braucht, es hebt sich und kreist, um später zu jenen geschlossenen Türen und verschlafenen Kindern in der Nachbarschaft zu gelangen, und zu Cveta, die dem Liebhaber schwarzen Kaffee kocht und ihm das weiße Gesicht küsst:

»Die Tür fand ich, Cveta, verschlossen fest,
Und die Kinder, Cveta, verschlafen noch,

...

Schwarzen Kaffee, Cveta, kochst du für ihn
Und du küsst ihm, Cveta, sein weiß' Gesicht«

Durch Pajo singen alle, die ängstlich bangten um ihre verlassenen Kinder und ihre Cvetas, sie singen wie gemeinsam durch seine junge und klangvolle Seele. Alles tönt, solange Pajo das Lied von ihnen allen singt.

*

Als Pajo zu singen anfängt, kommt sein Hund, dieser eine richtige, stürzt sofort von seinem Beobachtungspunkt herbei, trabt für einen Augenblick durch die Herde, die sich vor ihm auftut wie das Rote Meer vor den Flüchtlingen aus Pharaos Ägypten, und als er zu Pajo aufschließt, beginnt er um ihn herum zu springen und ihn bei jedem Sprung mit seiner großen Zunge zu küssen. Was weder Brot noch Zuruf noch die Herausforderung zum Kampf erreicht haben, gelingt Pajos Lied. Man sieht, dass der Hund eigentlich nicht deshalb lebt, arbeitet und die Herde bewacht, weil er etwa genetisch oder durch Abrichtung mit der Herde verbunden wäre, sondern nur, weil er es liebt, Pajo singen zu hören. Der ganze Sinn seiner Aufmerksamkeit und Konzentration drückt sich offenbar nur äußerlich, instrumentell als Sorge um die Herde aus. Er weiß einfach, dass Pajo nur dann singt, wenn er, der Hund, sich als wirklicher Hüter der Herde erweist, und er weiß, dass er all dies nur tut, damit Pajo singt. Er würde sofort die Herde verlassen, wenn Pajo die Berge verlässt; er würde vor dem Kaffeehaus warten, wenn Pajo dort Sänger wird, er würde sich in einen Winkel der Mailänder Scala hineinschmuggeln, den Ozean überqueren und unter der Bühne der Met in New York einen Platz finden, wenn nur Pajo in diesen Häusern ein Star wäre!

Sing, mein Pajo, sing! – sagt der Hund zu Pajo mit jedem Sprung und Atemzug, mit seinem Schwanzwedeln und seinem Blick! Sing, mach dir keine Sorgen – ich will alles tun, ich will morden und selber umkommen, solange du nur singst! Orpheus schreitet über den Stogovo, die Tiere schweigen, die Gräser verstummen, der Berg öffnet sich; tief hinein in den dichten Schatten der Baumwipfel tauchen eines nach dem anderen die letzten zurückgebliebenen Schafe ein. Selbst vom Lied verzückt, geben sie keinen Laut von sich. Über dem Geröllfeld hebt sich Pajos Lied über alle Cvetas, die jemals untreu waren, und breitet sich langsam aus, wie Glanz von einem feinen Spinnennetz; über die Gipfel läuft ein Schauer. Und das graue große Schiff hält inne auf dem Kamm einer grünen Welle und erstarrt im Schwung, überschüttet von einer unbeweglichen Mähne aus weißem Schaum.

*

In dem rot-blauen Sporthemd und dem bunten Pyjama-Unterteil redet Pajo. Seine Worte sind klar und genau gewählt – als ob er seit jeher Talent und Neigung zum Gespräch verspürt hätte. »Wenn Du wieder in die Berge kommst ...« – hart schneidet er ab: »Ich komme nie wieder in die Berge. Ich bin hier und höre jede Nacht, wie sie sterben.« Er weiß, wie der kranke Bukatiev, dass er nicht zufällig vom siebten Stock entfernt worden ist; er weiß, dass vielleicht nur noch ein Stockwerk übrig bleibt, bevor man ihn ins Erdgeschoss holt, in das Zimmer, dessen Jalousien, wenn man sie herunterlässt, sein letzter Ausblick sein werden.

»Wenn Du wieder nach Čam zur Quelle kommst, wird's dir gleich besser werden.«

»Schön wär's ... aber das ist vorbei.«

Der Mund gibt wieder, was das auf die Stirn geschriebene Palimpsest schon erfahren hat; was dort einmal geschrieben steht, kann man nicht mehr wegwischen. Pajo weiß, dass er bald auf die letzte Textschicht stoßen wird, unter der nichts mehr geschrieben steht.

»Alle hier wissen Bescheid über sich! Vor zwei Tagen sprach einer von gestern: heute Nacht haben sie ihn weggetragen.«

»Aber Pajo, dich kennen sie doch hier als einen Jungen, den man zu den Kranken gebracht hat, damit er für sie singt! Du bist doch gesund, Pajo! Du bist doch hier, um die Kranken aufzumuntern und zu trösten.«

»Als ich kam, habe ich gesungen. Auch trotz der Schmerzen. Jetzt sind die Schmerzen weg, aber singen tu ich nicht mehr. Es gibt nichts mehr zu singen.«

»Pajo, der Hund wartet auf dich, dein Murdžo. Für ihn wirst du gesund werden und singen!«

Stille. Durch das dünne, durchsichtige Palimpsest kommt wieder das Kind zum Vorschein, die Krankheit verblasst und versteckt sich, zieht sich zurück:

»Murdžo. Für den würde ich wieder singen.«

*

Als von ihm nur noch das letzte bisschen übrig geblieben war, von Pajos Schild aus Gold, ließ man den Hund in das Zimmer, wo man Pajo hingelegt hatte. Pajo sang ihm das Lied über Cveta vor, der Hund leckte ihn mit seiner großen roten Zunge, und der goldene Schild von Pajo Broschtitschki schmolz vollständig dahin. Nur das Lämmchen in Pajos Händen war noch lebendig und verschlafen. In seiner letzten Umarmung hatte es sich friedlich gewärmt.

*

Wenn es das Lied nicht gibt – dann gibt es auch Pajo nicht. Wenn es Pajo nicht gibt, wenn es sein Lied nicht gibt, dann gibt es auch den Hund nicht. Ohne dieses Lied und ohne diesen Sänger will und kann auch der Hund nicht mehr der alte Hund sein, der beste Hütehund. Ohne Pajo und den Hund gibt es aber keine Herde, denn auch die Herde will und kann beim besten Willen nicht mehr dieselbe Herde sein – die nicht weidete, um zu existieren, sondern die sich nur deshalb bereitwillig weiden ließ und existierte, um Pajos Lied zu hören und von seinem Hund bewacht zu werden.

Wo ist Pajo? Wo *ist* Pajo? Bei seinem Hund ist er: und sein Hund ist bei ihm, weil sein Lied nicht verstummt.

Zwei Tunnel

Jedes Buch, auch das bedeutendste und größte, ist kleiner als die zu Grunde liegenden Ansprüche und Hoffnungen.

Und andererseits ist noch die kleinste Liebe größer als die kühnsten Hoffnungen und alles, was wir nur jemals in sie hineinlegen können.

Deshalb konnte man Bücher seit jeher miteinander vergleichen – und immer wird dies möglich sein. Egal wie ein Buch auch ist, man wird immer noch ein besseres ausdenken – und auch schreiben. Das Buch ist ein Bereich der Realität, der sich an einem *Vorbild* ausrichtet, nach dem Vorbild geschaffen wird und aus dem Vorbild entsteht.

Und deshalb kann man die Liebe eben nicht bewertend einstufen – niemals wird dies möglich sein. Sie mag sein wie sie will: eine größere und vollkommenere ist doch jeweils unausdenkbar. Die Liebe ist jene Realität, für die es kein Vorbild gibt, eine Realität, die sich nur auf sich selbst bezieht und sich vollständig mit sich selbst zur Deckung bringt.

Sie gehört zu jener Art von absoluten Erscheinungen, wie *das Ganze, das Nichts, der Tod.*

*

In seinem einzigen Roman, »The Last Puritan«, schrieb George Santayana diese Verse: »Stripling, rifle now the rose / Tempt the perils of a kiss / From such random love as this / Every human kindness flows.« Alles, was im Menschen wahrhaft menschlich ist, entspringt aus seiner Bereitschaft, auch solche Gefahren auf sich zu nehmen, die vielleicht nur in einem einzigen Kuss, in einer ganz und gar zufälligen Liebe enthalten sind. Mit dieser Geste sagt er sich zwar nicht von der unumstößlichen Tatsache los, dass »jeder Mensch eine Welt für sich ist«. Aber weil er dies so akzeptiert, entsteht im Leben auch eine gänzlich neue Situation: die Bereitschaft, zwei Welten, zwei Unendlichkeiten, zwei Mal je einen Kosmos zu vereinigen. Die Bereitschaft zum Abenteuer der Schöpfung wird bestätigt und neu ausgedrückt, die Fähigkeit zur Erneuerung, ja sogar zur Rekonstruktion der einen Ur-Grundlage, jenes »Archeprinzips«. So beweist sich die bewahrte Vitalität der Welt, der Glanz ihres »Lichtkörpers«.

In all dem liegt zweifellos etwas Fanatisches, etwas, das nicht nach Beweisen strebt, das sich nicht um Rechtfertigungen kümmert. Es gibt keinen großen Unterschied zwischen einem Motto, das sich von vornherein über jeden Widerspruch erhebt und einen ausschließlichen Status für die eigene Norm begründet, und einem Kriterium, das da sagt »Dieu est mon droit!« Dies ist die wirkliche Bedeutung jedes einzelnen Kusses, und sei es auch nur ein einziger, im Falle der »zufälligen Liebe«, von der Santayana spricht. Ein solcher Kuss ignoriert jeden nur denkbaren Widerspruch und wirft sich zum Regulativ seiner selbst auf, das im Grunde lautet »Die Liebe ist mein Recht« – oder, wenn man so will: »L'amour est mon droit!«

Aber eine Zufälligkeit, die ihre Existenz restlos auf die eigenen Voraussetzungen gründet, ist eigentlich keine Zufälligkeit mehr, sondern eine absolute Instanz. Deshalb ist jede Liebe, und wenn sie auch nur für den Augenblick eines Kusses Bestand hätte, rein ontologisch gesehen, Teil einer Substanz; sie ist ein *Bruchstück* authentischen Seins, niemals ephemer und nie ein Schatten. Sie trägt immer das Ganze in sich, so wie auch das allerkleinste Bruchstück vom goldenen Schild alle Eigenschaften des Goldes beinhaltet – der Schild insgesamt ist nicht *goldener* als dieses Stück, denn er ist nichts anderes als dieses Stück, um einen bestimmten Faktor vergrößert. Und das Stückchen selbst ist der Schild, entsprechend verkleinert.

Denn alles, was ist, hatte einmal seinen Ursprung in einer Vereinigung, in einem Kuss.

Und alles, was nicht ist, aber einmal war, hat durch eine Entzweiung aufgehört zu existieren, durch eine gewisse Flucht, durch eine Verweigerung von Kuss und Vereinigung.

*

»16 Uhr: Drei Deutsche Tänze – Ludwig van Beethoven – hier ist Ernst Kucher ...«

Die Stimme des selbstgefälligen Kucher fließt dahin, gleichförmig, einheitlich, objektiv, wie ein Strom chloriertes Wasser durch einen verchromten Wasserhahn. Dann begannen sie, Beethoven zu spielen ...

Durch das offene Fenster – zu sehen sind: die grünen Wipfel der Bäume, die Krone der Eiche auf dem Feld; das Laub, hell leuchtendes Chlorophyll, schließlich ist Mai, schaukelnd im milden, schwachen Wind, feucht vom leisen Regen; auf allen Dächern: dünne lange Ständer von Fernsehantennen, wie Nadeln, in die weichen Rücken von toten Insekten mit harten Flügeln gestochen, ganz unten, beinahe am Fuß der hohen, rund umwölbten, auf das Licht gerichteten *Spitze*; man sieht nur den nebligen, stummen Himmel, eine bewegungslose Endlosigkeit, unterbrochen, wie verletzt, von dem kurzen Auftauchen der Schwalben, immer wieder, schwarz und lebendig, ein Zittern in dem sichtbaren Ausschnitt dieses Fensters, dem Beethoven entströmt; sie verschmelzen in einen neuen Ton, ganz wie dahingegossene Noten, ohne Ordnung geschrieben auf ein dunkelgraues Papier.

Von einem anderen, viel größeren Fenster aus betrachtet, könnte so auch das menschliche Leben aussehen: der Flug einer atemlosen Schwalbe, aufgesetzt ähnlich einer schwarzen Note auf die Grundierung eines leeren, matten Lichtscheins.

*

Mit dem Gesicht der größten Berliner Transversale zugewandt, mit der gewahrten Distanz eines schönen Rasens, atmet Schloss Charlottenburg herrschaftliche Größe, die man selbst bei großen Schlössern selten findet. Der Glanz der Fassaden, wenn auch mit rein architektonischen Mitteln bewirkt, wird gemildert durch die durchsichtigen Töne des gerade sprießenden jungen Grüns der Baumkronen. Der sonnige Maimittag überschwemmt, alles vereinheitlichend, das Panorama, in dem sich wie Funken glitzernde Reflexe abzeichnen: Es ist der kühle und schöne Glanz von Emaillierung und Vergoldung, ausgehend von den Wappen, mit denen der Zaun geschmückt ist. Mehr noch als von dem gemalten dunklen, wie unberührbaren Adler rührt dieser Strahl kühler harmonischer Helligkeit von den Worten her, die Andreas Schlüter 1698 als Devise des Eigentümers des Palastes auf jedes einzelne Wappen hatte setzen lassen: SUUM CUIQUE!

Jedem das Seine! Wie anmaßend diese Worte auch waren, wie sehr sie dic Weigerung betonten, auch nur das Geringste von dem, was man sich durch die Jahrhunderte angeeignet hatte, zu teilen, mit wem auch immer zu teilen, so konnten diese Worte doch nicht das Bewusstsein dafür verbergen, dass der Besitz, so groß er auch immer sein mochte, nicht wirklich das war, was man eigentlich angestrebt hatte! Eben nicht jenes eine, das sich selbst, den Besitz und alles weitere Suchen überflüssig machen würde, vielleicht sogar nicht mehr wünschenswert. Nein, diese Worte waren geschrieben von einem, der des Suchens müde war, der verstanden hatte, dass da keine Kraft mehr war, um weiter zu suchen. Oder – dass niemand das eine Gesuchte finden kann, es festhalten oder besitzen. Jedem das Seine, das heißt: jeder möge auf seine Weise – unzufrieden sein.

Herr Andreas Schlüter baute seinen herrlichen Palast, stellte sich hin, an jener Berliner Transversale, und schaute an einem Maivormittag wie diesem auf sein Lebenswerk und sagte dann wohl, wie sehr viel später Wenedikt Jeroféjew in seinem Buch »Die Reise nach Petuschki«, als er drei Flaschen eines alkoholischen Getränks erblickte, nach dem er lechzte und das er schließlich auch bekam:

»Brauche ich etwa *das* hier, sehnt sich meine Seele etwa *da*nach? Schau, was die Leute mir als Ersatz für das Eigentliche gegeben haben, wonach meine Seele sich sehnt! Aber wenn sie mir das Eigentliche gegeben hätten, bräuchte ich dann noch *das* hier?«

Und dann zuckte er mit den Achseln, ging in Richtung Palast und klopfte dabei im Vorbeigehen leise an diese Wappen, auf die er vorher geschrieben hatte: Suum cuique! *Jedem das Seine!*

Soll eben jeder seine Niederlage auf seine Art eingestehen.

*

In einem Städtchen in einem tief eingeschnittenen Talkessel, inmitten von endlosen Wäldern und ragenden Felsen, lebte ein sechsjähriges Kind, das mehr als alles andere zwei Lokomotiven liebte, zwei Dampflokomotiven. Sie verkehrten auf einer

Schmalspurstrecke, die durch den Ort führte. Die Berggipfel oberhalb des Städtchens beschrieben die Grenzen des Horizonts, und bevor das Kind die zwei Lokomotiven entdeckte, denen es später sogar Namen gab, war es überzeugt gewesen, dass das, was man in der kleinen Stadt sehen konnte, gleichzeitig alles war, was überhaupt existierte – eine andere *Welt* gab es nicht, es gab auch keinen Gedanken daran. Und dann, als es eines Tages über die Schienen balancierte und dabei versuchte, möglichst lange nicht herunterzufallen, gelangte es zu einem Tunnel! Es wagte nicht, den Tunnel zu betreten, weil dieser wegen einer scharfen Biegung vollkommen düster war und man das andere Ende nicht sehen konnte; aber dann, nach wer weiß wie langer Zeit, kam die Lokomotive gefahren – aus dem Tunnel! Sie *kam* also von irgendwoher! Durch das Loch in dem riesigen Felsen konnte man also in ein anderes Tal gelangen, und daraus wieder in ein anderes Tal und wieder in ein anderes ... Die alte Welt zerfiel, aber nicht in der Weise, dass sie dabei kleiner geworden wäre, sondern im Gegenteil: sie vervielfältigte sich, durch diese ganze Ungewissheit, die man am Eingang zum Tunnel spüren konnte. Als das Kind am selben Tag den Schienen in der anderen Richtung folgte, kam es an einen zweiten Tunnel, durch den, nach einiger Zeit, die Lokomotive das Tal *verließ*!

Seitdem liebte das Kind die Lokomotiven über alles. *Sie* waren der Beweis für die Existenz unzähliger anderer Welten, sie fuhren auf geheimnisvolle Weise kreuz und quer durch diese anderen Welten, sie kamen und gingen. Sie waren der Beweis, dass das Kind eines Tages mit ihnen, und nur mit ihnen, in diese zahllosen Welten aufbrechen würde. Sie wussten auch den Weg zurück und bestätigten in Vertrauen erweckender Weise, dass auch das Kind eines Tages aus diesen weit entfernten Welten würde zurückfinden können, dass es genau den Weg in dieses Tal und in dieses Städtchen wiederfinden würde und dann seinen Kameraden alles erzählen könnte, was es gesehen, erfahren und erlebt hatte, seine Großtaten, die Wunder, die Begegnungen.

Die Entdeckung der beiden Tunnel veränderte vollständig das Weltbild dieses Kindes. Die zwei Lokomotiven wurden ihm die zwei kostbarsten Kundschafter und vertrautesten Freunde! Über alles, was sich jeweils am Ende dieser beiden Tunnel befand, hinter dem Ein- und Ausgang in jene *andere Welt,* erzählten die Lokomotiven dem Kind durch ihr Stampfen, durch ihr »Tschuf tschuf tschuuf«, durch Ruß und Dampf, mit dem Geräusch der Räder und des Tenders. Sobald das Kind das schrille Pfeifen der Züge hörte und zu erkennen gelernt hatte, welches von der Lokomotive »Mira« und welches von »Bosna« kam, lief es nach unten zur Bahnstrecke. Dort hörte es begierig die Neuigkeiten, die diese beiden Lokomotiven ihm allein brachten, in einer Sprache, von der sonst niemand wusste oder auch nur ahnte!

Die Tunnel jagten ihm keine Angst mehr ein, sondern wurden seine Verbündeten und Freunde, die das Kind zu sich riefen. Das Kind antwortete ihnen dann, dass es nur noch etwas größer werden musste. Dann, schon sehr bald, wollte es diese Einladung aufgreifen und mit seinen zwei treuen Lokomotiven durch die Tunnel fahren, hinein ins *Leben.*

Es war ein heißer Sommernachmittag. Das Wasser floss unter dem gesprungenen Mühlrad schnell und leise dahin. Der Junge überquerte die Hängebrücke und ging zu einer Stelle bei den Gleisen, wo ein Mädchen warten sollte; er hatte sich entschieden, sein Geheimnis mit den beiden Tunneln und seine Gespräche mit »seinen« beiden Lokomotiven dem Mädchen anzuvertrauen. Sie spazierten über die Gleise und traten dabei diesmal auf die Schwellen, jedes in seinem eigenen Rhythmus, uneinheitlich – über die Schienen zu balancieren wäre in einem solchen Moment unseriös gewesen! Überall flogen Schmetterlinge und Libellen, hell blühten Levkojen und Mohn. Der kleine Junge plante seinen Weggang für den kommenden Tag. Mitkommen durfte nur – *die hier*, aber seltsamerweise wollte das Mädchen, um einige Jahre älter als er, von dem ganzen Plan nichts wissen. Wenn er doch nur auch ein paar Jahre älter wäre, vielleicht sieben, dachte er, und vielleicht am Ende sogar neun, wie *die da!* – dann wäre er schon längst in irgendeinem unbekannten Weltteil, selbständig und stark.

Die Überredungsversuche halfen nichts. Je mehr er sich ereiferte, desto weniger interessierte sie sich für die ganze Sache, mehr noch, sie fing auch an, sich zu ärgern: und im selben Augenblick hatte er ihr Geheimnis entdeckt!

Sie lachte ihn aus: »Du bist verrückt!«

Nun wollte er den Plan und die Reise aufgeben, die ganze Zukunft aufgeben, außer »seinen« beiden Lokomotiven – aber sie sollte ihn heiraten!

Sie sagte: »Ich gehe nach Hause.«

Und sie lief los.

Er sah ihr nach, wie sie sich entfernte. Er hielt es nicht aus:

»Ich schenk dir eine Lokomotive!«

Sie hielt nicht an.

»Ich schenk sie dir beide! Ich bring dir bei, wie du mit ihnen sprechen kannst, und ich bring beide auf unseren Hof: dann werden wir heiraten!«

In der Ferne, in der wabernden Sonnenglut, leuchtete ihr Kleidchen. Sie ging von den Gleisen hinunter und nahm einen Pfad hinter den Büschen, der zur Hängebrücke führte und von da aus in die Stadt.

Ringsum sangen Nachtigallen, Amseln und Zeisige. Berglerchen zwitscherten, feststehend hoch oben am Himmel, mit den Flügeln schlagend; es blühten Flieder und Levkojen, Klatschmohn und Veilchen, es blühten die Primeln und der Krokus, der immer unter den schmelzenden Schneerändern hervorbricht.

Und es kamen die Lokomotiven
und verschwanden wieder
und sagten ihm nichts, gar nichts; sie hatten ihm nichts mitzuteilen, und er verstand ihre Sprache nicht, kein Wort und keinen Laut;
sie hatten erfahren, dass er sie jemand angeboten hatte,
dass er bereit gewesen war, sich von ihnen loszusagen.

*

Nur die beiden Tunnel blieben unverändert. Sie verrieten, dass es an ihrem *Ende* etwas gab, aber sie zeigten nicht, *was* das war. Er traf das Mädchen später noch öfters, und immer stand ihm dann das Bild der Tunnel vor Augen: In dem Mädchen war eine Art von Licht, wie er es noch nicht kennen gelernt hatte und dessen Existenz sich wie von selbst mitteilte. Und er fühlte sich bei diesen Begegnungen irgendwie – wie ein Tunnel; in ihm öffnete sich etwas Geheimnisvolles, Unbekanntes, eine Ankündigung anderer Orte und Räume, aber die Tunnel darin führten in entgegengesetzte Richtungen.

Sie trennten die beiden voneinander.

Später, ohne Vorwarnung, begannen die Lokomotiven erneut, ihm zu erzählen, was sie jenseits der Tunnel gesehen hatten. Er begriff, dass sie sein Tun und die Gründe dafür billigten. Dadurch, dass sie ihm verziehen, obwohl er bereit gewesen war, sie jemand anders zu schenken, verstand der kleine Junge, dass man für die Liebe alles verschenkt – denn nichts anderes hat einen solchen Wert. Später wurde ihm klar: Zwar unter Qualen, aber doch irgendwie leichten Herzens hatte er dem Mädchen, das er lieb gewonnen hatte, mehr schenken wollen, als ihm eigentlich zur Verfügung stand – nämlich die ganze Zukunft. Denn nichts anderes stellten damals die zwei kleinen Dampflokomotiven auf der Schmalspurbahn für ihn dar! Zu keiner Zeit wäre ein reicheres Geschenk denkbar gewesen oder ein größeres. Kein größeres Geschenk und kein größeres Pfand, keine größere Entsagung und keinen größeren Schwur konnte es jemals geben!

Und außerdem, selbst wenn man liebt – man schenkt doch immer das gleiche.

*

Unterhalb der Vraca, unterhalb der Höhe – grüne Weiten.

Einmal stieß ich hier inmitten der Unendlichkeit auf ein Lamm. Über ihm das runde Gewölbe, leuchtend blau; ringsum eine gleichermaßen unendliche, eine zweite Halbkugel – grün. Die feuchten Nüstern des erschreckten Lamms zwischen zwei Unendlichkeiten – wie zwischen zwei Tunneln ohne Ende: zwischen dem Blau und dem Grün!

Später fand ich den Hirten mit der Herde, zu der das Lamm gehörte. Der Hirt erklärte mir, dass das Lamm sich nicht verirrt hatte – es war zurückgelassen worden! Seine Mutter liebte es aus irgendwelchen Gründen nicht, das kommt vor. Er, als Hirte, will es nicht – da kein einziges Schaf es liebt, gibt es da etwas, weshalb es wohl klüger ist, es zurückzulassen.

Die Majestät jener Gegenden kann ich seitdem nicht von dem Anblick jenes Lamms trennen, das niemand liebte, vom diesem unwahrscheinlichen Kern der Unendlichkeit, von diesem verirrten, ungeliebten Häufchen Herzschlag.

*

Der einzige Augenblick, in dem die beiden Tunnel sich vereinigen und sich so erst ganz öffnen, der einzige Ort, an dem der blaue und der grüne Tunnel ganz ausgeleuchtet und begehbar sind, als wären sie nur noch ein einziger Raum des Kommens und Gehens, verschmolzen in der Gegenwart – das ist die Situation, wenn der Mensch nicht mehr fragt: »Ist es etwa *das*, wonach sich meine Seele sehnt?« Denn er weiß, dass es in Wirklichkeit genau *das* ist; der einzige Palast, auf dessen Zaun nicht geschrieben steht »Suum cuique!« – wo niemand als Besiegter gilt und keine Lämmer verstoßen werden und wo man die Sprache der Lokomotiven versteht, die herrliche, fröhliche Nachrichten aus fernen Welten bringen. Es ist jener Moment, in dem wir die »Gefährlichkeit der Küsse« akzeptieren und aufhören, ein einsamer Tunnel zu sein, durch den das Leben kommt und durch den es auch wieder geht.

Und wenn wir die Liebe haben, dann, nur dann, ist uns *das* nicht mehr wichtig, und genau deshalb ist auch die kleinste Liebe größer als die kühnsten Hoffnungen und als alles, was wir nur jemals fähig sind für sie aufzubauen oder im Tausch für sie anzubieten.

KIM MEHMETI

Das Haus am Ende des Dorfes

Der Versammlungsraum der Männer

Der Jüngling, der Federn sammelte

Die Mondblume

Das Haus am Ende des Dorfes

Eine hohe Mauer und Wiesen umgaben das Haus am Ende des Dorfes. Das Hoftor war schon seit vielen Jahren mit einer rostigen Kette verschlossen. Nur die Eidechsen krochen durch die Löcher in der Mauer oder die Ritzen zwischen den Torbohlen und gaben sich ein Stelldichein im Hof des Hauses, das schon lange verlassen war und bei den Einwohnern als verwünscht galt. Eigentlich sahen alle das Haus, und zwar mehrmals täglich, wenn sie die Straße hinauf- und hinuntergingen, aber sie taten so, als bemerkten sie es gar nicht. Gott allein weiß, warum niemand zu den der Sklaverei des Schweigens verfallenen Mauern und dem schiefen Dach hinüberschaute, auf dem noch nicht einmal die Adler eine Rast einlegten, weil sie keine Lust hatten, auf dem längst erkalteten Schornstein ihre Zeit zu vergeuden. Vor diesem hohen Tor spielten auch keine Kinder, wie dies vor den anderen Haustoren im Dorf gewöhnlich der Fall war. Das Schweigen war der alleinige Herrscher über das Haus, in das schon seit Jahren kein Mensch mehr seinen Fuß gesetzt hatte. Zeuge dafür war das vor der Pforte wuchernde Gras, das mit seinem schweigenden Grün augenfällig bewies, dass dieses Haus seit Ewigkeiten keine Gäste mehr beherbergt hatte, ja dass hier schon lange überhaupt kein Mensch mehr aus und ein gegangen war. Schon seit ein paar Jahren diskutierte man im Dorf darüber, ob es nicht besser sei, das Haus ganz abzureißen, zumal die Zahl jener wuchs, die meinten, es sei sowieso nur noch ein einziges großes Schlangennest und eine Heimstatt für Gespenster. Viele im Dorf beschwerten sich schon darüber, dass, wenn man sich einmal verspätete und erst nach Mitternacht ins Dorf zurückkehrte, im Inneren des Hauses die Schreie einer Frau zu hören seien und jemand einen mit Steinen bewerfe. Als vor ein paar Jahren der taubstumme Dalin, der einzige Sohn der alten Salushe, plötzlich aus dem Dorf verschwunden war, hatten manche Stein und Bein darauf geschworen, beim Haus am Ende des Dorfes seien seine Schreie zu hören gewesen, und sie behaupteten gar, er habe ihnen vom Dach des Hauses aus zugerufen: »Geht fort aus diesem Dorf, denn alle Häuser wird das Gras überwuchern, wenn sie nicht schon vorher vom Feuer verschlungen werden!«, was insofern unmöglich war, als sich dazu bei Dalin auf einmal die Fähigkeit zu sprechen und zu hören hätte eingestellt haben müssen. Keiner wagte indessen, das Tor zu öffnen und drinnen sich selbst und danach die anderen vom Wahrheitsgehalt dieser Behauptungen zu überzeugen, obwohl die meisten nur den Kopf schüttelten, wenn einige darauf beharrten, Dalin sei in das verwünschte Haus nicht durch die Türe gelangt (was auch leicht zu widerlegen gewesen wäre, weil diese nicht aufgebrochen worden war), sondern über die Äste eines hohen Maulbeerbaums, der sich nach Norden hin an der Mauer erhob. Die Geschichte mit Dalin geriet im Dorf rasch in Vergessenheit, und auch, was seine Mutter Salushe einige Monate nach dem Verschwinden ihres Sohnes einer Nachbarin erzählt hatte. An einem Freitagnachmittag, als die Männer gerade aus der Moschee zurückgekommen seien, habe sie nämlich klar und deutlich die Stimme ihres Sohnes vernommen, der »fast genau dort stand, wo du jetzt stehst, und zu mir sagte: O Mutter, ich kann meine Ruhe nicht finden, bevor man nicht aus dem Brunnen den Leichnam der Zigeunerin Naze geholt hat, der dort drunten nicht verwest und zerfällt, sondern mich verdrießt mit seinen Augen, die weit aufgerissen in den Himmel starren!« Dies erzählte Salushe ihrer Nachbarin, und beide erinnerten sich an die Zigeunerin Naze, die jahrelang jeden Dienstag ins Dorf gekommen war, um den Kindern Süßigkeiten und den jungen Frauen des Dorfes Flitterzeug und Schminke zu verkaufen, mit der sie ihren Teint aufhellten und Falten abdeckten. Zum letzten Mal hatte sie sich im Frühling vor einem Jahr im Dorf blicken lassen, war dann aber wie vom Erdboden verschluckt gewesen. An dem betreffenden Dienstag hatte Naze gute Geschäfte gemacht, und am späten Nachmittag war ihr ursprünglich bunt gefüllter Korb leer gewesen. Vielen Frauen legte sie die Karten, und den jungen Mädchen sagte sie voraus, was sie im Hinblick aufs Heiraten erwartete, bevor sie dann gegen Abend bei Salushe einkehrte, die mit ihrem Sohn auf der Veranda saß. Nachdem man sich begrüßt hatte, reichte Salushe der Zigeunerin ein Stück warmes Fladenbrot und lud sie ein, sich niederzulassen und ein wenig auszuruhen. Damit keiner sagen konnte, sie hätte sich ihr Essen nicht verdient, nahm Naze die Hand des taubstummen Dalin und begann ihm daraus seine Zukunft zu lesen. Oder besser gesagt, sie trug Dalins Mutter vor, was ihn in seinem künftigen Leben erwartete, denn schließlich konnte der Arme nicht hören und verstehen, was die Zigeunerin sagte. Schon von Geburt war er ja daran gehindert, sich anzuhören und in der Welt zu verbreiten, was die Leute an Närrischem daherredeten. Naze war also dabei, Dalins Zukunft vorherzusagen, als sie sich auf einmal fast an einem Bissen Fladenbrot verschluckte. Vergeblich drängte

Salushe darauf zu erfahren, warum sie so plötzlich erstarrte und rasch Dalins Hand losließ. Obwohl sichtlich bestürzt, gab Naze nur kurz zurück: »Der plötzliche Einbruch der Dunkelheit hat mich erschreckt, Schwester! Ich Arme muss ja noch den ganzen Weg in die Stadt zurück!« Diese Erklärung befreite Salushe nicht von dem dicken Kloß, der sich in ihrer Kehle gebildet hatte und sie am Atmen hinderte. Doch sank die Nacht tatsächlich auf das Dorf herab, und Hundegebell löste allmählich das Geschrei der Kinder ab. »Nun gut, Naze, wie du willst. Dalin wird dich bis an den Rand des Dorfes begleiten«, schlug sie der Zigeunerin vor, als sie schon auf dem Weg zum Hoftor waren, und sie bedeutete Dalin durch ein Zeichen, sich den Mantel anzuziehen und Naze aus dem Dorf zu eskortieren, damit sie vor den Hunden und den Steinen der unartigen Kinder sicher sei. Dalin schritt voran, und Naze trottete hinter ihm her, wobei sie ihre Schürze kontrollierte, in dem sie die Geschenke der Frauen des Dorfes und das eingenommene Geld verstaut hatte. Die Eier trug sie im Korb. In diesem lag auch das Kopftuch der Tochter des Hodscha, welches sie auf deren Bitte in der Stadt dem Mufti übergeben sollte, als Entgelt für die Koransuren, die er ihr im Monat vorher als Amulett aufgeschrieben hatte, als zu ihrem maßlosen Entsetzen die regelmäßigen Monatsblutungen ausgeblieben waren, ohne dass ihr ein vernünftiger Grund für diese Unpünktlichkeit eingefallen wäre. Während Dalin, die Axt im Gürtel, voranschritt, steckte die Zigeunerin rasch das in ein Taschentuch eingebundene Geld in ihren Ausschnitt unter dem Tuch, denn alles Wertvolle pflegte sie zwischen ihren üppigen Brüsten zu bergen. Als sie den Busen gerade wieder verhüllen wollte, wandte Dalin, der feststellen wollte, ob seine Weggefährtin überhaupt noch hinter ihm war, sich um und erhaschte dabei einen Blick auf die prallen Dinger. Naze lächelte so süß wie verlegen und murmelte etwas, was für den Taubstummen, der sie begleitete, indessen ohne jede Bedeutung war. Keiner weiß, was in dieser Nacht geschah, sicher ist nur, dass Naze sich nie wieder im Dorf blicken ließ. Nach ein paar Tagen statteten ein paar Polizisten aus der Stadt dem Dorf einen Besuch ab. Sie mühten sich ab, aus Dalin etwas herauszubekommen, der aber bloß mit hängenden Armen dastand und sie aus großen Augen anstarrte, jedoch nichts zu berichten wusste. Sie umkreisten auch ein paar Mal das Haus am Ende des Dorfes und musterten besonders die Äste des Maulbeerbaums, der sich nördlich der Hofmauer erhob, um dann jedoch unverrichteter Dinge und ohne jemand über den Zweck des Besuches aufzuklären wieder in Richtung Stadt abzuziehen. Von diesem Tag ab zeigte sich der Taubstumme nur noch selten auf den Straßen des Dorfes. Seine Mutter bestellte beim Hodscha des Dorfes eine ganze Reihe vor Unheil bewahrender Amulette für ihn, weil sie davon überzeugt war, dass ihn etwas aus der Fassung gebracht hatte und er er des Nachts von Albträumen gequält wurde, ohne dass der Arme, so wie ihn Gott geschaffen hatte, einen Schrei ausstoßen oder nach seiner Mutter rufen konnte, die im Nebenraum schlief, weil es sich weiß Gott nicht geschickt hätte, mit einem Sohn im gleichen Zimmer zu schlafen, der die Zwanzig schon vor ein paar Jahren überschritten hatte. Dalin wurde zunehmend verschlossener und mied über die Stille hinaus, zu der er seit seiner Geburt verurteilt war, nun auch noch die Leute. Selbst seiner Mutter lächelte er nicht mehr zu wie früher, sondern lief nur mit gesenktem Kopf im Hof auf und ab. »Was für ein Kummer mag dich bloß quälen, mein Sohn«, murmelte Salushe besorgt, während sie dem Jungen zusah, der immer wieder beim Brunnen in der Mitte des Hofes stehen blieb und mit den Händen fuchtelte, als wollte er sich gegen etwas Unsichtbares, aber gleichwohl Gegenwärtiges zur Wehr setzen, das ihn auf Schritt und Tritt verfolgte und aufzufressen trachtete. »Den, der dich mit seinem bösen Zauber verhext hat, möge der Herr bestrafen«, seufzte Salushe kummervoll, und sie rannte von Dorf zu Dorf und von Hodscha zu Hodscha, aber nichts wollte bei ihrem Sohn anschlagen. Nicht nur, dass die vielen Amulette bei Dalin nicht wirkten, er fing schließlich auch noch an, sich im Zimmer zu verkriechen und das Essen zu verweigern, und nicht einmal die Schwalben, die auf den Pfeilern der Veranda ihre Nester bauten, machten ihm noch Freude. Ein paar Monate später verschwand Dalin dann einfach ganz aus dem Dorf, und außer seiner Mutter Salushe nahm keiner mehr den Namen des einstigen Taubstummen in den Mund, der den Bauern im Herbst immer geholfen hatte, im Wald Holz zu holen, und im Frühjahr bei der Feldarbeit. Allerdings schaute Salushe, wenn sie an dem Haus am Ende des Dorfes vorbeikam, oft zu dem mit einer schweren Kette und einem großen Schloss gesicherten Tor hinüber. Etwas zog sie hinein, eine lautlose Stimme, die aus dem Schweigen der hohen Umfassungsmauer entsprang, forderte sie zum Eintreten auf, doch sie setzte ihren Nachhauseweg fort, gebeugt von der Last der Jahre und der Trauer um den Sohn, der so spurlos verschwunden war, als habe die Erde sich geöffnet und ihn verschluckt.

Niemand im Dorf erwähnte die einstigen Bewohner des längst verlassenen Hauses mit dem nun schadhaften Dach, und hätte jemand nach der verwaisten Heimstatt gefragt, man hätte ihn nur komisch angeschaut, als wollte man sagen: »Hast du denn nichts Wichtigeres im Kopf als das verwünschte Haus?!« Tatsächlich stellte man im Flecken schon lange keine solchen Fragen mehr, und keiner sprach je von dem Haus am Ende des Dorfes. Wer sich bemüßigt fühlte, etwas mitzuteilen, was ihm beim Vorübergehen aufgefallen war, begann mit den Worten: »Gestern Abend, als ich dort drüben vorbeikam ...« Alle wussten, was »dort drüben« bedeutete, deshalb verlief die ganze Unterhaltung ohne jede Erwähnung des betreffenden Gebäudes. Wer weiß, wie lange das jahrelange Schweigen um das eindeutig vorhandene, aber von allen tunlichst übersehene Haus am Ende des Dorfes noch angehalten hätte, womöglich noch viele weitere Jahre, wenn nicht eines Tages die Dorfbewohner von der erschreckenden Nachricht aufgerüttelt worden wären, dass das Hoftor des Hauses am Ende des Dorfes sperrangelweit offen stehe. Wie? Was? Wer? Die Fragen schwirrten unter den auf dem Hof der Moschee versammelten Dorfbewohnern umher, ohne dass einer es gewagt hätte, an Ort und Stelle nachzusehen. »Vielleicht sind die Besitzer zurückgekommen«, mutmaßten mit unsicherer Stimme die Jüngeren, die um die Vergangenheit des Hauses nicht Bescheid wussten. Diese Vergangenheit war mit Blut besudelt, mit verzweifelten Schreien belastet und mit Gram besiegelt. Die Greise wussten um diese Vergangenheit, doch keiner sprach davon, denn sie gereichte allen zur Schande. In diesen Räumen waren der Stolz und die Ehre des Dorfes für immer befleckt worden, und zwar in einer lange, das heißt viele Jahrzehnte zurückliegenden Nacht. Damals waren einige bewaffnete Fremde im Dorf aufgetaucht, wie das in dieser Gegend nicht selten geschah. Sie trieben die Dorfbewohner an der Stelle zusammen, wo sie immer zusammengetrieben wurden, wenn es zu entscheiden galt, wer erschossen wurde und wer am Leben bleiben durfte, um die Nachricht zu verbreiten, damit sich auch von den anderen niemand gegen den Staat erhob. Frauen und Männer wurden zusammengetrieben, Kinder und Greise, und man stellte ihnen ein paar so banale wie furchtbare Fragen. »Liebt ihr die Obrigkeit?«, fragte der Anführer dieses Haufens bewaffneter Burschen in einer Sprache, die nur wenige der Dorfbewohner verstanden. »Ja!«, jauchzten alle, denn sie wussten, dass jede andere Antwort sie um Kopf und Kragen gebracht hätte. »Was glaubt ihr, was die jungen Männer hier bei mir wollen?«, fragte der Anführer weiter und wies mit dem Finger auf die jugendlichen Soldaten, die mit dem Gewehr im Anschlag neben ihm standen. Die Dorfbewohner versanken in ein bedrücktes Schweigen, das sogar die Eidechsen erstarren ließ, die aus den Mauerlöchern der Moschee gekrochen waren. »He, warum sagt ihr nichts?«, fragte der Anführer weiter und lachte. Schweigen! »Du, Hodscha, sage mir, was wollen diese jungen Burschen?«, wandte er sich an den Hodscha, der schweigend und mit gesenktem Kopf in der vordersten Reihe stand. »Bitte, bedränge mich nicht«, stammelte der Hodscha, ohne aufzuschauen, »woher soll ich es auch wissen?« »Hast du wirklich keine Ahnung?«, fragte der Anführer in scherzhaftem Ton. »Dann werde ich es euch sagen. Diese jungen Burschen wollen junge Mädchen! Oder stimmt das etwa nicht?« Er blickte auf die schreckensstumme Menge. Ein ersticktes »Ja« war zu hören. »Wenn dies so ist, und wenn ihr die Obrigkeit liebt, dann sucht uns fünf schöne junge Mädchen aus, damit wir die Nacht mit ihnen verbringen können!«, verkündete der Anführer schroff. Das Schweigen wurde noch tiefer. Die Leute wagten kaum zu atmen. Die rotwangigen Mädchen des Dorfes vergruben die Gesichter tief in den großen Kopftüchern, die sie sich umgebunden hatten. »Ich hätte da einen Vorschlag«, erklang plötzlich gut vernehmbar eine helle Stimme. Alle schauten auf den Kuhhirten des Dorfes, der aus den hinteren Reihen der versammelten Dorfbewohner hervorgetreten war. »Los, sprich!«, herrschte ihn der Anführer mit stolzer Miene an. »Am besten, ihr schafft eure Frauen zu uns ins Dorf, damit sie die Beine für uns breit machen, denn jeder weiß, dass wir uns auf dieses Geschäft verstehen. Bloß dass Frauen, die einmal Bekanntschaft mit unserer Männlichkeit geschlossen haben, Kerle wie euch nicht mehr ertragen!« Ein Schweigen trat ein, schrecklicher als alles zuvor, und das Gesicht des Anführers lief so rot an wie die Wangen der Gattin des Kuhhirten Nef. Fest drückte sie ihre drei Töchter an sich, die schon seit geraumer Zeit im mannbaren Alter waren. Ein jäher Aufschrei folgte: »Was hast du da gesagt?!« Gefolgt von seinen vier Begleitern bahnte sich der Anführer seinen Weg durch die Menge zu dem Kuhhirten, der ihm geradewegs in die Augen schaute. Als er Nefs Frau und die Mädchen sah, blieb er stehen. »Stopp!«, sagte er zu seinen Begleitern. »Wir verbringen die Nacht bei diesem furchtlosen Recken und feiern mit ihm seinen stolzen Auftritt vor dem Dorf«. Dann schickte er die Bauern nach Hause. Auch Nef machte sich mit seiner Frau und den Töchtern auf den Heimweg. Ein schwerer Knoten in seiner Brust nahm ihm fast den Atem. Im Dorf war er für das Hüten der Kühe zuständig, denn ein gelähmter linker Arm machte ihn für andere Arbeiten untauglich. Dazu kam, dass ihm der Herr einen Sohn verweigert, dafür aber drei entzückende Töchter geschenkt hatte, hinter denen die ganze männliche Jugend des Dorfes her war. Wie gesagt, es machte sich also auch Nef zu seinem Haus am Ende des Dorfes auf, wo er Tag für Tag auf die Kühe des Dorfes wartete, die er dann zum Weiden auf die Wiesen oder in die Hügel hinauf trieb, wobei er den ganzen Tag sich selbst und den Herrn dafür verfluchte, dass er ihn mit keinem Sohn gesegnet hatte, der ihn vor dem Spott der Dörfler und den Steinen der Kinder hätte beschützen können, die ihm jeden Abend nachliefen, wenn er die Kühe ins Dorf zurückbrachte. »Das hast du nun von deiner Dreistigkeit, du Unglücksrabe!«, sagte seine Frau, als sie zum Haus kamen. »Wenigstens einer muss ja die Ehre dieses verdammten Fleckens verteidigen«, murmelte er, und es rannen ihm ein paar Tränen die Wangen hinunter, nicht, weil er sich vor den fünf bewaffneten Fremden gefürchtet hätte, sondern weil kein einziger der Dorfbewohner ihm Begleitung angeboten hatte: sie liefen vor ihm weg, als sei er einer von denen da unten, aus der Stadt. »Hab keine Angst, ich bleibe bei dir. Irgendjemand muss die Mannesehre ja hochhalten, wenn es schon keine richtigen Männer mehr gibt!«, sprach seine Frau und drückte ihn fest an sich, wie er es kaum einmal erlebt hatte, ja, eigentlich war es überhaupt das erste Mal, seit sie als Mann und Frau zusammenlebten. Dabei kümmerte es sie überhaupt nicht, dass die Mädchen zu Zeuginnen dieser wirklich ungewöhnlichen Szene wurden. Schweigend und schweren Herzens öffnete Nef das massive Hoftor, stieg die Stufen zur Veranda hinauf, und ehe er das Haus betrat, schaute er noch einmal die Töchter an: Sie waren so schön wie frische Frühlingsblumen, eine Lockung sogar für Leute, die gar nicht wussten, was Schönheit überhaupt bedeutet. »Liebt ihr mich?«, wollte er von den Mädchen wissen, die ob dieser überraschenden Frage ganz die Fassung verloren. Statt zu antworten, brachen sie in Tränen aus und umarmten den Vater. »Dieses Dorf hat es nicht besser verdient, als dass ausgerechnet der Kuhhirt seine Ehre verteidigt«, flüsterte er schluchzend. Sie nahmen Platz am runden Tisch, doch weder brachte die Gattin das Abendessen noch sprach irgendwer ein Wort. Als die Sonne unterging, knarrte das Tor, die Treppe dröhnte von fremden Schritten, und fünf bewaffnete Mannsbilder drangen in das Zimmer ein. Dann waren für den Rest der Nacht nur noch Nefs schwere Seufzer, die Schreie seiner Töchter und die Klagerufe der Frau des Dorfhirten zu vernehmen. Doch weder diese schmerzvollen Schreie noch Nefs furchtbares Klagen weckten die Dorfbewohner auf, die früher als sonst die Lampen in ihren Schlafkammern gelöscht und sich dem Schlaf ergeben hatten. Nur der Schlaf kann jene trösten, deren Gefährtin die Schande ist. Das trostlose Jammern und die entsetzlichen Schreie hörten auf, noch ehe die Sonne sich über den Horizont erhob. Am Morgen erwachten die Dörfler, doch keiner brachte es über sich, zu dem Haus am Ende des Dorfes zu gehen, und niemand ließ die Kühe hinaus, die sonst jeden Tag allein zu Nefs Haus trotteten, weil sie wussten, dass er der einzige war, der sich um sie kümmerte. Erst viel später, am Nachmittag, als man überzeugt war, dass die Fremden sich inzwischen fortgeschert hatten, machte sich der Hodscha des Dorfes in Begleitung einiger Männer auf den Weg zu Nefs Haus.

Vergeblich riefen sie nach dem Hausherrn. Vergeblich öffneten sie die Türen aller Zimmer: Nef, seine Frau und ihre drei schönen Töchter verteidigten die Ehre des blutbefleckten Dorfes nun auf dem Grund des Brunnens. Alles, was den Dorfbewohnern an diesem Tag einfiel, war, das Tor zum Haus mit einer dicken Kette und einem Vorhängeschloss fest zu verschließen. Sie redeten sich ein, damit erreicht zu haben, was sie wollten: nämlich ihre eigene Schande wegzuschließen. Nach dem Grund, weshalb das Haus für verflucht gehalten wurde, fragte bald keiner mehr. Eine geheimnisvolle, unerklärliche Kraft versiegelte allen den Mund, sodass nie mehr davon geredet wurde, was sich vor vielen Jahrzehnten in dem Haus am Ende des Dorfes abgespielt hatte. Nur wenige im Dorf wussten deshalb noch, warum keiner das seit Jahrzehnten verschlossene Tor zu öffnen wagte, um wenigstens seine Kühe in dem üppig mit Gras bewachsenen Hof weiden zu lassen. Wahrscheinlich hätte auch nie mehr ein Mensch das Anwesen betreten, wäre nicht eines Morgens das Hoftor des Hauses am Ende des Dorfes sperrangelweit offen gestanden. Nun konnte man der Konfrontation mit dem von Gras überwucherten Hof nicht mehr ausweichen: Alle machten sich auf den Weg zu dem Haus am Ende des Dorfes. Der Hodscha war der erste, der die dichte Wiese betrat, die sich vom Tor bis zur Verandatreppe erstreckte. Keiner brauchte jedoch die steilen Stufen zur Veranda hinaufsteigen: Kaum im Hof, sah man auch schon die tränenüberströmte Salushe mit Dalins leblosem Leib auf dem Schoß dasitzen. Die Kleider des Verschiedenen waren tropfnass, und alle wunderten sich, dass Salushe es überhaupt geschafft hatte, den Leichnam aus dem tiefen Brunnen heraufzuholen. »Im Brunnen sind lauter Leichen, die an der Oberfläche schwimmen! Sie warten darauf, dass man sie endlich bestattet!« Der Hodscha trat an den Brunnen und schaute hinab. Unten schwammen Nefs Leiche, der Leichnam seiner Frau, die toten Leiber der drei schönen Töchter des Dorfhirten, und dazu auch noch der Leichnam der Zigeunerin Naze. »Los, wir wollen sie heraufholen!«, sagte er zu den im Hof des Hauses am Ende des Dorfes versammelten Dorfbewohnern. So holten sie die entseelten Leiber der Verschiedenen aus dem Brunnen, die schon seit so vielen Jahre darauf warteten, von ihren Dorfgenossen bestattet zu werden, wie es einem jeden Menschen zusteht, zusammen mit den Leichen von Naze und dem taubstummen Dalin. Noch am gleichen Nachmittag trugen die Dorfbewohner die Toten zum Friedhof und begruben ihre Schande. Das genügte ihnen zunächst einmal als Einstieg in ein neues Leben, in dem sie ohne Angst an dem Haus am Ende des Dorfes vorbeigehen konnten.

Der Versammlungsraum der Männer

Wollte ich mich in die Rolle des prätentiösen Erzählers begeben, würde ich diesen Bericht mit der Beschreibung der gewundenen Straße zum Dorf beginnen. Allerdings wären dazu langweilige Betrachtungen über Ereignisse nötig, die sich in der näheren und ferneren Vergangenheit an unterschiedlichen Orten abgespielt haben. Manche Schriftsteller meinen, auf diese Art Interesse wecken zu können, während sie in Wahrheit nur sich selbst und die anderen mit Schönfärbereien hinters Licht führen. Sie entlarven sich schon dadurch, dass sie der Vergangenheit sich nur deshalb zuwenden, weil sie, also die Vergangenheit, sich im Unterschied zur Gegenwart so schamlos ausschmücken lässt, dass selbst für den, der die Lügen in die Welt gesetzt hat, das ganze am Schluss überzeugend klingt. Nein, nichts kann mich zu der völlig überflüssigen Beschreibung von Sylas Wäldchen verführen, das die gewundene Straße zum Dorf begleitete, von der Mühle am Fuß des Hügels bis zum Schulhaus am Ortsrand. Würde ich mich nämlich darauf einlassen, die Eichen und Büsche beiderseits der Straße zu beschreiben, die so schmal war, dass die Lasten der Esel, die schwerbeladen auf ihr dahintrotteten, an den Zweigen der Brombeersträucher streiften, käme ich nicht umhin, die Geheimnisse unserer Jugend zu enthüllen, welche mit dem ersten Flaum zwischen unseren Beinen zu tun hatten, der eindringlich belegte, dass langsam Männer aus uns wurden. Und den Beweis dieser Männlichkeit traten wir an, indem wir im Schutz des dichten Gebüschs mit heißen Händen die Quelle der weißen

Tropfen rieben, die dann auf das frische Gras spritzten. Desgleichen werde ich nichts von Balas Witwe und dem schmalen Fenster ihres Zimmers erzählen, durch das wir uns, während die anderen Dorfbewohner im heiligen Monat des Ramadan ihre Gebete sprachen, der Reihe nach zwängten, um den natürlichen Nachweis unserer Männlichkeit zu erbringen. Es wäre ein geradezu niederträchtiges Unterfangen, würde ich hier die Geschichte von Galin ausbreiten, der schon wenige Augenblicke, nachdem er zum ersten Mal in das Zimmer von Balas Witwe gestiegen war, wachsbleich wieder draußen erschien und uns sein Leid klagte: kaum hatte er sich nämlich bäuchlings bei ihr niedergelegt, überlief ihn auch schon ein Beben, die Muskulatur seiner Beine erstarrte, und schlaff und feucht geworden, schaffte er es noch nicht einmal, ihre Schenkel zu liebkosen, geschweige denn, Größeres zu verrichten. Mit den Händen wischte er sich die klebrigen Tropfen vom Bauch und erst, als er nach einer geraumen Weile die Fassung wiedererlangt hatte, vermochte er zu berichten, mit welch bitteren Kränkungen ihn die junge Witwe überschüttet hatte, die sich an unseren erregten, in diesen Dingen jedoch unerfahrenen Leibern sättigte. Nach ihm war ausgerechnet ich an der Reihe und bekam alles ab, denn geröteten Angesichts, erhitzt von ungelöscht gebliebener Liebesglut, drang Balas Witwe mit herben Worten auf mich ein, noch ehe ich richtig begonnen hatte, meine Kleider abzulegen: »Schau zu, du Rotznase, dass es dir nicht ergeht wie dem, der eben hier war, sonst sorge ich dafür, dass du dich fühlst, als seist mit dem Hintern in die Brennnesseln geraten. Darauf kannst du dich verlassen!« Dann ... ach dann! Es fällt mir nicht ein, in allen Einzelheiten zu erzählen, wie ich mich neben sie aufs Bett warf, nach ihren spitzen Brüsten griff, die Hände über ihren nackten Bauch gleiten ließ, da ..., kaum berührte ich die Schenkel, oh ..., kaum begannen meine zitternden Hände ihre warmen Schenkel zu streicheln, liefen mir auch schon ein paar warme, klebrige Tropfen über den Bauch; meine Männlichkeit brach in sich zusammen, alle Mauern des Widerstands stürzten ein, etwas Süßes, absolut Unerklärliches verleitete meinen Leib zum Nachgeben, und ohne noch die Wärme ihres Leibesinnern gefühlt zu haben, entleerte ich mich. Erbost starrte sie mich an, und ich rechnete schon mit einer Ohrfeige. »Keine Sorge, ein echter Mann lässt sich nicht unterkriegen! Ich werde es dir richtig besorgen!«, rief ich und überschüttete sie mit schmatzenden Küssen. Ich lag bereits auf ihr und war fest entschlossen, mich bis zur Erschöpfung zu verausgaben. Wer weiß, wie lange dieses unbeschreibliche Vergnügen gewährt hätte, wäre nicht draußen vor dem Fenster das Pfeifen meiner Freunde zu vernehmen gewesen, die mir auf diese Weise signalisieren wollten, dass nun ein anderer an der Reihe war oder dass Gefahr drohte, weil einer der Dorfbewohner das Geheimnis zu ergründen versuchte, weshalb Balas Witwe abends in der Dämmerung ihr Schlafzimmerfenster öffnete und das Licht löschte. Das, was mir in Erinnerung geblieben ist, ohne dass es nötig oder sinnvoll wäre, in die Einzelheiten zu gehen, ist recht verdrießlich und albern. Als ich nämlich aus dem Fenster auf die Straße sprang, sah ich mich plötzlich dem Schwager der Witwe gegenüber, dem Bruder des armen Bala, der nach kaum zwei Ehejahren das Zeitliche gesegnet und dabei eine junge Frau hinterlassen hatte, die nun bei unseren taufrischen

Leibern Trost suchen musste. Mutter traktierte mich mit Schimpfworten und Fußtritten, und es wird mir ewig ein Rätsel bleiben, wie ich ihren Zorn lebend überstand. Schon am nächsten Tag hatte sich der unangenehme Vorfall überall herumgesprochen, und zwar mit schrecklichen Folgen: meine Familie und die Mulaj gerieten sich in die Haare. Ich ignorierte die Beschimpfungen und Kränkungen, mit denen mich mein Vater, meine Onkel und überhaupt die ganze Verwandtschaft überschütteten, mit Ausnahme der Frauen, die mich verschämt aus den Augenwinkeln beäugten und offensichtlich gar nicht fassen konnten, dass ich mich nach einer solchen Blamage überhaupt noch auf den Hof wagte. Was mir Sorgen machte, war der Streit zwischen den Familien. Eine peinliche Geschichte ist das, die ein Licht wirft auf die Sorgen jener Zeit und auf Balas hübsche Witwe, die wir stachen, als wir die erste Phase unseres Mannestums hinter uns gebracht hatten: das Onanieren in Sylas Wäldchen. Zwei Wochen später wurde die Bedauernswerte von ihrem Schwager zu ihren Eltern zurückgebracht, und wir kehrten zurück in Sylas Wäldchen. Durch Vermittlung der Dorfältesten wurde ein Schlussstrich unter die Fehde meiner Familie mit den Mulajs gezogen. Ich bin nicht so verrückt, hier zu erzählen, wie sauer meine Freunde auf mich waren. Ein paar Tage lang sprachen sie kein Wort mit mir, weil sie mir die Schuld an allem gaben, obwohl sie genau so tief in der Sache steckten wie ich. Sie warfen mir vor, ein elender Nimmersatt zu sein, dem flüchtige Schwelgerei mehr bedeutete als die regelmäßige Nahrungsaufnahme, und ich versuchte lieber gar nicht, sie davon zu überzeugen, dass man vom Rausch eines Augenblicks nichts für später abzweigen kann. Ich denke, ich muss hier nicht ausführlich beschreiben, mit welcher Empörung die Dorfbewohner darauf reagierten, dass ein paar Schmutzfinken solch unanständige Dinge just zu der Zeit trieben, als sie selbst ihre Bußgebete sprachen. Auch versteht sich wohl von selbst, dass wir nach der Verbannung von Balas Witwe zu lang anhaltender männlicher Askese verurteilt waren.

Hätte ich die Neigung einiger pedantischer Berichterstatter, sich endlos bei für mich langweiliger Datailkrämerei und sinnlosen Tiraden aufzuhalten, müsste ich auf jeden Fall Dalips Kornelkirschbaum erwähnen, der sich, wenn man zum Dorf heraufkommt, an der vorletzten Kurve linker Hand neben der Straße befindet. Auf sie und den Ort, an dem sie steht, näher einzugehen, würde mich dazu zwingen, von Dingen zu berichten, die nicht für das Papier bestimmt sind, oder aber sie verschlüsselt wiederzugeben, obwohl ich an Umschreibungen keinerlei Gefallen finde und es mir nicht passt, Wahrheiten in Form von Anspielungen oder in unverständliche Symbole verkleidet wiederzugeben. Auf jeden Fall wusste niemand genau, woher die Kornele ihren Namen hatte, was Spielraum für die unterschiedlichsten Auslegungen ließ. Das fing damit an, dass angeblich vor ein paar hundert Jahren ein Greis namens Dalip an dem Stamm sein Wasser abgeschlagen hatte, worauf es ihm den Harngang verschloss und er unter furchtbaren Qualen an einer Harnverhaltung verschied, was darauf zurückzuführen war, dass er seine Beine genau über dem Nest einer Schlange gespreizt hatte. Es war aber auch noch von einem anderen Dalip die Rede, einem hübschen jungen Burschen, wie es im Dorf hieß, und obwohl sich leider niemand genau an den Vorfall erinnern konnte, wusste man immerhin zu berichten, dass er nach seiner Hochzeitsnacht an einem Ast des Kornelkirschbaums erhängt aufgefunden worden war, was seinen Grund angeblich darin hatte, dass seine frisch Angetraute, als er sich über sie hermachen wollte, aus der Nase zu bluten begann, während gleichzeitig aus dem Spalt zwischen ihren Beinen eine Spinne kroch. Man kann diese Geschichten glauben oder nicht, und wenn man sie nicht glaubt, hat man selbst die Möglichkeit, sich eine Geschichte über Dalips Kornelkirschbaum auszudenken, der, wie jede Kornelkirsche auf dieser Welt, im Frühling als erster Baum zu blühen begann und damit die Lieder der Mädchen auf den Galerien und der Schwalben hoch oben in der Luft ankündigte. Die Blüten kündigten außerdem auch an, dass bald Leben in die Büsche von Sylas Wäldchen einkehren würde. Dalips Kornelkirsche war zudem die Stelle, an der die Männer des Dorfs nach einer Niederkunft ihrer Ehefrauen den Mutterkuchen ablegten. Dieser Brauch war gewiss schon viele hundert Jahre alt und lag darin begründet, dass in unmittelbarer Nähe des Dorfes kein Bach floss: niemand hatte jedoch Zeit, ins Tal hinabzusteigen und die Nachgeburt seiner Frau den Wellen des Flusses anzuvertrauen, um sicherzustellen, dass die Wöchnerin auch ausreichend Milch hatte und dem Neugeborenen ein ersprießlicher Lebensweg bevorstand. Sie packten also das pansenartig geformte, blutige Stück Fleisch, in dem die Leibesfrucht herangewachsen war und menschliche Gestalt angenommen hatte, zusammen und legten es behutsam am Fuß des Kornelkirschbaums ab, um dann glücklich über die Geburt des Kindes, aber auch besorgt nach Hause zurückzukehren. Das Ritual wurde stets in der frühen Abenddämmerung vollzogen. Am nächsten Morgen ging dann der betreffende Vater nachsehen, ob der am Vorabend abgelegte Mutterkuchen durch die Schlange von Dalips Kornele auch ordnungsgemäß aufgefressen worden war, dem einzigen Bewohner des Ortes, von dem jene, die ihn einmal zu Gesicht bekommen hatten, sagten, er habe die Augen eines Säuglings zu einem mehrere Meter langen Leib und zwei oder drei Zotteln auf dem Kopf. Um Mitternacht, ergänzten sie, gebe er ein ohrenbetäubendes Zischen von sich, allerdings nur selten. Alle glaubten, ein Kind, in dessen Geburtsnacht die Schlange zischte, werde sein Leben lang die Augen nicht zum Schlafe schließen können und deshalb unter schrecklichen Qualen sterben, wenn die Schlange nicht vorher drei Eier trank, von denen jedes zwei Dotter hatte. Dieses furchterregende Schlangenwesen, mit dem die Dorfbewohner gleichwohl gerne prahlten, beließ nur die Nachgeburten von Müttern kurzlebiger Kinder oder solcher Frauen ungefressen, deren Leibesfrucht aus dem Samen eines anderen Mannes stammte, die demnach ihren Ehemann betrogen hatten. Für einen Vater, der am nächsten Morgen den Mutterkuchen seiner Frau unversehrt am Stamm des Kornelkirschbaums vorfand, war dies ein ungeheuerlicher Schicksalsschlag, musste er nun doch damit rechnen, dass sich sein Kind entweder nur eines kurzen Lebens würde erfreuen dürfen oder aber, schlimmer noch, vom Blute eines anderen Mannes war, der sein Haus entehrt und sein Mannestum dauerhaft befleckt hatte. Glücklicherweise werden in unserem Dorf viele Kinder geboren, und es sind nur wenige Fälle bekannt geworden, in denen die Schlange von Dalips Kornelkirschbaum das frische Fleisch verschmähte, weil sie den Betrug witterte, den eine Frau ihrem Gatten angetan hatte. Häufiger kam es vor, dass das Neugeborene sehr bald das Zeitliche segnete, wie es den Eltern durch die Schlange bereits angekündigt worden, indem sie den Mutterkuchen nicht gefressen hatte. Es wäre allerdings höchst geschmacklos, wenn ich an dieser Stelle von Balan berichtete, der in einer lange zurückliegenden Nacht voller Freude und Stolz mit dem Mutterkuchen seiner Ehefrau zur Kornelkirsche gekommen war. Diese hatte soeben einen geradezu unbeschreiblich hübschen Sohn entbunden, der zudem vor Gesundheit strotzte, bei dessen Erwähnung die Frauen des Dorfes allerdings bis heute zwei- oder dreimal vor sich auf den Boden spucken und »Stehe Allah uns bei!« murmeln ... Gering die Zahl der Dörfler, die bereit waren, von Balan zu sprechen, und ebenso gering die Zahl derer, die an die ganze Geschichte erinnert werden wollten, also an die Sache mit Balan, dessen Freude nur kurz währte, denn als er tags darauf bei Dalips Kornelkirschbaum ankam, erstarrte er plötzlich vor Schreck: unversehrt lag der blutige Mutterkuchen vor ihm. Schreckensbleich und mit finsteren Gedanken im Kopf stand er da, hatte aber trotz seiner üblen Verfassung die Besonnenheit und Kraft, den Mutterkuchen seines Kindes aufzuheben und so weit fort zu schleudern, wie er nur konnte, damit wenigstens die anderen Dorfbewohner nichts merkten. Aber was nützte es schon, dass die übrigen Dörfler nicht ahnten, was der Arme sicher wusste? Mit vergifteter Seele kehrte er nach Hause zurück, verstand es aber meisterhaft, seine Empfindungen vor der ihm angetrauten Wöchnerin zu verbergen, denn er hoffte noch, es werde sich um eine Kurzlebigkeit des neugeborenen Sohnes handeln, anstatt, Gott bewahre, einen Seitensprung seiner Ehefrau. Aber war es denn leicht, in dem Bewusstsein zu leben, dass der lang ersehnte Erbe bald schon die Augen schließen und diese Welt wieder verlassen würde, auf der er kaum noch richtig angekommen war? Ganz gewiss nicht! Allerdings ist es gewiss auch nicht leichter, in dem Bewusstsein zu leben, dass durch die Adern dessen, der dich Papa ruft, das Blut eines anderen Mannes fließt, dass man seine Freude an eine Frucht aus fremden Samen verschwendet hat, der dich selbst und den nur dir allein zustehenden Acker entehrt hat. Einzig der arme Balan wird zu ermessen in der Lage gewesen sein, was es bedeutet, mit einer solch schweren Gemütsbelastung zu leben, so dass es, wenn nicht noch mehr, auf jeden Fall ein Ausdruck elementarer Sorglosigkeit wäre, wollte ich mich über Empfindungen auslassen, die ein ganz anderer hatte, wie es manche Erzähler tun, die damit in gewisser Weise mit den Gefühlen von Mitmenschen ihren Scherz treiben. Ich werde mich also nimmermehr dazu verleiten lassen, mir vorzustellen, wie Balan ganze schlaflose Nächte lang den Säugling anstarrte, um an ihm irgendeine Ähnlichkeit mit sich selbst zu entdecken, ein unwiderlegbares Zeichen, dass in ihm doch sein eigen Blut floss, und genauso wenig bin ich bereit, mir die Gefühlsregungen auszumalen, von denen der Arme gepeinigt wurde, wenn ich auch öffentlich einräumen muss, dass mir diese Zurückhaltung sehr schwer fällt, denn schließlich beraube ich damit meine Phantasie der Möglichkeit, auf den fettesten Weiden zu grasen und womöglich den neuerlichen Beweis zu erbringen, dass Gott nicht unbedingt tut, was der Mensch denkt und sich vorstellt. Oder, um es deutlicher zu sagen: Balans Sohn gedieh prächtig. Er überstand die Masern, den Keuchhusten, es wurde schon Zeit für die Beschneidung. Dieses Kind wird mich zugrunde richten, dachte Balan ein ums andere Mal, wenn er zusah, wie sein Sohn, oder besser gesagt, der bedingt sein Sohn zu Nennende, bei der Quelle seine ersten Schritte tat. Der Kleine wuchs, und mit ihm Balans Sorge, und es wuchs auch der Bauch seiner Gattin, denn sie war mit dem zweiten Kind schwanger. Ja, ja, in Balan wuchs ein Gefühl, in dem sich Wut, Freude und Verzweiflung mischten ... Alle Säfte waren daran beteiligt, die der emsige Arbeitsmann des menschlichen Innenlebens zu produzieren vermag, damit sie einen blitzartig aus einer fröhlichen Sinnesart reißen und in einen Zustand nervzermürbenden Grams und Leides befördern. In der Nacht, in der bei seiner Frau Wehen die baldige Geburt des zweiten Kindes ankündigten, setzte er sich an ihr Lager und wischte den Schweiß von ihrer Stirn. Schließlich, als die Geburtsschmerzen, von denen ihr war, als breche jemand jeden einzelnen Knochen in ihrem Leib, seine Frau auf dem Bett buchstäblich festnagelten, beugte er sich zu ihr hinab und sprach flüsternd in ihr Ohr: »Wenn du mir nicht auf der Stelle gestehst, wer der Vater des Kindes ist, das im andern Zimmer schläft, zwinge ich dich, die Leibesfrucht zu verschlingen, die du jeden Augenblick auf die Welt setzen wirst!« Die Frau vergaß ihre Schmerzen, streckte den Arm nach ihm aus und antwortete mit brüchiger Stimme: »Sie taten es mit List und Tücke! Liebe ihn, Balan, denn dass er unter meinem Herzen aus fremdem Samen heranwuchs, lag nicht daran, dass mir deiner nicht lieber gewesen wäre, sondern weil ich keinen anderen Ausweg hatte! Sie behaupteten, davon hinge dein Heil ab in jener Nacht, als man dich in den Versammlungsraum der Männer rief! Asim, dieser Schuft, hat mich hereingelegt! Er gab an, ich würde dich nie wiedersehen, wenn ich ihm nicht zu Willen wäre! Die Obrigkeit beschuldige dich schwerer Vergehen, und nur die Dorfältesten könnten dich vor der Anklage bewahren.« Balan stöhnte schmerzvoll auf. Es klang fast so, als zwänge sich der Säugling aus seinem Bauch und nicht dem Bauch seiner Frau.

Es macht keinen Sinn, den Leser weiter mit Balans Geschichte zu langweilen. Ich möchte schließlich nicht jenen Argumente an die Hand geben, die der Meinung sind, ein Erzähler müsse das, was man auch in einfachen und klaren Worten sagen kann, auf hunderterlei Art ausschmücken und garnieren, damit der Eindruck entsteht, zu beschreiben, was der Mensch nach Gottes Willen tut, sei fürchterlich kompliziert. Es würde schlicht zu weit führen, in allen Einzelheiten zu beschreiben, in welch grauenvoller Verfassung sich Balan befand, dem in dieser Nacht ein zweiter Sohn geboren wurde, ohne dass er darüber hätte stolz und froh sein können. Eine Flut unterschiedlichster Gedanken lähmte seine Zunge und machte ihn stumm. Es war die Erinnerung an eine bestimmte Nacht, die ihn um alle Freude brachte. Sie war so lebendig, als liege das ganze nicht schon Jahre zurück, sondern passiere eben jetzt, da sich seine Frau auf dem Bett auf die Seite wälzte, um das Neugeborene zu versorgen, das eben aus der Wärme ihres Bauches herausgeschlüpft war. Ja, richtig, damals hatten ihn die Dorfoberen für den frühen Abend in den Versammlungsraum der Männer bestellt. Es war gewiss keine kleine Sache, wenn man bereits in so jungem Alter an den Ort geladen wurde, wo man die guten und die bösen Taten der Menschen erwog, Gericht hielt und Strafen verhängte, dem einen die Ehre nahm und dem anderen seinen Mannesstolz zurückgab, den ein schamloser Geselle sündhaft befleckt hatte. In jenen Raum, wo man jedes Wort sorgsam abwog, weil es im ganzen Dorf vernommen wurde und einem die Bewunderung oder den Hass der übrigen Bewohner eintragen konnte. Er wusste beim besten Willen nicht, wie er zu dieser Ehre kam, schon jetzt, nach nur wenigen Ehewochen, aber er war mit Recht stolz: an diesem Abend durfte er Zeuge irgendeiner wichtigen Entscheidung der klügsten unter den alten Männern des Dorfes werden. Bald würde Neid aus den Blicken seiner Dorfgenossen sprechen, sie würden an seinen Lippen hängen, wenn er redete, und ihn mit einem ganz anderen Maß messen als den heutigen Balan, der in ihren Augen eine traurige Figur abgab, weil er keine Brüder hatte und statt einem gescheiten Mann einen alten Trottel zum Vater, über den Groß und Klein gelacht hatte. Ausgerechnet der Balan, der unter den warmen Fittichen seiner Mutter und von den Brosamen mildtätiger Menschen groß geworden war, die sie in ihren Taschen gesammelt hatte, damit ihr einziger Sohn nicht hungrig blieb, war nun in den Versammlungsraum der Männer eingeladen worden, wo Leute beratschlagten, an deren Wort es für einer gewöhnlichen Mutter Sohn nichts zu rütteln gab. Wie oft hatten er und seine Gefährten aus weitem Abstand zu dem blassen Licht hinübergeschaut, das aus den großen Fenstern des Versammlungsraums der Männer fiel, wie oft hatte die Einwohnerschaft zitternd auf dem Hauptplatz gestanden, um sich die Beschlüsse der klügsten und brillantesten Köpfe des Dorfes anzuhören. Balan machte sich auf den Weg, als die Dunkelheit auf den Flecken herabzusinken begann, frohgemut, aber auch in Sorge, womöglich etwas falsch zu machen, den Männern zur unrechten Zeit ins Wort zu fallen.

Er betrat den Raum und schüttelte den klugen, graubärtigen Greisen die Hand, wie es sich unter Männern gehört. Man erklärte ihm, er sei eingeladen worden, damit er den Beratungen lausche, vom scharfsinnigen Urteil dieser Männer lerne, denn wenn die körperlichen und geistigen Kräfte der versammelten Greise eines Tages geschwunden seien, müssten Jüngere sie ersetzen. Dich also halten sie für einen derer, die würdig sind, ihren Platz einzunehmen, stammelte es freudig in Balan. Vor lauter Glück und innerer Zwiesprache mit sich selbst entging ihm leider völlig, was die Männer ernst und mit auf den farbig gemusterten Teppich gerichteten Blicken verhandelten. Erst spät, gegen Mitternacht, kehrte er nach Hause zurück. Er legte sich zu seiner Frau, die seltsam bebte, was er aber so wenig wahrnahm wie die Tränen, die ihr über die Wangen liefen. Es drängte ihn, ihr mitzuteilen, welcher Ehre ihn die Dorfoberen hatten teilhaftig werden lassen. Er redete und redete, bis er endlich merkte, dass die (tränenerfüllten) Augen seiner Frau zugefallen waren. So war es nun wieder, in dieser Nacht ihrer zweiten Niederkunft, nachdem sie ihm gestanden hatte, dass das erste Kind von Asim stammte, der vor Jahren in ihrem Zimmer aufgetaucht war und ihr vorgelogen hatte, Balan befinde sich in einer großen Gefahr, aus der sie allein ihn retten könne. Sie hatte sich gefügt, ihn gleichsam schwesterlich umarmt, als einen der Vornehmen des Dorfes, denen niemand zu misstrauen wagte. Jetzt, nach so vielen Jahren, fiel Balan wieder ein, dass Asim in jener weit zurückliegenden Nacht nicht im Versammlungsraum der Männer präsent gewesen war, und dass er selbst nach eben dieser Nacht nie mehr eine Einladung erhalten hatte, den Beratungen beizuwohnen. Jetzt endlich begriff er, dass diese graubärtigen Greise ihn in die Falle gelockt hatten, weil sie wussten, dass er sich als einziger Mann im Haus nicht dagegen schützen konnte. Die gleichen Leute, die mit der Gebetskette in der Hand und hochmütigen Mienen durch das Dorf zu stolzieren pflegten, stets bereit, andere einer Sünde zu überführen, hatten mit seinem männlichen Stolz ihr böses Spiel getrieben, dem einzigen Reichtum, den Balan sein eigen nannte.

Ihr seht also selbst, dass es Dinge gibt, die sich aus Gründen des guten Geschmacks nicht dazu eignen, in die Öffentlichkeit gezerrt zu werden, und deshalb bin ich mir sehr im Zweifel, ob es gut wäre, vor euch auszubreiten, was in jener Nacht, in der Balans Frau ihr zweites Kind zur Welt brachte, weiter geschah. Balan tupfte ihr behutsam den Schweiß von der Stirn. Als sie schließlich eingeschlafen war, ging er hinüber ins andere Zimmer, in dem der ältere Sohn seiner Frau wie ein kleiner Engel schlummerte, aber erst in den frühen Morgenstunden gelang es ihm, doch noch ein wenig Schlaf zu finden. Den ganzen Tag verbrachte er bei der Wöchnerin und dem Neugeborenen. Abends machte er sich auf den Weg zu Dalips Kornelkirschbaum und kehrte erst spät, weit nach Mitternacht, in sein Haus zurück. Seine Frau hatte sich wegen seines langen Ausbleibens nicht gesorgt, denn vom Blutverlust erschöpft, war sie in einen Schlaf voller grässlicher Alpträume gefallen. Dies entging ihm nicht, als er sie zärtlich auf die Stirn küsste. »Schlaf jetzt in Ruhe! Du hast zwei Söhne, die deiner Liebe würdig sind!« Am Morgen erwachten sie beide gleichzeitig. »Willst du nicht nachschauen, ob die Schlange von Dalips Kornelkirschbaum den Mutterkuchen gefressen hat?«, fragte ihn die Frau. »Nein, ich bin gestern abend dort geblieben, bis sie schließlich aus ihrem Nest gekrochen kam«, erwiderte er. »Ich sah mit eigenen Augen, wie sie das frische Fleisch aus deinem Bauch fraß.« Geschrei, das, immer lauter werdend, näher kam, störte ihr Gespräch. Die Leute liefen zum Rand des Dorfes. Balan rannte ihnen nach. Dort, an den Stamm von Dalips Kornelkirschbaum gelehnt, saß ein entseelter Asim. Sein Gesicht war blutverschmiert. Aus dem geschwollenen Mund hing ein Stück pansenartigen Fleisches. Es sah so aus, als sei er bei dem Versuch, das Fleisch in übermäßiger Hast hinunterzuschlingen, daran erstickt. Die Dorfbewohner hüllten den Leichnam in ein weißes Laken und brachten ihn zu seinem Haus, wo die Frauen jammerten und die Kinder weinten. Am Abend wurde im Versammlungsraum der Männer das Licht angezündet. Die Gemeindeoberen verbrachten die ganze Nacht damit, über das Ereignis zu diskutieren, das im Dorf tiefe Erschütterung hervorgerufen hatte. Balan schaute noch einmal zum hell erleuchteten Fenster des Versammlungsraums der Männer hinüber und ging dann sein Wasser abschlagen.

Ich sagte bereits, dass ich keiner von denen bin, die merken, an welcher Stelle sich eine Geschichte ausschmücken lässt, und um Details, die dazu beitragen könnten, dem Leser die Handlung verständlicher zu machen, kümmere ich mich auch nicht. Das beweist vermutlich mein Unvermögen, in Worte zu fassen, was in meinem Kopf herumgeistert. Deshalb gehe ich auch gar nicht darauf ein, dass der Hodscha des Dorfes sich im Rahmen seiner alltäglichen Verrichtungen bei der Gemeinde darüber beschwerte, dass die Amulette mit Koransuren, die er für unfruchtbare Frauen angefertigt hatte, damit sich ihrer Gebärfähigkeit wieder oder überhaupt erst teilhaftig würden, eines Tages, lieblos hingeworfen, vor dem Eingang der Moschee aufgefunden worden waren. Als er sich hinabgebeugt hatte, um die mit heiligen arabischen Schriftzeichen beschriebenen und dann zusammengefalteten Zettelchen aufzuheben, war er von einem Schwindel befallen worden und vor dem Moscheetor zu Boden gestürzt, und als er dann aus seiner Ohnmacht wieder erwachte, entdeckte er neben sich einen weiblichen Leichnam, der sich gleich darauf in einen Maulwurf verwandelte und unter Quietschen in die Erde eingrub. Ganz überflüssig wäre es, den allgemeinen Aufruhr zu erwähnen, als sich im Dorf herumsprach, dass es dem Hodscha die Stimme verschlagen hatte, sodass er nicht mehr imstande war, fünfmal am Tag die vorgeschriebenen Gebete zu sprechen. So beschränke ich mich darauf, in knappen Worten wahrheitsgemäß wiederzugeben, was die alte Salushe sagte, der es auch hauptsächlich zu verdanken ist, dass ich mich an mein altes Dorf und seine von der Monotonie des Alltags und der Last des Lebens niedergedrückten Bewohner erinnere. Also, um es kurz zu machen: die alte Salushe, die immer noch am Leben ist und gleich neben der Wasserstelle des Dorfes wohnt, im ersten Haus rechts, wo es abgeht zum Versammlungsraum der Männer, pflegte, wenn sie wieder einmal Licht in dem Raum entdeckte, in dem die Dorfoberen berieten, sich zwischen die Schenkel zu greifen und, die welken Muskeln massierend, zu verkünden: »Euer Verstand und das, woran ich gerade reibe, haben eines gemeinsam: Je älter sie werden, desto mehr Saft geht ihnen verloren und desto weniger reagieren sie auf äußere Reize!«

Der Jüngling, der Federn sammelte

Noch heute spricht man in jenem Dorf von dem schönen, schweigsamen Jüngling. Man sagt, er sei auf seine Schönheit so stolz gewesen, wie er die Einsamkeit geliebt habe. Diejenigen, die ihn noch erlebt haben, warten begierig darauf, dass man sich nach ihm erkundigt. »Seht ihr das Haus in dem Garten dort?! Erkennt ihr die verhängten Fenster, die in den Regenbogenfarben leuchten? Dort wohnte einst der schönste Jüngling in unserem Dorf!«, werden sie von sich aus anfangen, wenn ihr keine Absicht erkennen lasst, nach ihm zu fragen. Tief beleidigt sind sie, wenn ihr das Haus nicht besucht, kein Interesse zeigt, euch in die Geschichte des Dorfes einweihen zu lassen. In der Regel beginnen sie von heute zu erzählen, um dann ganz geschickt und fast unmerklich in die Vergangenheit zurückzugehen, in die Zeit, als der Jüngling lebte, der seine Tage, wie sie zu berichten wissen, in großer Zurückgezogenheit verbrachte. Alles, was mit ihm zu tun hat, schmücken sie auf das Liebevollste aus, und was sie zu schildern haben, klingt so unglaublich, dass ihr ganz sicher neugierig werdet und euch schließlich doch nach dem Jüngling erkundigt, der sich dem Gedächtnis der Alten im Dorf mindestens so stark eingeprägt hat wie das, was ihnen selbst widerfahren ist. »Was für ein geheimnisvoller Jüngling ...!«, flüstert dann der erste Greis, der sich ganz besonders freut, wenn ihr von ihm wissen wollt, wo sich das Haus und das Grab des Jünglings befinden, der das Dorf jahrelang mit seiner lächelnden Gelassenheit in Verwirrung versetzte. Ihr werdet euch auf die Zehenspitzen erheben, um am Finger eures Gesprächspartners entlang auf ein Dach inmitten grün wuchernder Gärten zu schauen, und der Greis, an den ihr geraten seid, wird sich bitterlich darüber beklagen, dass die Holzfäller heutzutage im Wald wüten, ohne einen Gedanken an seine Wiederaufforstung zu verschwenden. Erst allmählich kommt ihr dahinter, dass es dem Alten bei dieser Geschichte gar nicht darum geht, euer Mitgefühl mit dem geplagten Wald zu wecken, sondern dass er euch nur bereit macht für neue Informationen über den Jüngling. Denn kaum schaut ihr zum Wald, lenkt der Alte eure Aufmerksamkeit auch schon auf die hohe Eiche im Vordergrund, unter der sich, wie er ausführt, der Jüngling auszuruhen pflegte, wenn er vor Einbruch der Nacht aus dem Forst zurückkehrte. Nun seid ihr ihm endgültig in die Falle gegangen und könnt euch die Bemerkung nicht verkneifen: »Das ist doch nichts Besonderes bei einem Holzfäller, den sein Tagwerk ermüdet hat!« Nach diesem untrüglichen Zeichen, dass seine Lockung ihre Wirkung nicht verfehlt, kann der Alte nun dazu übergehen, in aller Ruhe und ganz ausführlich von dem Jüngling zu erzählen, den die wenigen betagten Dorfbewohner, die ihn noch persönlich gekannt haben, als einen so hübschen wie stillen jungen Mann beschreiben, der sich von den anderen absonderte und sich mit Dingen beschäftigte, zu denen jeder im Dorf seinen eigenen Kommentar abgibt. Wir haben es also mit einem jener häufig anzutreffenden jungen Menschen zu tun, die sich nicht in die üblichen Verhaltensmuster pressen lassen wollen und damit zum Objekt der Analysen derjenigen werden, die, wie man im Volk zu sagen pflegt, nicht zufrieden sind, wenn sie ihre Nasen nicht in fremder Leute Angelegenheiten stecken können. Hübsch war er auf jeden Fall, mindestens was die gemeinhin unverhüllten Körperpartien anbelangte, aber andererseits eben auch ein durch das Dorf wandelndes Rätsel, einzig dafür geschaffen, allenthalben Verwirrung auszulösen und Kinder wie Erwachsene von einer Neugier in die andere zu stürzen. Er lebte in einem Haus mit zwei Zimmern, und vergebens bemühten sich die Dorfgenossen, an ihm Wesensähnlichkeiten mit seinen Eltern auszumachen, die man als betriebsame und rechtschaffene Leute in Erinnerung hatte, die sich selbst, ihre Nachbarn und alle übrigen Bewohner dieses Dorfes respektierten, das keine auffälligen Merkmale aufzuweisen hatte, die ihm einen besonderen Ruf eintragen oder es bei den Nachbardörfern ins Gerede bringen konnten. »Er ist ja nun wirklich schon lange in dem Alter, aber dieser Bursche denkt gar nicht daran, sich zu verheiraten!«, bedauerten die alten Frauen des Dorfes, wenn er auf der Straße vorbeikam. »Ach, wie hübsch er doch ist!«, seufzten traurig die jungen Mädchen, die nicht einsehen wollten, dass diese Schönheit unberührt und ihnen selbst vorenthalten bleiben sollte. Es gab auch solche, die sich auf der Straße in guter Absicht an ihn wandten und von ihm wissen wollten, welche Nöte ihn denn daran hinderten, sich auf dem Dorfplatz bei den anderen sehen zu lassen. Er lächelte dann nur, murmelte etwas Unverständliches und ging davon in den Wald oder zu sich nach Hause, wo er die Tür hinter sich abschloss, als fürchte er ungebetene Gäste.

Nicht sein zurückgezogenes Leben oder die Stille, die als einzige Gefährtin seinen Alltag begleitete, hoben ihn von den anderen ab und machten ihn zum Gesprächsthema auch in den Nachbardörfern. Auch wunderten sich die Leute nicht darüber, dass bei ihm die ganze Nacht die Lichter brannten, denn das kam auch bei anderen vor. Was sie verwirrte, war, dass er sich, wenn er einmal sein Haus verließ, geradewegs zum Wald begab und darin verschwand. Diese Ausflüge lieferten Stoff für die merkwürdigsten Geschichten. Einige behaupteten, tief drinnen im Wald befinde sich eine Höhle, und dort grabe der Jüngling nach einem Schatz aus Goldstücken und kostbarem Geschmeide. Andere beteuerten, sie hätten ihn auf hohe Bäume klettern sehen, wo er die unterschiedlichsten Rufe nachahme, um Vögel anzulocken. Er geht so oft in den Wald, um sich dort heimlich mit seiner Geliebten zu treffen, schworen ein paar Frauenzimmer und küssten dabei zur Bekräftigung einen Brotlaib. Sie behaupteten sogar, sie hätten mit eigenen Augen gesehen, wie er sich im Wald der Liebe mit einer schönen jungen Frau hingab, deren Namen sie allerdings nicht nennen wollten. Nun macht aber mal einen Punkt, spotteten die jungen Burschen des Dorfes, wenn sie hörten, was man sich so über ihren Altersgenossen erzählte, den sie nicht besonders gut kannten, weil er sich ihnen nie anschloss: Er wird in den Wald gehen, um das zu tun, was wir alle tun, wenn unsere Hoden Überdruck haben. Schließlich beschlossen die Männer des Dorfes, um endlich hinter das Geheimnis dieser häufigen Waldspaziergänge zu kommen, ein paar von ihnen sollten dem Jüngling nachgehen, zumal es dafür ja auch keiner besonderen Kunstfertigkeit bedurfte. Dies geschah natürlich nicht, weil sie selbst an Erkenntnissen über den Tagesablauf eines jungen Schnösels interessiert gewesen wären, sondern weil ihre Frauen eine Menge Zeit damit vergeudeten, dass sie über den absonderlichen Burschen tratschten, worüber dringende Hausarbeiten liegen blieben. Auch die Jungfrauen hatten die Stickarbeiten für ihre Aussteuer zur Seite gelegt und hingen den ganzen Tag am Fenster, um ja nicht zu versäumen, wenn er mit seinem Rucksack vorbeikam. Ihre Blicke folgten ihm, bis er oben auf dem Hügel im Wald verschwunden war. Vergeblich versuchten die Mütter die jungen Dinger zu bewegen, Nadel und Seidenfaden wieder zur Hand zu nehmen, um weiter an ihren Tüchlein zu sticken: Sie starrten nur unentwegt hinauf zum Waldrand, damit ihnen nicht entging, wenn der Jüngling am Abend mit einem Lächeln auf den Lippen zurückkehrte, das sie völlig verzauberte. Man sagte, ein paar Taugenichtse aus dem Dorf seien ihm bereits ein paar Mal nachgestiegen, aber mit rotem Kopf und schweißüberströmt aus dem Wald zurückgekommen, ohne etwas über den schönen Jüngling und sein Treiben zwischen den Eichen in Erfahrung gebracht zu haben. Nun aber, eines schönen Tages, setzten sich die vom Dorf offiziell Ernannten heimlich auf seine Spur und ließen ihn nicht mehr aus den Augen. Einige Stunden, nachdem der junge Mann aus dem Wald abgestiegen war und sich wie üblich in seinem Haus eingeschlossen hatte, kehrten auch die Verfolger zurück. Los, erzählt uns endlich, was dieser Satansbraten im Wald zu suchen hat, wurden sie von den ungeduldigen Dorfbewohnern bestürmt, die auf dem Dorfplatz zusammengelaufen waren, um der endgültigen Auflösung des Geheimnisses beizuwohnen, das kein anderes Gespräch im Dorf mehr zuließ. »Er ist total verrückt!«, sagte einer der Männer, die den Jüngling auf Schritt und Tritt verfolgt hatten. »Schweigend geht er durch den Wald und sammelt tote Vögel und Federn auf.« »Einmal ist er in eine Höhle gegangen und mit den Händen voll Uhu- und Kauzenfedern wieder herausgekommen«, sagte ein anderer, musste aber einräumen, dass sie Angst gehabt hatten, selbst ebenfalls in das finstere Loch einzudringen, immerhin hätten sie, kaum sei der Jüngling in der Höhle gewesen, ein dem Jammern eines Säuglings nicht unähnliches Geräusch vernommen. »Außerdem steigt er auf Bäume und durchsucht verlassene Vogelnester! Er spricht die Sprache der Vögel, denn diese fürchten sich nicht vor ihm: Sie lassen sich auf seiner Schulter nieder oder flattern zwitschernd um ihn herum«, führten sie aus, denn sie legten Wert darauf zu zeigen, dass sie sich ihrer Pflicht ehrenvoll entledigt und sämtliche Unklarheiten beseitigt hatten. »Wir sahen auch, wie er ...«, begann einer von ihnen, biss sich jedoch auf die Zunge, als die anderen beiden ihn böse anschauten, und brachte nicht zu Ende, was er hatte sagen wollen. »Erzählt alles, schließlich haben wir euch beauftragt, das Geheimnis zu enthüllen und nicht das Ganze noch undurchsichtiger zu machen!«, regierten die Dorfbewohner empört. Es gab also kein Entrinnen. Die Dinge mussten auf den Tisch, also auch, dass bei einer Quelle in der Nähe der Höhle ein schönes Mädchen zu dem Jüngling getreten war und mit ihm zusammen in dem tränenklaren Wasser gebadet hatte. »Lass das, hör auf, das hat nichts mit dem zu tun, worum es hier geht«, sagte einer der Männer aus dem Dorf zur Erleichterung aller, die fürchteten, gleich werde der Name ihrer Tochter fallen. Leichter hatte es nun auch jener, dem die Pflicht zugefallen war, von den Beobachtungen an der Quelle zu berichten, und zwar nicht nur, weil er sonst womöglich gezwungen gewesen wäre, den Namen des Mädchens zu verraten, das den nackten Jüngling an der Quelle liebkost hatte, sondern auch, weil es ihm erspart blieb, in Gegenwart von

Frauen und Kindern unziemliche Details zu enthüllen. Tatsächlich bewies ein vernehmliches »Ach!« von den Lippen eines jungen Burschen, dass alle sich leicht vorstellen konnten, was an der Quelle genau sich abgespielt hatte und in welch schwieriger Lage sich deshalb jene befanden, die das Spiel der nackten jungen Körper beobachtet hatten. »Oh!«, seufzten Frauen wie Männer, denn für sie stand fest, dass der junge Mann ein elender, der schwarzen Magie verfallener Narr sei, der deshalb zu den absonderlichsten Handlungen neigte. »Es war bestimmt kein wirkliches Mädchen, sondern der Spuk, der einen Menschen umwallt, dessen Leib zur Heimstatt von Geistern geworden ist!«, erklärte der Hodscha. »Aber wir ...«, wollte der Wortführer der Kundschafter weiter ausführen, doch der starr auf ihn gerichtete Finger des Hodscha gab allen zu verstehen, dass es nichts mehr auszuführen gab. Sie kehrten in ihre Häuser zurück, durchaus erleichtert, aber auch voller Neugier und Begierde, sich mit eigenen Augen von dem zu überzeugen, was die zwei oder drei Verfolger des Jünglings aus dem Wald berichtet hatten. Von nun an gingen immer mehr Dorfbewohner ganz zufällig im Wald oben auf dem Hügel spazieren, wo sie dem jungen Mann auf Schritt und Tritt nachstellten. Täglich nahm die Zahl jener ab, die noch Erklärungen dafür suchten, weshalb der Jüngling sich so oft im Wald den Blicken der Öffentlichkeit entzog, anstatt seine Äcker zu jäten, die schon ganz von Unkraut überwuchert waren. Auch ging ihr Drang zurück, den Inhalt seines Rucksacks aufzuklären, wenn er aus dem Wald zurückkam. Schließlich hatte inzwischen jeder mit eigenen Augen gesehen, wie er ihn mit Federn füllte, und wenn er wieder einmal fröhlich lachend und hüpfend aus dem Wald kam, dann wusste man, dass sich sein Tag gelohnt hatte, dass er auf märchenhaft gefärbte Federn oder auf ein lange verendetes und schon vertrocknetes Rebhuhn gestoßen war, das ein Jäger mit dem Gewehr getroffen, seine auf die Entdekkung des verwundeten Opfers abgerichteten Jagdhunde aber danach nicht gefunden hatten. Kaum war im Dorf wieder Ruhe eingekehrt, und die Frauen hatten sich wieder den alltäglichen Themen zugewandt, fiel jemand die Frage ein, wozu er die bunten Federn überhaupt brauchte. Damit erwachte der Wissensdurst der Dorfbevölkerung von neuem. Die den Menschen nach wie vor innewohnende Unruhe kam zu Tage und machte deutlich, dass das Geheimnis noch lange nicht gelöst war. Als die Männer schon hofften, ihre Gemahlinnen und Töchter hätten den schönen Jüngling endlich vergessen, der sich nie auf dem Dorfplatz blicken ließ, sondern nur in seinen vier Wänden hockte, wenn er nicht gerade im Wald Federn sammelte, kamen Spekulationen über den Verwendungszweck der bunten Federn auf. Auch in den nächstgelegenen Dörfern bekam man Wind von dem Federn sammelnden Jüngling und erregte sich an dem Geheimnis, wozu sie ihm wohl dienen mochten. »Bestimmt will er behaglich schlummern und benützt sie deshalb zum Füllen von Kissen und Überbetten!«, meinten die rotbackigen Mädchen und träumten von seinem weichen Bett. Nach dem, was man sich so erzählte, besuchten ihn die mutigsten unter den Mädchen während der Nacht, um sich dann vor Sonnenaufgang wieder aus seinem Haus zu stehlen. Nichts und niemand konnte sie dazu bewegen, preiszugeben, was sie gesehen und erlebt hatten. Nach dem ersten Besuch hatten sie keinen anderen Wunsch mehr, als erneut die Wärme seines Lagers zu genießen. Auch die Eltern schwiegen und taten so, als wüssten sie gar nicht, dass ihre Töchter des Nachts heimlich zu dem jungen Mann gingen. Sorgen bereitete ihnen allerdings die Krankheit, die alle den schönen Jüngling besuchenden Mädchen der Reihe nach befiel: Anstatt sich um ihre Aussteuer zu kümmern, durchstreiften sie, heimlich vor den Eltern, die Gehölze und durchforschten die Vogelnester nach den schönsten, buntesten Federn für den jungen Mann, von dem sie ganz besessen waren. »Dieser verrückte Schmutzfink bringt nicht bloß unsere Töchter auf Abwege, er geht uns mit seinem närrischen Gehabe langsam auch auf die Nerven. Sicher, er stört niemand und steht auch keinem im Weg, aber man hat mit ihm keine Ruhe, weil man an nichts anderes mehr denkt!«, sagten die Dorfbewohner und schauten hinüber zu dem Fenster des Jünglings, das auch noch weit nach Mitternacht, wenn sie einmal auf die Veranda hinausgingen, um einen bösen Traum zu verscheuchen oder die Sterne zu beobachten, blass schimmerte. »Wir werden ihn schon noch aus dem Dorf vertreiben!«, gelobten die jungen Burschen, wenn sie zusehen mussten, wie der Jüngling sich gemächlich auf den Weg in den Wald machte, um dann kurz vor Einbruch der Dunkelheit mit einem Rucksack voller Federn und toter Vögel nach Hause zurückzukommen. »Er ist ein Hexenmeister, und aus den Federn braut er einen Trank, mit dem er die Dorfmädchen von ihrer jugendlichen Hitze kuriert!«, sagten die um den Dorfbrunnen versammelten alten Frauen, nicht ohne stets zu betonen, dass es so etwas früher auf keinen Fall gegeben hätte, weder zu ihrer Zeit noch zuvor bei den inzwischen längst in der Erde verfaulten Altvorderen. »Wie man sagt, hängt er die Federn, die er den krepierten Vögeln ausrupft, an der Wand auf, wo sie verwesen und wurmig werden!«, wusste eine Greisin mit besonders entwickelter Einbildungskraft zu berichten. Kurz, das Getratsche war nicht mehr einzudämmen: Jeder ließ sich aus über den Jüngling, es gab so gut wie keine Unterhaltung, in der er nicht vorkam, doch er selbst ahnte nicht einmal, dass man im Dorf von nichts anderem mehr redete. Er wusste es auch an dem Tag nicht, an dem er sorgsam die Tür seines Hauses abschloss und, in jeder Hand einen Koffer, die Dorfstraße hinunterging. Die Bewohner staunten nicht so sehr über die Koffer, sondern viel mehr darüber, dass er nicht wie gewöhnlich in den Wald ging, sondern sich hügelabwärts in unbekannter Richtung entfernte. In den Blicken, die ihm aus der Dorfbevölkerung nachgeschickt wurden, lag durchaus auch Genugtuung, denn immerhin, der verfluchte Kerl hatte endlich einmal die Richtung gewechselt. Die Freude wuchs, als er am Abend nicht zurückkehrte, und hinter den Fenstern seines Hauses kein Licht anging. Tage vergingen, Monate und Jahre, ohne dass sich der Jüngling wieder im Dorf hätte blicken lassen oder etwas von ihm zu hören gewesen wäre. Die jungen Mädchen, die ihn besucht hatten, machten sich große Sorgen um ihn. Den ganzen Tag verbrachten die armen Dinger am Fenster, in der Hoffnung, er werde jeden Augenblick den Weg zum Dorf heraufkommen, weil er sich nach den Nächten mit ihnen zurücksehnte. Während die jungen Mädchen von Schlaflosigkeit und Träumereien während vieler mit dem schönen Jüngling angenehm verbrachter Nächte ausgezehrt wurden, trieb zehrender Wissensdurst die anderen Dorfbewohner immer öfter zu seinem Haus, weil sie wissen wollten, was sich in den Zimmern hinter der verschlossenen

Tür verbarg. Einige behaupteten, der junge Mann habe das Haus nur aufgegeben, weil die Zimmer inzwischen derart mit Federn gefüllt gewesen seien, dass er nicht einmal mehr Platz zum Schlafen gehabt habe, vom Umhergehen ganz zu schweigen. Wenn den Mädchen, die mit dem Innern des Hauses vertraut waren, ohne dass sie es je zuzugeben gewagt hätten, solche Äußerungen zu Ohren kamen, dachten sie: »Was seid ihr doch für Dummköpfe! Diese Zimmer sind voller Bilder und märchenhaftem Schmuck! Er hat mit all den Federn nicht nur seine Kissen und die Matratze gefüllt, sondern auch die Wände verschönert!« Eines Tages beschlossen die Dorfbewohner, die Tür zum Haus des Jünglings gewaltsam zu öffnen. Drinnen blieben sie wie vom Donner gerührt stehen: die Wände waren mit Federn und wunderschönen Bildern bedeckt. Selbst die Vorhänge waren aus bunten Federn gefertigt, die sorgsam zu einem zauberhaften Mosaik zusammengefügt waren. Alles war sauber und ordentlich aufgeräumt. Nirgends lagen Federn oder andere Dinge herum. In einem Regal waren mit verschiedenfarbigem Pulver gefüllte Flaschen aufgereiht. Jetzt begriff man, dass der Jüngling die Vogelfedern zermahlen hatte, um aus dem so gewonnenen Pulver Farben herzustellen, die er zum Malen verwendete. Auch ein paar mit rötlicher Flüssigkeit gefüllte Töpfe standen ordentlich in den Regalen. Es handelte sich um geschmolzenes Harz, das er mit den aus zermahlenen Federn hergestellten Pulvern vermischte, um die eigentümlichsten Malfarben zu gewinnen. »Was für schöne Bilder!«, staunten die Dorfbewohner, während sie die märchenhaften Landschaften und Interieurs anstarrten, die von der Hand des jungen Mannes stammten. Sie schlossen die Türen wieder ab und kehrten in ihre Häuser zurück. Niemand von ihnen wusste, dass über den jungen Mann, den sie für übergeschnappt gehalten hatten, in den Zeitungen aller Herren Länder die Rede war. Man rühmte nicht nur seine wunderbaren Gemälde, sondern wusste auch von dem Erstaunen zu berichten, in das er die Welt mit seinen eigenartigen Farben versetzt hatte, deren Zusammensetzung selbst die hervorragendsten Kenner chemischer Substanzen nicht zu ermitteln vermochten. Den Dorfbewohnern wäre es ohnehin gleich gewesen, was die Zeitungen schrieben und was die Welt von ihrem Dorfgenossen hielt, sie wünschten sich nur, dass er endlich zu ihnen zurückkehrte, wieder unter ihnen lebte, sie wollten ihn zum Sammeln von Vogelfedern in den Wald gehen und abends lächelnd nach Hause kommen sehen. Es hätte ihnen auch gefallen, wenn die Zimmerfenster des Jünglings wie früher die ganze Nacht erleuchtet gewesen wären, denn sie wussten ja nun, was er nächtens tat, und sie bedauerten, dass sie ihn so ungerecht behandelt hatten. Sie schworen sich, ihm nie mehr übel zu nehmen, dass er keinen Umgang mit ihnen pflegte, und ohne großes Geschrei hinzunehmen, dass ihn nachts die schönsten Mädchen des Dorfes besuchten. Eine schreckliche Unruhe bemächtigte sich ihrer, viel schlimmer noch als damals, als sie hinter sein ungewöhnliches Verhalten zu kommen versucht hatten. Von dieser Unruhe getrieben, fragten sie einander täglich: »Hast du etwas von dem Jüngling aus unserem Dorf gehört? Weißt du womöglich sogar, wann er wiederkommt?« Sie ließen die Straße, auf der er weggegangen war, nicht aus den Augen, immer in der Hoffnung, er werde so still und lächelnd, wie er das Dorf verlassen hatte, eines Tages auch wieder auftauchen. Und wirklich: Er ist da, er ist da, hallte es eines Nachmittags durch das Dorf. Alle, die noch eine Zunge und Stimmbänder hatten, verbreiteten die frohe Nachricht, auf die man so lange gewartet hatte. Niemand kam auf die Idee nachzufragen, wer denn da durch sein Eintreffen Alt und Jung auf die Beine brachte, auch diejenigen nicht, die mit einem Bein schon im Grab standen. Alle rannten schnell auf die Straße, um die Plätze zu ergattern, von denen aus man den jungen Mann, der sich im Anmarsch auf das Dorf befand, am besten sehen konnte. Die ganze Dorfstraße bis zur Biegung beim letzten Haus war voller Menschen. Die Dorfbewohner schubsten einander und waren nicht einmal aufgebracht, wenn einer dem andern versehentlich auf den Fuß trat, oder wenn eine alte Frau aus Unachtsamkeit ihrem Vordermann den Gehstock in den Rücken rammte. Aus allen Fenstern an der Straße ragten die Köpfe von Frauen und Kindern, denn von dort aus konnte man besser sehen als von unten auf der Gasse. »Aua!«, schrie eine ältere Frau auf, weil sie sich an einem hinter ihr stehenden Stachelbart piekte. »Die Jungen liebe ich, die Alten würde ich höchstens vergewaltigen«, hörte sie ihn sagen, ohne noch Zeit zu dem Bekenntnis zu finden, dass sie in ihrer Jugend vor lauter Verliebtheit in ihn nächtelang kein Auge zugetan hatte, denn im gleichen Moment begann die Menge der Dorfbewohner zu jubeln, weil in der Biegung am Ende des Dorfes der Jüngling erschien. Die mit Rouge belegten Wangen der Jungfrauen wurden bei seinem Anblick noch dunkler, und manch eine begann ihren Schenkel an der Hüfte eines jungen Burschen zu reiben. Alle starrten auf den Jüngling, der mit leichten, ein wenig schwankenden Schritten langsam den Hügel heraufkam. Er ging zwischen den Dorfbewohnern hindurch, die ihm eine Gasse öffneten, ohne jedoch ihre Grußworte zu erwidern. Er sah erschöpft aus. Das Lächeln schien ihm auf dem Weg den Hügel herauf abhanden gekommen zu sein. Er schloss die Tür zu seinem Haus auf, ging in das Zimmer, in dem das Bett stand, und legte sich nieder. Er schaute die vielen Bilder an den Wänden an, die er mit so viel Lust gemalt hatte, und begann zu schwitzen. Es war blutiger Schweiß, der seine Handflächen rötete, wenn er sich die Stirn abwischte. Sein ganzer Leib war von roten Tropfen bedeckt. Auch das weiße Bettlaken färbte sich rot. Als ein paar junge Mädchen ins Zimmer traten, um ihn willkommen zu heißen, schaffte er es zur Begrüßung kaum noch, den Kopf zu heben. »Sie haben dich vergiftet!«, schrien die jungen Mädchen entsetzt auf. Ungeduldig hatten sie die Rückkehr des einstmals schönen Jünglings herbeigesehnt, der ihnen einst in sternklaren Nächten gestattet hatte, ihm zuzuschauen, wenn er das aus zermahlenen Federn gewonnene Pulver mit Harz zu geheimnisvollen Farben vermischte, die kein andere Maler kannte. Wenn er sich auf der federweichen Matratze ausgestreckt hatte, um auszuruhen, durften sie sich zu ihm legen. Wenn er sie liebkoste, hatten sie die Nachtigallen singen hören. »In deinem Blut ist Gift!«, stammelten sie und wischten ihm den Schweiß ab, der seine Hände und ihre seidenen Taschentücher rot färbte. Er sagte kein Wort, krümmte sich wohl auf dem Bett, doch ohne über Schmerzen oder andere Beschwerden zu klagen. Schließlich kam sein Leib zur Ruhe. Seine Augen sanken zu, und das Zimmer hallte wider von den Klagen der Mädchen, die den jähen Tod des schönen Jünglings betrauerten, den sie so sehr geliebt hatten. Ihr Kummer versammelte das ganze

Dorf beim Haus des jungen Mannes. Die Tränen flossen reichlich. Tags darauf begruben sie ihn. Selbst der Hodscha des Dorfes konnte nicht erklären, weshalb an diesem Tag, während sich die Dorfbewohner mit tränennassen Augen über den Leichnam beugten, der Himmel über dem Friedhof schwarz wurde von Vögeln, deren Schatten sie gleichermaßen traurig machte und belebte. Diese Vögel flatterten umher und stießen zusammen, ohne zu krächzen oder zu singen. Wenn sie aufeinander prallten, lösten sich Federn, die auf die Köpfe der Dorfbewohner herunterregneten. An dem Ort, an dem der Jüngling beigesetzt wurde, bildete sich ein bunter Teppich aus den Federn aller möglichen Vogelarten, die über den Köpfen der Dorfbewohner umherflogen. Als der Tote unter der Erde war und sie verwirrt nach Hause gingen, zerstreuten sich auch die Vögel. Nach seinem Tod sprach man noch mehr von ihm. Die Dorfbewohner suchten nach Erklärungen für seinen so plötzlichen wie rätselhaften Tod und für das nicht weniger merkwürdige Verhalten der Vögel. In allen Köpfen spukten die absonderlichsten Begründungen herum, ausgenommen die Köpfe der Säuglinge, die weder zu denken vermochten noch ahnen konnten, was die Erwachsenen beschäftigte. Nein, es hat ihn niemand vergiftet, er ist unachtsam gewesen, meinten jene, die mit der Auffassung nicht übereinstimmten, wonach der Jüngling wenige Tage vor seiner Rückkehr von einem eifersüchtigen Mädchen vergiftet worden sei, das sich nicht damit abfinden konnte, dass er in seinen Geburtsort zurück wollte, um sich erneut der Liebe mit den dort auf ihn wartenden Mädchen hinzugeben. Sie hielten es für möglich, dass der junge Mann achtlos an seinem Finger geleckt hatte, während er mit einer aus den

Federn eines Rebhuhns gewonnenen Farbe hantierte, das am Biss einer Schlange verendet war. Bis heute gibt es im Dorf kein wichtigeres Gesprächsthema als den geheimnisvollen Tod des jungen Mannes. Die Mädchen, die ihn einst in der Nacht besucht haben, gehören heute zu den wenigen Greisinnen, die noch gebeugt durch die Straßen des Dorfes gehen. Sie murmeln seinen Namen vor sich hin und besuchen regelmäßig sein Grab, um es mit Blumen und den seidenen Taschentüchern ihrer Mädchenzeit zu schmücken. Außerdem sammeln sie die Federn der Vögel auf, die sich, wie auf geheimen Befehl, noch immer oft für viele Stunden über dem Grab des Jünglings sammeln. Mit ihren Flaumfedern füllen die Mädchen des Dorfes die Brautkissen, auf die sie in der Hochzeitsnacht den Kopf betten werden. Fast jeden Tag sieht man jemand von den alten Leuten gebeugt am Grab des Jünglings sitzen, der einst Vogelfedern sammelte. Über ihrem Schluchzen verlieren sie die Angst vor dem Tod, und sie hoffen, dass sie, wenn man ihnen einmal für immer die Augen zugedrückt hat, in den blauen Weiten des unsterblichen Traums umherwandern werden, wo sie der Jüngling erwartet, den sie nie haben vergessen können. Mit schweren Schritten begeben sie sich jeden Tag zu seinem Haus und säubern die Räume, die so ordentlich aufgeräumt sind, als werde der Besitzer jeden Augenblick zurückkommen. Sie achten auch darauf, dass sich kein Staub auf den Bildern absetzt. Und sie denken zurück an die Nächte, in denen sie ihren Kopf auf die mit Vogelfedern gefüllten und mit seidenem Garn bestickten Kissen betten durften. Voller Nostalgie betrachten sie die aus Federn gefertigten Vorhänge, das von den Strahlen der Sonne und des Mondes durchdrungene großartige Mosaik. Häufig zu mitternächtlicher Stunde dringt aus den Zimmern schmerzliches Schluchzen. Dann weint eine jetzige Greisin des Dorfes, versunken in stille Erinnerung, und sie wandert umher in den weiten Räumen der an den Wänden sich reihenden Gemälde. In den weiten Räumen, in denen die Farben des jugendlichen Regenbogens fächeln und ein frischer Windhauch, der die Bilder nie verlassen hat, zärtlich weht. Das Haus wird auch von den alten Männern besucht, den wenigen Altersgenossen des Jünglings, die noch übrig sind. Sie sitzen im Garten vor dem Haus und kehren in Gedanken zurück in die lange vergangene Zeit, in der sie ihren Altersgenossen zwar nicht gehasst oder beneidet, aber sich doch sehr über seine selbstgenügsame Lebensart gewundert haben. Besonders freuen sie sich, wenn ein Fremder kommt und sich nach dem schönen Jüngling erkundigt. Sie rücken dann zusammen, um ihm Platz zu machen, und erzählen lang und breit von dem schönen jungen Mann, der so still gelebt hat und gestorben ist. Sie sind stets auch bereit, mit neuen Einzelheiten über sein nun leer stehendes Haus aufzuwarten. Ganz bestimmt betonen sie voller Stolz, dass auf dem Dach noch nie der Unglücksvogel Kuckuck sein Nest gebaut hat. Ganz im Gegenteil, in mondhellen Nächten lassen sich Nachtigallen und die gefiederten Sänger der Nacht in großer Zahl auf dem Giebel nieder und singen ohne Pause. Gerne führen die Greise des Dorfes Fremde zu dem Haus des Jünglings und erzählen von ihm, nicht nur, weil sie damit ihre eigene Erinnerung wieder auffrischen können, sondern auch, um ihre müden Glieder in dem zum Park gewordenen Garten auszuruhen. »Ja, ja, an diesem Tag füllten Vögel den Himmel über dem Friedhof wie eine bunte Wolke aus Federn ...!«, betont der greise Erzähler, wenn er merkt, dass ihr nicht aufmerksam zugehört habt. »Wie lässt sich das denn erklären ...«, werdet ihr dann eilig fragen, weil ihr begierig darauf seid, mehr von diesem ganz unglaublichen Ereignis zu erfahren. Kaum habt ihr eure Frage gestellt, wird der alte Mann sich erheben und tief beleidigt weggehen, weil ihr seinem Bericht über den schönen Jüngling aus dem Dorf nicht aufmerksam genug gelauscht habt. Und so sehr ihr euch auch für euer unkorrektes Verhalten entschuldigen mögt, für die alten Männer werdet ihr fortan Luft sein.

Die Mondblume

Zu sagen, dass diese Blume einzigartig ist, reicht nicht. Zu sagen, dass dieser Blume keine andere gleichkommt, kann leicht einen Irrtum bedeuten, denn wer kennt schon sämtliche Blumenarten. Man kann zum Beispiel auch nicht einfach behaupten, ein bestimmter Mensch übertreffe an Schönheit oder Klugheit alle anderen, denn schließlich gibt es für Eigenschaften wie Schönheit keinen Prototyp, der als Maßstab dienen könnte, um die Krönung, das Ideal zu ermitteln, das eindeutig Schönste. Würde man sagen, es reiche, einmal den Duft dieser Blume gerochen zu haben, um getrost dem Tod entgegenzublicken, so wäre dies ebenfalls nicht sehr aufschlussreich, denn manchmal lohnt es sich auch für etwas Unbedeutenderes, weit weniger Seltenes als die Mondblume zu sterben. Oder umgekehrt gesehen: von jemandem so etwas zu sagen wäre gleichbedeutend mit einer Herabwürdigung des Lebens selbst. Wenn einer bereit ist, sein Leben als den einzigen Besitz, den er hat, auch für schmähliche Dinge zu opfern, so darf man ihm dieses Recht nicht absprechen. Um es nicht noch mehr in die Länge zu ziehen: ich war bisher noch nie mit der Erfahrung konfrontiert, dass etwas, das man so klar vor Augen hat, sich als unbeschreibbar erweist. Diese aufreizende Schönheit beschäftigt meine Vorstellungskraft, aber ich finde einfach nicht die passenden Worte, um die herrlichen Blüten und den feinen Duft, von dem ich immer noch ganz trunken bin, zu veranschaulichen. Zum ersten Mal drängt sich mir die Erkenntnis auf, dass sich das Schöne nicht in Worten ausdrücken, sondern nur als betörende Empfindung erfahren lässt. Man könnte sagen, dass es sein Spiel mit einem treibt, dir zwar gestattet, es mit den Augen aufzunehmen, ja sogar zu berühren, aber niemals, zu keiner Zeit erlaubt es dir, Besitz von ihm zu nehmen, um es reproduzieren zu können, wann immer du seiner bedarfst. Vielleicht ist Schönheit überhaupt nur eine Sinnestäuschung, so verlogen wie das Leben selbst. Aber sie existiert. Das beweist gerade die Mondblume, die ich nun zu beschreiben versuchen möchte, obwohl ich fest davon überzeugt bin, dass meine Bemühungen wie so oft zur Erfolglosigkeit verdammt sein werden.

Es bleibt mir keine Wahl, ich muss dabei auf standardisierte Begriffe und Phrasen zurückgreifen, wie man sie auch auf eine niedliche Katze anwendet. Angesichts der Unmöglichkeit, in einer Geste oder einem Ausruf die unbeschreibliche Schönheit der Mondblume zu vermitteln, beginne ich mit der Feststellung, dass diese Blume dich bezaubert. Oder, wie ein Poet mittleren Kalibers wie ich es ausdrückt: Sie macht einen trunken und blendet mit ihrer Schönheit. Zur Einsicht in meine nur mittelmäßige Befähigung komme ich, weil einen in Wirklichkeit das Schöne nicht blendet, sondern im Gegenteil alle Sinne und Empfindungen entflammt und den ganzen Körper zu einem einzigen großen Auge macht. Ihr Duft löst ein Art Sinnesverwirrung aus, und ohne in eine Quitte oder einen sauren Apfel zu beißen, vermag man sich aus dieser durchaus angenehmen Betäubung oder Trunkenheit nicht zu befreien. Dieses magische Aroma verwundet die Seele, zwingt aber auch dazu, sich in diesen erschütternden Zustand zu fügen und sich zu wünschen, dass er niemals ende. Ich habe mich oft gefragt, wie es sein kann, dass einen der Duft dieser Blume in eine Art Lähmung versetzt, so dass man sich nichts mehr wünscht, als für immer in den Klauen dieser grandiosen Schmeichelei gefangen zu bleiben, die das Gefühl hervorruft, von diesem Duft verschlungen zu werden und nur noch eines zu wollen, nämlich zu verschwinden und sich in eine Nuance dieses unbeschreiblichen Bouquets zu verwandeln. Wenn man den Duft der Mondblume definieren möchte, muss man sagen, dass er in sich die angenehmsten Aromen aller Blumen dieser Welt vereint, ergänzt um eine ganz einzigartige, unverwechselbare, keiner anderen Blume eigene Note, einmal abgesehen vielleicht von den uns unbekannten Blumen, die das himmlische Paradies schmücken, in das kein Erdenwesen seinen Fuß setzen darf. Ich habe viele Erklärungen für die berauschende Wirkung ihres Duftes gehört. In Mekka vertrat ein Hadschi vehement die Auffassung, es handle sich hierbei um eine der vielen Naturerscheinungen, die den Menschen auf seine eigentliche Winzigkeit vor dieser unserer Welt und allen anderen, uns unbekannten Welten verweisen sollen, aber auch um einen Beweis dafür, dass es das Schöne gar nicht gibt. Die Menschen hätten es sich nur ausgedacht, um die drückende Last des Traumes, den man Leben nennt, ein wenig leichter zu machen. Dann verstieg er sich zu einem Vergleich mit dem Wasser der Quelle Zemzem, das Durst und Hunger gleichzeitig stillt, was er damit erklärte, dass dieser Saft in seiner Beschaffenheit aus allen den menschlichen Leib ernährenden Stoffen zusammengesetzt sei. Vielleicht hat er damit aber sogar Recht, denn diese Blume verfügt einerseits über so herrliche Eigenschaften, dass man sie mit allen anderen Blumen, die ich je gesehen habe oder aus dem Lexikon kenne, auf keinen Fall vergleichen kann, sie sieht aber andererseits auf den ersten Blick auch aus wie alle anderen Blumen, so dass sich der Eindruck aufdrängen könnte, das absolut Schöne sei gewissermaßen nur ein Dehnungszustand der gewöhnlichen Schönheit. Man könnte sie auch mit einer anmutigen Frau vergleichen, deren Schönheit insgesamt über die Summe vieler nur durchschnittlicher Einzelmerkmale hinausreicht. Was ihre berauschende Wirkung anbelangt, hat diese Blume bei aller Unterschiedlichkeit viele Eigenschaften mit anderen Blumen und Kräutern gemeinsam, aus denen die Menschen berauschende Säfte herstellen, die sie dann zu sich nehmen, um die Monotonie ihres Alltags mit Delirien zu garnieren, die jedoch keineswegs geeignet sind, ihnen Befreiung von der drükkenden Last zu verschaffen, sondern sie im Gegenteil in eine noch erschöpfendere Leere hinabstoßen. Die Blume, die mich bereits auf den ersten Blick verzauberte, gehört also weder zur Gattung der Opiumgewächse noch zu jenen Giftpflanzen, die durch Schönheit zu tödlicher Annäherung verführen. Die selten schöne so genannte Mondblume hat komplexe Eigenschaften aufzuweisen, die zum Teil nur erahnt werden können, weil nie jemand Bekanntschaft mit ihnen geschlossen hat. Es heißt zum Beispiel, wer es schaffte, aus Mondblumen einen Kranz zu flechten und diesen sieben Tage auf dem Kopf zu tragen, werde aller Freuden dieses Lebens teilhaftig werden und außerdem unsterblich. Der Glückselige, der sich sieben Tage am betäubenden Duft dieser Blume habe betrinken dürfen, beginne am siebten Tag sich aufzulösen und zu Staub zu zerfallen, den der Wind mit sich nehme und über die Orte verteile, an denen er einst Tränen vergoss. Allerdings hat es noch niemand geschafft, mit einem aus Mondblumen geflochtenen Kranz geschmückt diese berauschenden sieben Tage zu durchleben, was in der Eigenart der Blume begründet liegt, sich beim Verwelken allmählich in Nichts aufzulösen. Wenn die Blütenblätter ihre Frische verlieren, setzt ein seltsamer Prozess ein: von Augenblick zu Augenblick büßen sie unmerklich an Größe ein, bis schließlich nichts bleibt als ein Fleck im Futter eures Mantels, wenn ihr die Blume in eurer Sakkotasche hattet. Niemals werdet ihr sie wie andere Blumen getrocknet in einem Herbarium finden. Man sagt, selbst wenn es jemand schaffen würde, sie frisch zu halten, wäre er nicht im Stande, sieben Tage den betäubenden Geruch zu ertragen, der einen schon beim ersten Atemzug betrunken macht. Die Mondblume ist das Stoff gewordene Rätsel der Schönheit. Vielleicht sogar das Stoff gewordene Rätsel des Lebens, obwohl ihre Züchter unentwegt die geheime Botschaft zu entschlüsseln hoffen, die sie in ihrer eigentümlichen Sprache den Menschen mitteilt. Wer diese Blume züchtet, ist von keinem zu beneiden; wer einmal den Duft der Mondblume geatmet hat, wird sich nie mehr von ihrem Bann befreien können, und für den Rest seines Lebens wird ihn keine Macht der Welt mehr dazu bringen können, sich mit etwas anderem zu beschäftigen als mit der Mondblumenzucht: Er muss zum richtigen Zeitpunkt den Samen in die Erde bringen, er freut sich, wenn endlich die himmelblauen Blütenblätter mit den drei gelben Punkten sich entfalten, er berauscht sich an der frischen Mitternachtsbrise, die ihren Duft in alle Himmelsrichtungen trägt.

Die Aufzucht der Mondblume ist ein so eigenartiger wie mühsamer Vorgang. Wenigen nur gelingt es, sie zur Blüte zu bringen, um sich an ihr ergötzen zu können. Auch wenn jemand weiß, wie die Aufzucht vonstatten geht, und über den nötigen Samen verfügt, kann er sich keineswegs sicher sein, dass die Mondblüte in seinem Garten auch blühen wird. Es reicht eben nicht, darauf zu vertrauen, dass man als im Frühling Geborener eine glückliche Hand hat, und besondere Sorgfalt ist zwar unerlässlich, will man die Saat zum glücklichen Gedeihen führen, aber noch keine Garantie. Mondblumen können nur männliche Wesen ziehen, die als siebter Sohn ihrer Eltern geboren sind, wenn ihr Vater gleichfalls der siebte und jüngste Sohn in seiner Familie gewesen ist. Oder aber Weibspersonen, welche die Kunst zur Meisterschaft entwickelt haben, mit Männern zu schlafen, ohne dabei ihre Jungfräulichkeit einzubüßen. Nur unter dieser Voraussetzung gedeiht die Mondblume, die ebenso selten ist wie die Menschen, die diesen immer schwieriger zu erfüllenden Bedingungen gerecht werden. Man muss ja bedenken, dass die weibliche Fruchtbarkeit seit vielen Jahren im Abnehmen begriffen ist und dass es immer weniger Mädchen gibt, die es schaffen, ihre Jungfräulichkeit für jene Nacht zu bewahren, in der dann endlich kosende Hände den Schlaf aus ihren Augen und den Schweiß auf ihren Leib zu treiben, der des Fantasierens müde ist, der ersehnte Körper in seiner Wärme sei wirklich da, und in der sie Lippen küssen werden, die den Duft des wirklichen Lebens tragen. Und wenn sich schließlich doch noch Menschen finden lassen, die den Anforderungen entsprechen würden, so haben sie entweder noch nie von der Mondblume gehört oder sie fürchten sich vor ihrer Schönheit.

Ich selbst habe diese Blume eines Nachts in Zenubas botanischem Garten gesehen. Wenn ihr einmal nach Damaskus kommt, so erkundigt euch, wo Zenuba wohnt, denn vielleicht habt ihr Glück und dürft den Duft genießen, der euch von aller Furcht vor dem Leben und dem Tod befreit. Allerdings möchte ich euch nicht verheimlichen, dass Zenuba ein sehr eigenwilliges Mädchen ist und nicht nur in ihrem botanischen Garten die seltensten Blumen und Kräuter züchtet, sondern es auch fertig bringt, euch alle möglichen Bedingungen zu stellen, ehe sie eure Wünsche erfüllt. Wie viele schlaflose Nächte habe ich ihr zu verdanken, wie oft ließ sie mich leiden, weil sie meinte, ich sei ihrer Liebe nicht würdig. Oder weil sie glaubte, auch die Liebe sei nur ein Schmerz, der in Seelenpein und Kummer sich äußert. Bei einem solchen Mädchen muss man mit allem rechnen. Durchaus auch mit der fast flehentlichen Bitte um einen Besuch, wenn man sich doch gerade erst von ihr vergessen gewähnt hat. So geschah es bei mir in jener Mainacht, als sie mir zum ersten Mal einen Spaziergang in ihrem Garten gestattete und mich zwang, die ganze Nacht nackt zwischen Blumen und grünem Kraut zu verbringen. Sie salbte meinen Leib mit ihrem Atemhauch und einer Flüssigkeit, die im Licht des Mondes glänzte. Am Morgen erwachte ich wie verwüstet, mir war, als hätten hundert Katzen meinen Körper zerkratzt, oder als wäre von einer geheimnisvollen Kraft die ganze Frische und Lebenslust aus mir herausgesaugt worden. Zenuba, Zenuba ..., rief ich mehrere Male, aber sie gab keine Antwort. So setzte ich meine Reise nach Medina fort, ohne zu wissen, warum Zenuba in jener Nacht gestammelt hatte, ich täte ihr leid, das lange Warten auf mich habe sie erschöpft. Die Mondblumen, so behauptete sie, habe sie nur gepflanzt, um mich zu einem Besuch in ihrem Garten zu veranlassen, weil sie wisse, dass seltene Dinge, vor allem aber unvergleichliche Schönheit mich anlockten. Wenn ihr einmal nach Damaskus kommt, so fragt nach Zenuba, aber verratet auf keinen Fall, wer euch von ihrem botanischen Garten und der Mondblume erzählt hat, denn sie findet Trost im Glauben, ich sei tot, sie werde ihr Leben lang Jungfrau bleiben, was ihr allezeit die Aufzucht der Blumen ermöglichen würde, und sie werde es vielleicht schaffen, einen aus herrlichen Mondblumen geflochtenen Kranz sieben Tage lang zu tragen. Bei Erwähnung meines Namens würde sie bloß in Tränen ausbrechen. Bringt die Arme nicht zum Weinen, denn sie hat schon genug Tränen vergießen müssen, die sie müde und kraftlos gemacht haben, und auch ohne diese rechnet sie damit, dass ich zurückkomme als Staub, der hinabsinkt in den Abgrund ihrer tränenfeuchten Augen und Erinnerungen wachruft an die Nächte, die wir in ihrem botanischen Garten verbrachten. Wenn sie erfährt, dass ich von der Mondblume und ihrem Garten erzählt habe, wird sich ihre Meinung verfestigen, dass ich ein Schurke und Verräter bin, der das Schöne benutzt und dann wegwirft wie einen alten Lappen. Ich weiß, dass sie leidet, denn auch ich habe gelitten, denn Nacht um Nacht erschien sie mürrisch in meinen Träumen und ließ die Haare absichtlich über das Gesicht fallen, damit ich ihre Wangen nicht sehen konnte. Kokett spazierte sie am Rande meiner Träume auf und ab, immer auf dem Sprung zu entfliehen, wenn sie den Eindruck hatte, ich sei schon wieder dabei, sie um einen Kuss anzugehen. Glaubt mir, noch nicht einmal im Traum gestattete mir Zenuba, frei zu sprechen, ihr furchtlos zu gestehen, wie sehr ich sie liebte, dass ich unentwegt an sie denken musste, hingerissen von den Wolkenschwaden, die tief in ihren Augen dahintrieben. Ach, Zenuba, warum glaubst du mir nicht, fragte ich sie, sobald sie in meinem Traum erschien, so wie damals, als wir durch ihren botanischen Garten spazierten, immer ängstlich darauf bedacht, nicht auf die Mondblumen zu treten, die dabei waren, sich zu öffnen. Sie lachte wissend, um mir zu zeigen, dass sie mich schon lange durchschaut hatte: Ich war ein schändlicher Kerl, der sie nur hatte verführen wollen, um sie dann sitzen zu lassen und einer anderen genauso hartnäckig nachzustellen wie bisher ihr. Gleichzeitig versuchte sie umso mehr, mir einzureden, sie pflege ihren Garten nur für mich, obwohl sie bisher jedes Beweises entbehre, dass ich ihrer überhaupt würdig und außerdem geneigt sei, mich um ihre Blumen zu kümmern, die so selten seien, dass man sie noch nicht einmal in Aleppos Perlmuttgärten finde. Ich schwöre dir, Zenuba, niemals habe ich eine Frau mehr geliebt als dich, und daran wird sich niemals etwas ändern, doch du musst mir einen Blick aus diesen Augen schenken, in denen die himmlischen Sterne weiden und an denen die Ritter meiner Träume ihren Durst stillen. Und lass mich nur eine Nacht bei den erblühten Mondblumen schlafen, beschwor ich sie, denn das Warten auf ihre Umarmung hatte mich erschöpft. Doch auch wenn ich nur von Zenuba träumte, kam sie mir nicht näher, sondern blieb am Rand des strahlenden Horizonts, stets bereit, den Schritt aus meinem Traum heraus zu tun. Ich bemühte mich mit List, sie heranzulocken, versprach ihr die Frische des Frühlings, den Staub der Sterne, den Speichel der Schwalben, ich beteuerte, ihr dabei zu helfen, das Laken über die Uferwiesen des Euphrat zu schleppen, um Tautropfen einzufangen. Was versprach ich ihr nicht alles, doch in keinem meiner Träume gelang es mir, sie auch nur zu einem einzigen Kuss zu bewegen, geschweige denn zu mehr. Nicht einmal das lange Haar strich sie sich aus dem Gesicht, das ihre Wangen koste, die doch eigentlich mir gehörten.

Ich erinnere mich auch an die Zeit, als Zenuba mich zu ermüden begann. Auch meine Träume ermüdete sie. Ich fing an, schlecht zu träumen. Und ich entsinne mich, dass irgendwann im Mai etwas in mir wirklich böse auf Zenuba wurde und weitere Täuschung unmöglich machte. Wenn ich versuchte, mir den feuchten Nektar ihrer Lippen ins Gedächtnis zurückzurufen, den schlanken Leib, dessen unmerkliches Erbeben mich in jähe Erstarrung versetzt hatte, so nur, um meinem schmerzenden Kopf Ablenkung zu verschaffen. Kurz gesagt, ich liebte Zenuba wohl noch immer, doch in den Räumen meiner Träume und meiner Erinnerung war sie nicht mehr geduldet. Dann konnte ich mich auch ihres Gesichtes nicht mehr entsinnen, ihrer Augen, ihrer Haare, die mir als Zenubas enge Verbündete den Blick auf ihre Wangen verwehrte hatten, die es mich zu küssen drängte. Es tat mir nicht leid, dass meine Träume eine Bewohnerin vertrieben hatten, auch wenn nun die Sterne ihren Durst nicht mehr im tiefen See ihrer Augen stillen konnten. Ich war nun sogar bereit, freimütig einzuräumen, dass sie mich zu Recht für treulos gehalten hatte, für einen Mann, der jede neu entdeckte Quelle für frischer hält als die schon bekannte. Zenuba ärgerte mich damit, dass sie, als meine ihrer müde gewordenen Träume gerade dabei waren, sich von ihr auszuruhen, mir die Aufforderung zukommen ließ, sie so bald wie möglich zu besuchen. Diese Einladung richtete in der Zitadelle meines Alltags ein böses Durcheinander an. Ich machte mich denn auf den

Weg. Am Rand von Damaskus erwartete sie mich. Wir eilten zu ihrem Garten, wo mich, ehe ich mich noch sammeln konnte, der Duft der Mondblumen in einen Rausch versetzte. In jener Nacht entkleidete sie mich ganz und setzte mich einem verwirrenden Zauber aus, der noch heute auf mich wirkt. Sie brüstete sich, es sei ihr gelungen, in ihrem Garten die Mondblume anzubauen, nun seien die Nächte ohne mich für sie ganz leicht zu ertragen, und selbst wenn ich wollte, dürfte ich nicht wiederkommen. Inzwischen, sagte sie, erfahre sie Schönheit und Liebe ganz anders als die andern. Sie behauptete sogar, nach all den Nächten, die sie in Erwartung meiner mit anderen verbracht hatte, sei sie noch immer Jungfrau. Und als Jungfrau war sie in der Lage, die Mondblume zu züchten, die für mich in einem vielfältigen Zusammenhang mit Zenuba steht, so dass ich von der einen nicht sprechen kann, ohne die andere ebenfalls zu erwähnen. Aber ihr solltet euch besser auf meine Beschreibung der Mondblume konzentrieren, denn was mit Zenuba zu tun hat, ist Bestandteil meiner intimsten Gefühle, was mich allerdings ebenso trunken macht wie die Blume, die ich zu beschreiben versuche.

Im Unterschied zu den anderen Pflanzen dieser Erde produziert die Mondblume keine Samen. Sie hat ihren Ursprung in einer anderen Blume, die bei vielen Pflanzenliebhabern zu finden ist, die weder Zeit noch große Lust zur Betreuung ihres Gartens haben. Um eine Mondblume heranzuziehen, benötigt man den Samen der Türkischen Kresse, jener weit verbreiteten, gelb oder rot blühenden Blume, die überall wächst und weder viel Feuchtigkeit noch einen besonderen Boden braucht. Allerdings reicht es nicht, den Samen der Türkischen

Kresse mit Humus zu bedecken; in diesem Fall wird nur die Blume wachsen, die ihr gesät habt, nicht aber eine Mondblume. Vielmehr muss der Kressesamen in Rebhuhneier eingebracht werden. Ich habe bereits erwähnt, dass es mühsam, wenn nicht gar fast unmöglich ist, eine Mondblume aufzuziehen. Es bedarf geeigneter Rebhuhneier, die ihr an einer Seite vorsichtig öffnen müsst, um dann das Eiweiß zu entfernen und den Samen der Türkischen Kresse behutsam auf dem in der Schale verbliebenen Eigelb abzulegen. Das Ei mit dem Samen muss dann während der ersten beiden Maiwochen an einem dunklen Ort aufbewahrt werden. Nachts müsst ihr es jedoch hervorholen und auf das Hausdach legen, damit es die nährenden Strahlen des Mondes aufnehmen kann. Am vierzehnten Tag beginnen die Samen der Türkischen Kresse auf dem Eidotter Wurzeln zu entwickeln, dann ist es an der Zeit, sie einzupflanzen. In dieser Phase sind neue Hürden zu überwinden, denn eine Mondblume könnt ihr nicht wie andere Blumen einfach irgendwo in die Erde einbringen.

Der Ort, an dem die Eier deponiert werden, in denen der Samen der Türkischen Kresse bereits zu keimen begonnen hat, bedarf besonderer Vorbereitungen. Zunächst muss man sich eine Steinplatte besorgen, deren Größe der Zahl der heranzuziehenden Mondblumen angepasst ist. Die Oberfläche dieser Steinplatte muss fingerdick mit Schwalbenmist bedeckt werden. Das Sammeln dieses Schwalbendrecks erfordert ungewöhnliche Fertigkeiten, denn unbrauchbar ist jener Mist, den man in verlassenen Nestern oder auf der Straße vorfindet. Man benötigt ein Laken, um damit den Kot aufzufangen, den sie im Flug von sich lassen. Die wenigen Menschen, die Mondblumen anbauen oder angebaut haben, wussten mir zu berichten, dass sie jahrelang an Orten umherzogen, über denen Schwalbenschwärme kreisten, und auf Wiesen und Feldern Laken ausbreiteten, um dann schließlich mit einer Hand voll des so dringend benötigten Mistes als Tagesertrag nach Hause zurückzukehren. Doch lassen wir das und nehmen einfach einmal an, dass auch diese Mühe sich rentiert hat, und dass es sich überhaupt lohnt, mehrere Jahre daranzusetzen, um sich am Ende seiner Tage zu den wenigen Mondblumenzüchtern zählen zu dürfen.

Also, wenn dann die Steinplatte am Ende mit getrocknetem Schwalbenkot bedeckt ist, werden die betreffenden Eier im Abstand von einer Handbreit in Reihen darin eingelassen. Sie müssen dann gut abgedeckt und zwei Wochen lang genau um Mitternacht begossen werden, und zwar nicht mit gewöhnlichem Wasser, sondern mit Tau. Diesen Tau beschaffen sich die Züchter der Blume, indem sie ein seidenes Laken über Wiesen und Böschungen schleifen, um es dann über einem Gefäß auszuwringen, in dem sie das kristallklare Wasser auffangen, das der göttlichen Blume zur Ernährung dient, da man bei Verwendung gewöhnlichen Gießwassers vergeblich darauf warten würde, dass sie gedeiht und endlich die mit ihrer märchenhaften Schönheit bezaubernden Blüten öffnet. Nach zweiwöchigem Begießen genau um Mitternacht, beginnend in der Nacht, in der die abnehmende Phase des Mondes einsetzt, die damit endet, dass er nur noch als schmale Sichel am Himmel steht, streckt die Mondblume das Köpfchen aus dem inzwischen gelblich verfärbten Schwalbenmist, was von den einen mit dem Begießen mit Tau erklärt wird, von den anderen mit dem Aufsaugen des Mondlichts.

Beim Ausschlagen hat die Knospe der Mondblume die Größe eines Maiskorns, und drei Tage lang bleibt sie unverändert. Dann platzt sie auf und enthüllt ein paar schmetterlingsblaue Blättchen. Vier davon sind Blütenblätter, wie man sofort erkennen wird. Es folgen fünf weitere, etwas kleinere Blättchen, und in der Mitte erscheint so etwas wie ein gelber Schwalbenschnabel mit ein paar diskreten roten Streifen. Und dann geschieht das Wunderbare: nächtelang bewegt sich die Mondblume, als sei sie ein Wesen von Fleisch und Blut und nicht eine Pflanze mit zarten, feuchten Wurzeln. Zwei oder drei Tage dauert dieser Vorgang, der in Wahrheit bedeutet, dass sich ihre Wurzeln über die Steinplatte ausbreiten. Auf diese Weise gelingt es ihr, vermittels der Wurzeln sowohl Nahrung als auch Frische aufzunehmen. Wenn der Stiel der Blume eine Länge von einigen Dutzend Zentimetern erreicht hat, wachsen an seinem unteren Ende zwei Blätter, die sehr viel größer sind als die geöffnete Blüte. Sie haben etwa das Ausmaß von zwei großen Männerhänden. Diese Blätter legen sich Schatten spendend über die Blüte, schützen sie nicht nur vor den Strahlen der Sonne, sondern auch vor Regen und vor Insekten, die sich sonst womöglich auf den Blütenblättern niederlassen würden. Nachts sinken sie in sich zusammen gleich zwei ermüdeten Muskeln und bedecken die ganze Fläche, auf der die Mondblume wächst. Nach sieben Tagen beginnen die Blüten der Blume sich aufzulösen. Unmerklich, dann immer rascher verschwinden zunächst die inneren Blättchen, dann die vier äußeren und am Ende der Stiel. Das Kraut bleibt orange verfärbt auf dem Schwalbenmist zurück. Es verschwindet ganz zum Schluss, in der Nacht, in der unter dem Schwalbenkot die Wurzeln der

Mondblume sich zu bewegen beginnen wie Würmer, die einander verschlucken. Wenn dieser Vorgang beendet ist, hat sich das Kraut in eine rötliche Brühe verwandelt, die über die Oberfläche der Platte rinnt, auf der mittlerweile auch die Wurzeln und der Taubenmist sich aufgelöst haben. Die rötliche Farbe haftet der Steinplatte dann für immer unabwischbar an.

Ich sagte bereits, dass es bisher nur sehr wenige Menschen geschafft haben, diese Blume aufzuziehen, und die Zahl derer, die für eine solch mühsame Arbeit überhaupt die Geduld aufbringen, wird immer kleiner. Zum ersten Mal habe ich von der Blume überhaupt erfahren, als ich in Damaskus Zenuba kennen lernte, die Nacht für Nacht erschöpft und wie betrunken zu mir kam. Dann, eines Nachts, führte sie mich in ihren Garten, in dem sie ein paar Dutzend Mondblumen angebaut hatte, und von dieser Nacht bin ich noch immer betrunken. Nie ist mir wirklich klar geworden, ob mich der Mondblume oder Zenubas Schönheit mehr besäuselte oder beides zusammen. Später, und zwar vor allem in den frühen Morgenstunden des Mai, half ich Zenuba, ein langes, breites Laken umherzuziehen, das die Tautropfen aufsaugte, die sie dann über einem Kupferkessel ausdrückte, um sie zum Gießen ihrer Mondblumen zu verwahren. Deshalb, ich wiederhole mich, solltet ihr nach Zenuba fragen, wenn ihr einmal nach Damaskus kommt. Es kostet euch nichts, sie darum zu bitten, euch ihren botanischen Garten zu zeigen. Aber erwähnt auf keinen Fall, wer euch auf die Mondblume hingewiesen hat. Sie soll Trost darin finden, dass ich nicht mehr am Leben bin und es sich für sie gelohnt hat, so rein und jungfräulich zu bleiben wie die Mondblumen, mit deren Schönheit sie ihr Leben lang im Wettstreit stand. Zenuba hat die Mondblumen nur gezüchtet, um aller Welt zu beweisen, dass auch in diesem märchenhaft schönen Garten mit seinem betörenden Duft ihre Augen die Quelle bleiben, an der die Ritter meiner Träume ihren Durst stillen.

VASE MANČEV

Das Sonntagsessen

Es ist der heilige Sonntag, ein golden glänzender Morgen. Still ist der Himmel über dem Hof, feierlich liegt der Friede über dem Leben.

*

Auf dem Misthaufen, deutlich sichtbar zwischen den bekümmert gackernden Hennen, hebt der kleine Hahn seinen Kopf mit den drei gelben Kämmen wie mit einer goldenen Krone, ein wahrer Fürst des Hühnerhofs. Auf die dunklen Scheiben des kleinen Fensters ergießt sich das Sonnenlicht wie Blut, es erfüllt die ganze Gegend. Von Osten her, im aschgrauen Schatten, tritt Vater aus dem Haus und bewegt sich auf den Misthaufen zu. Hinter dem Rücken hält er einen kurzen, krummen Stock. Ruhig, mit Heimtücke in seinen Schritten, nähert er sich dem kleinen Hahn. Er lockt ihn mit schmatzenden Lauten an wie ein Kind, als wollte er ihm Küsschen zuwerfen oder ihm ein Perlenkörnchen geben. Die Hennen gackern unruhig, wie aus Angst vor einer Schlange oder einem Wiesel, und das Hähnchen, verlockt vom Morgenschein, kräht leise einmal.

Gebückt und düster setzt Vater gewissermaßen unmerklich einen Fuß vor den anderen, er geht wie auf Eiern, wie über eine lebendige Seele oder offene Augen. Der kleine Hahn reckt den Hals, setzt an zum Sprung und blinzelt in Vaters Richtung, als wollte er seine Absichten erkunden. Dann kräht er noch einmal, diesmal lauter. Scheinbar hat er den Speiseplan für das Sonntagsessen erraten: fetter Reis mit Hähnchen. Im selben Augenblick fliegt der Kirschholzknüppel dem Hahn in

Richtung Hals. Ebenso schnell zuckt der Hahn zur Seite und steht dann wie angewurzelt. Vater spuckt und holt noch einmal aus, der Stock saust pfeifend, der Hahn macht wieder einen Sprung, ist plötzlich befreit aus dem magischen Bann des Todes und fängt an zu laufen; dabei dreht er den Hals zur Seite, als wollte er um sein Leben bitten. Vater stürzt hinter ihm her und wirft ihm den Stock auf die ausgebreiteten Flügel, die ausgestreckten Beine, die vor Angst erstarrten Augen, aber im letzten Moment verschwindet das Hähnchen hinter dem Hofzaun. Zähnefletschend flucht Vater wütend auf diesen und jenen und geht seitlich hinter den Abort, um den Hahn an der Ecke im Hinterhalt abzufangen. Und der kleine Hahn flattert, er springt über die Löcher, die Äste und den Müll, hüpft über den Schweinestall, fliegt quer über den ganzen Hühnerhof, landet auf dem Maulbeerbaum, von da aus auf dem Heuhaufen. Von da stürzt er sich wie blind zum Abort, um in die Büsche und quer über die Felder zu fliehen. Armes Tier, dein schwarzes Schicksal!

Hinter den Brombeersträuchern, mit dem Stock hinter dem Rücken, blutrünstig angespannt, lauert schon Vater. Das Hähnchen flattert wie von Sinnen in seine Richtung, direkt dem sicheren Tod in die Arme, und krächzt dabei; es beweint sich selbst. Vater kann es nicht erwarten, er stürzt ihm entgegen und schwingt mordlustig den Stock, um ihm die Seele aus dem Leib zu hauen. Aber das Hähnchen bückt sich mit unvorstellbarer Geschwindigkeit, duckt sich flach, trippelt aufgeregt – will sich nicht doch die Erde öffnen und es verstecken? Der Stock durchbohrt ihm einen Flügel, den rechten, kleinen, schon leicht zerrauften, leicht verbrannten. Das arme Tier krächzt jammernd, klagt wie ein Mensch, schleppt den Flügel hinter sich her wie einen sehr schweren Überwurf, kriecht unter Melde und Fuchsschwanz und Stechapfel in Bergschilfgras, hinter einen Haufen Steine voller Moos und Flechten.

Vater spuckt aus, grün wie Nussbaumharz, mit Schaum vor dem Mund verflucht er Himmel und Erde, die ganze Welt, kniet sich hin und steckt die Hand durch den Steinhaufen, um das Hähnchen zu packen. Das arme Tier trippelt, presst sich zwischen die kalten Steine, sein Flügel hängt herab, von seiner Brust fließt Blut. Vaters Finger, mit Nägeln wie Fleischerhaken, schießen vor, kratzen, tasten, berühren den Flügel, zerfetzen ihm die Fransen. Das Hähnchen schüttelt sich, hackt Vater auf und unter die Fingernägel, pickt ihm auf das Nagelbett, verteidigt sich, um nur das nackte Leben zu retten. Aber Vater wirft den Haufen um, versetzt die Steine, damit Finger und Krallen den Flügel packen können. Der Hahn presst sich in die Ecke, zittert, sucht einen Ausweg, er will aufs freie Feld zu kommen, auf die Wiesen und ins Tal gelangen, sich dort in Dornen, in wildem Stechdorn verstecken, will auf die Hügel und von dort aus auf die hohen Felsen flattern und frei das Licht am Himmel genießen.

Vater reißt mit seiner Schulter den Haufen nieder, aber der kleine Hahn stürzt sich ins Gras, schafft es bis zum Zaun und macht verzweifelte Versuche, ihn zu überspringen und auf die Reben zu hüpfen. Sein zerschlagener Flügel weht wie ein Zauberteppich. Der Hahn zittert, er krampft sich zusammen. Mit voller Kraft will er die dunkle Bedeutung des Todes überfliegen, der ihn verfolgt. Er will hinaus aufs freie Feld und dort noch einmal schauen, noch einmal lauschen, noch einmal Hühnchen und Hähnchen machen und den Misthaufen bewachen. Ein Versuch, und noch einer, er scharrt an den Ästen entlang, aber er kann sich nicht daran fest klammern und hinaufklettern, die Gefahr hinter sich lassen und in den wunderbaren, unerreichbaren Raum gelangen, wo er sicher wäre, wo er gerettet wäre vor den schrecklichen Regeln und dem grausamen Sinn der Realität, die ihn an den Rand der Kräfte getrieben hat. Dorthin müsste man fliehen können, dorthin den Fuß setzen, aufatmen und einschlafen.

Vater überspringt den Haufen, und mit ausgestreckten Armen will er den Hahn einfangen und ihm den Hals umdrehen. Riesenhände, wie zwei geschnittene Nusssträucher, fallen auf das arme Hähnchen herab und decken es zu, ein schwarzer Schuh zerdrückt ihm dabei den gebrochenen Flügel. Der arme Hahn spannt Beine und Brust an, schlägt hilflos mit dem linken Flügel, der rechte fällt ihm jetzt ganz ab. Wie eine glitschige Kröte entschlüpft er den Pranken seines Mörders und zieht sich, indem er sich seitlich entwindet, mit letzter Kraft ins dunkle Gebüsch aus Stechapfel, Brennnesseln, Brombeersträuchern, Holunder, Disteln und harziger Tollkirsche zurück. Er verschwindet in dem aufwallenden Grün wie in einem bösen Traum.

Vater zertritt den abgefallenen Flügel, packt die Sense und beginnt, das Unkraut abzumähen, dabei holt er von einem Rand des Horizonts bis zum anderen aus. Es fallen der saftige Stechapfel und die Brennnesseln, flach häufen sich Schicht auf Schicht Tollkirschen und Holunder, die Disteln legen sich wie geschlachtete Ziegen. Vater schwingt die Sense, schnauft, spuckt Pfriem wie gelben Schmutz, irisfarbener Schaum fliegt ihm vom Schnurrbart, fettiger Schweiß läuft ihm den Rücken herunter, die Unterhose wird ihm schwer vor lauter bösartiger Kraft und Blutdurst. Die Sense fährt in das dichte Vlies des Grüns, zischt wie eine gereizte Hornviper, verhakt sich, reißt sich wieder los und tönt glänzend im Sonnenschein. Vater holt aus, schlägt zu, die Erde wird nackt, einen wilden Wind atmet er aus. Es fliegt nach allen Seiten der Stechapfel, es winden sich die Brombeerranken wie zerschnittene Schlangen. Noch ein bisschen ist übrig, noch ein Klafter, eine Spanne, eine Hand voll, noch eine Ranke. Und unter dieser Ranke ist der kleine Hahn, schwarz und feucht von Blut, als käme er direkt aus der Unterwelt, und bebt. Er liegt auf der rechten Seite, auf der frischen Wunde, seine Beine werden ihm starr vor Todeskälte, die Krallen sind verkrampft und klammern sich verzweifelt ins Feld.

Vater atmet aus, wirft die Sense beiseite, steht mit breitem Schritt über dem winzigen Opfer, wischt sich den Schweiß von Stirn und Hals, pustet sich den Schaum vom Schnurrbart. Das arme Hähnchen kneift die Augen zu, als hätte es sich in die furchtbare Gnadenlosigkeit seines Verderbens wie in ein unerbittliches Gesetz jener Realität ergeben, zu der es selbst, das Hähnchen, ebenso gehört wie sein wütend überlegener Todfeind. Die Aussicht darauf, dass man ihm sein Leben nehmen wird, erfüllt den Hof mit einem schrecklichen Schweigen von ganz oben am Himmel bis unten an die Erde.

Vaters Finger berühren schon den feuchten Flaum des kleinen Hahns, sie fühlen das abgerissen schlagende Herz an der Stelle des abgerissenen Flügels. Es pocht das Herz, pocht und pocht, es will noch sein ganzes Leben auskosten, das man ihm hier nimmt, noch alle Helle in sich aufnehmen, die man ihm auslöschen will, alle Liebe fühlen, an der es sich noch berauscht hätte, bis zur natürlichen Todesstunde. Schon schieben sich die Fingernägel unter das feuchte Gefieder, unter die warme sich zusammenziehende Haut, der Finger stößt in die Wunde.

Das Hähnchen krächzt entsetzlich klagend, trippelt, und mit einer unglaublichen Kraft, der Kraft des unsterblichen Geistes, reißt es sich los von der seelenlosen Übermacht seines Mörders, taumelt mehr als dass es fliegt in Richtung Haus, und um vor dem Tod zu fliehen, fliegt es Mutter in den Schoß. Sie streichelt es, verdeckt es mit der Schürze und seufzt leise jammernd über ihm, mit gesenktem Kopf und gelöstem Haar. Atemlos stürzt Vater sich auf sie, mit ausgestreckten Armen, er öffnet die Krallen, um ihr die Arme auseinander zu reißen. Mutter zieht sich kindlich zusammen, sie gibt das arme Hähnchen nicht her. Vater holt aus, er schlägt Mutter ins Gesicht, schneeweiße Schmetterlinge treiben quer über die Tenne. Zwei rote Rinnsale fließen ihr über die Brust, über die Schürze, fließen über den kleinen Hahn. Vater zwingt sie gewaltsam, die Arme zu öffnen und packt das Hähnchen am Kamm, als wollte er Mutter die Seele rauben. Und wie aus Rache reißt er ihm die goldene Krone vom Kopf.

*

Es ist der heilige Sonntag, ein silberglänzender Mittag. Vater spricht das Gebet, trinkt zwei Gläschen Schnaps und stößt die Gabel in den Reis.

»Na los, haut rein, nicht einschlafen!«

Vater und Großvater

Morgen ist ein furchtbar düsterer Feiertag: Vor vielen, vielen Jahren, in fast unvordenklicher Zeit, haben irgendwelche Leute grausam andere Leute abgeschlachtet. Das Entsetzen über dieses schreckliche Ereignis scheint man jetzt noch zu spüren. Vater und Großvater sind seltsam nachdenklich, scheinen fast den Tränen nah. Mutter beschäftigt sich schweigend am Herd, schiebt nervös die Töpfe hin und her, knackt mit den Fingern und starrt von Zeit zu Zeit gedankenverloren auf die schwarzen Risse an den Wänden und an der Decke, als sähe sie dort drohende Schatten. Alle drei sind aufgeregt, sie atmen laut und gespannt, die Luft ist ganz schwer von ihrem Atem. Nur unser Meister Schnurr, Adži Pretko, liegt ruhig, satt und dick im Korb und schnurrt, versunken in einen sorglosen Schlaf.

Großvater sitzt auf dem Sofa unter dem Fenster, kaut auf seiner teerschwarzen Pfeife und starrt zu Boden wie ein Schwerverbrecher. Ich und Vater, wir sitzen auf dem kleinen Bett ihm gegenüber und spielen stumm unser altes Spiel: Er ist der Jäger, er fährt mir übers Haar und versucht, meine Nase zu erwischen; und ich bin der böse Wolf – ich versuche, ihn in die Finger zu beißen. Tatsch, patsch. Vaters Hand bebt, hält kurz inne, krampft sich zusammen und windet sich mit einer unbekannten Kraft, die ihm schmerzhaft in den Adern pocht. Aber nur für einen Augenblick. Gleich darauf, als hätten die Finger verstanden, dass ich sie nicht beißen werde, kriechen sie wieder über meine Stirn zu meiner Nase. Das Spiel geht weiter, und unter den Deckeln der Töpfe winselt und pfeift es traurig. Es klingt, als wollten verzweifelte Frauen einen Ermordeten beklagen. Das Wasser beginnt langsam zu kochen.

»Los, komm, solange es noch nicht ganz dunkel geworden ist«, sagt Großvater zu Vater und streicht sich über den Bart. Sein Gürtel ist dick und wie aufgeblasen, sicher trägt er etwas Schweres um die Hüften. Mutter bleibt wie vom Donner gerührt beim Wandschrank hinter dem geschwärzten durchlöcherten Rohr stehen, fast versteckt sie sich. Vaters Hand fliegt von meinen Haaren auf, als hätte er sich verbrannt. Schwerfällig erhebt er sich vom Bett und flucht mit scheelem Gesicht dem Teufel, der nicht gräbt und nicht pflügt. »Bleib hier drin im Warmen«, sagt er zu mir und geht langsam hinter Großvater her, der ältlich zusammengesunken schon im Flur steht und hustet. »Mach dir keine Sorgen«, beruhigt er Mutter, während er mit seinen riesigen Fäusten die Küche verlässt.

Im Topf wird es kurz etwas leiser, als hörte das Wasser auf zu sieden. Schon einen Augenblick später brodelt es heftig und kocht. Ein Tropfen läuft plötzlich über den Rand und zischt laut auf dem heißen Ofen. Mama zuckt zusammen und macht sich noch aufgeregter als vorher in der Küche zu schaffen, sie läuft wie ziellos von der Spüle zur kleinen Kredenz, von der Tür zum Fenster. Woher diese Hast? Verlegen angesichts meiner stummen Frage streichelt sie mir ein, zwei Augenblicke mit der feuchten Hand über die erhitzten Wangen und flüstert, dass die schwüle Luft sie nervös macht. »Aber jetzt stelle ich das Feuer kleiner«, fügt sie hinzu und geht schnell ans Fenster, hinter dessen beschlagenen Scheiben schon abgerissen die schweren Stimmen von Großvater und Vater zu hören sind.

Ich klettere auf das Sofa, wische über das Glas vom untersten Fensterviereck, stütze mich mit den Ellbogen auf den morschen Rahmen und schaue nach draußen. Mama zieht mich erschreckt an der Hand. Ihre Augen sind ganz groß, erfüllt von einer heimlichen Angst. Ihre Lippen beben, ihre Stirn wird rissig vor Anstrengung, wie bei einer alten kleinen Ikone. Sie bittet mich, ich soll mich wieder auf das Bett setzen, und lässt sorgfältig den schweren Vorhang vor meinen Augen herunter. Was will sie vor mir verstecken? Ich schaue weiter nach draußen; da ist nichts Schreckliches, nichts Ungewöhnliches. Ein winterliches Panorama: schwarze Apfelbäume im Garten, eine krumme Geranie wie ein verrosteter Dolch, ein zerfallener Schuppen an der Straße. Es senkt sich der aschgrau-bläuliche Schleier der winterlichen Dämmerung, es dunkelt die Schneedecke, die Krähen auf dem Misthaufen wirken traurig.

Vom Schweinestall her kommt Vater in hohen Gummistiefeln über den festgestampften Weg durch den Schnee und trägt ein weißes Ferkel. Er hält es an den Vorderbeinen fest, und das ausgestreckte Ferkel zappelt hilflos und quietscht traurig, dabei atmet es weiße Ringe aus. Vater sagt etwas, er macht den Mund weit auf, sein Schnurrbart zittert vor Wut und Kälte. Nicht weit vom ältesten und schiefsten Apfelbaum fesselt er dem Ferkel grob die kleinen Beine mit einem Seil und wirft es gefühllos auf den vereisten Schnee. Er geht eine Weile auf und ab wie von schweren Zweifeln geplagt, schweigt ein paar Augenblicke und schaut vor sich hin, als wollte er etwas sagen. Das Ferkel quietscht lang und klagend, als wollte es im Voraus seinen Tod beweinen und um noch ein bisschen Leben bitten. Vater streckt plötzlich die Arme aus, in Richtung Großvater. Seine Adern am Hals schwellen an, gleichzeitig sind seine Augen blutunterlaufen. Er zeigt auf das große farbig angestrichene Haus von Krivo Kuse, der ihm seinen Vater, den Großvater Dermendžija, umgebracht hat, wegen Gold und Geld. (Mein Gott, wie sehr verachte ich Krivo Kuse wegen dieser grausamen Bluttat. Der weiß nicht von Gott, hat keine Seele.)

Großvater steht unter dem alten Apfelbaum und bindet an den niedrigsten dicken Ast einen schwarzen Haken mit zwei spitzen Enden. Seine Mütze ist ihm auf den Hinterkopf gerutscht, sein Gesicht ist rot wie sein Gürtel. Seine Arme mit den weißen Haaren zittern, er hat Gänsehaut bis zu den Ellbogen. Auf einmal fängt auch er an wie wahnsinnig zu schreien und schlägt sich dabei mit der Faust auf Brust und Gürtel, als wollte er mit etwas Grässlichem und Tödlichem drohen. Von Zeit zu Zeit streckt er den Zeigefinger zum Himmel, dann wieder zur Stirn, dann auf die Brust, und seine Augen glänzen sonderbar. Großvater schreit, Speichel fliegt ihm vom Mund, und er zeigt auf den Hund Murdžo, der bittend und herablassend zugleich auf Vaters Hände schaut und darauf wartet, dass ihm ein erster blutiger Bissen zufällt.

Mama verbeugt sich lautlos vor der Ikone mit der kleinen Lampe im Wandschrank. Es fehlt nicht viel, und sie löscht das Flämmchen mit ihren fieberhaften Atemstößen aus. Die Dunkelheit in der Küche wird dicht wie Ruß, sie bleibt in der Kehle stecken. Kaum hört man Mamas Flüstern. Wie ein Schatten sieht sie aus, als sie sanft die Ikone küsst. Das Wasser tobt in den Töpfen, es spritzt über den Rand, es ergießt sich über den heißen Herd und zischt klagend, wie frisch vergossenes Blut in der Flamme.

Auf einmal geht Vater auf Großvater los, in der rechten Hand hält er ein langes Schlachtermesser. Großvater zuckt zusammen, seine scharfen Pupillen bewegen sich kurz unter seinen Wimpern, dann steckt er blitzartig die Hände hinter den Gürtel und macht einen Schritt zurück. Dabei hört er nicht auf, wie von Sinnen zu schreien. Vater hält an, schaut um sich, und blitzschnell stößt er das Messer in den rissigen Stamm des alten Apfelbaums. Dann, mit dem Rücken zum Haus, fasst er sich an den Kopf und läuft wie angeschossen vor und zurück. Ganz erstarrt zieht Mutter mich am Pulli und kauert sich mit einem kaum unterdrückten verzweifelten Schrei neben mich auf das Sofa. »Gott, wenn er sich nicht bald zufrieden gibt, bringt er ihn um«, röchelt sie wie selbst erstochen. Und als hätte Vater sie gehört, packt er Großvater wie wild an der Jacke und schüttelt ihn unbarmherzig. Die Mütze fliegt von Opas Kopf wie eine aufgescheuchte Krähe, aber er nimmt die Hände nicht hinter dem Gürtel hervor. Ein paar Augenblicke schauen sie einander an wie zwei blutrünstige wilde Tiere. Ihre Augen brennen in ungezügeltem Hass. Vater hört nicht auf zu schreien, aber Großvater zuckt mit keiner Wimper, als hörte er Vaters schreckliche Stimme überhaupt nicht. Und plötzlich, ohne jede Vorwarnung, macht er den Mund auf und spuckt Vater verächtlich ins Gesicht. Der brüllt wie ein verwundeter Stier, packt im selben Augenblick das blitzende Messer und holt weit aus. Mama röchelt grässlich: »Großer Gott, jetzt dreht er durch, er bringt ihn um!« Aber Vaters Hand erstarrt gewissermaßen in der eisigen blauen Kälte der Dämmerung, steht fest in der Luft wie ein schwarzer Ast. Nur ein, zwei Augenblicke, und er wirft mit der linken Hand Großvater in den

Schnee, wendet sich wie wahnsinnig zu dem immer lauter quietschenden Ferkel und schneidet ihm blitzschnell die weiche gestreckte Kehle durch. Das Blut strömt sofort heraus und bildet eine schwarze Pfütze. Mutter atmet erleichtert auf und fängt an, heftig zu weinen. Von ihren Augen fließt es wie geschmolzenes Eis.

Dann wurde es schnell dunkel. Großvater und Vater kamen in die Küche zurück. Sie schwiegen und seufzten und murmelten dabei etwas, als hätten sie ein schweres Verbrechen begangen. Vergeblich setzten wir uns um den Tisch, um zu Abend zu essen. Niemand nahm einen Bissen von dem frischen Fleisch. Großvater, Vater und Mutter ließen die Köpfe hängen, als sei uns das Liebste gestorben. Die Luft, die Wände und die Seufzer wurden schmerzhaft eng, es wurde furchtbar drückend und stickig. Mutter nahm mich in die Arme und begann die Wiege des Schlafs in Bewegung zu setzen. Ich aber kann nicht schlafen, in meinem Kopf ertönen hinterhältige menschliche Stimmen, sie werden zu scharfen Messern, gerichtet auf meine Kehle.

Das geht so bis auf den heutigen Tag. Umsonst kam Fjodor Michajlowitsch Dostojeswki nach Robovo, um mir die düsteren Kindheitserinnerungen zu erklären. Ich bin ein geschworener Unglücksrabe: aus dem einem Gefühl wächst mir eine Pflanze empor, die bestimmt ist, leuchtende Früchte zu tragen, und aus dem anderen Gefühl blitzt mir die grausame Axt entgegen.

Maul

Dieses Spiel hat sehr früh angefangen, und ich erinnere mich nicht, wann und wie es sich in einen schönen und gefährlichen Wahnsinn verwandelt hat, der mich die Beherrschung über meine Natur und Persönlichkeit hat verlieren lassen. Und das Maul weiß mir vieles, vieles nicht.

Gestorben war sie, die Murla Trupka, verreckt war dieses Viech, ganz Kučkovo feierte. Sie hatte ein Maul gehabt wie ein Scheunentor. So dick wie fettig, und außerdem noch einen herpespickligen und haarigen Hintern. Kaum geht der Mund auf, bist du nass bis auf die Unterhose, von oben bis unten wird sie von dir alles erzählen. Und willst du ihr auf das Schnäbelchen treten, dann kannst du dir Leid tun: Du wirst den Tag verfluchen, an dem du auf die Welt gekommen bist.

Es gibt verhurte Zeiten, wenn auch solche Weiber Richter spielen und Urteile sprechen. '48 sind viele Männer und Frauen draufgegangen, und der Grund war wieder nur das Maul. Von anderen dunklen Jahren unserer vielbewegten Vergangenheit ganz zu schweigen. Murlas Maul schickte fünfzehn, sechzehn Seelen aus Kučkovo dorthin, von wo es keine Wiederkehr gibt, einfach so im Daherreden. Was half es dann, dass sie sich wegen der Ratte in der Kehle etwas kratzen musste. Es war und blieb einfach die nutzlose Wahrheit: Worauf das Maul einmal geschissen hat, das wäscht alles Wasser des Vardar nicht sauber.

Ich sag dir nur – platzen sollst du, verschwinden!

Und so ging es weiter, Junge, Junge; auch ihre Mädchen waren nach ihr geraten. Sowohl auf den

Lippen als auch unterm Rock. Unsäglich hässlich, aber Feen, auf die Art, worauf der Mann geil ist, was ihm ins Auge springt. Die waren obenauf und fuhren mit den Männern Bahn, ritten sie wie Pferde. Ganz Kučkovo konnte ihnen nicht das Genick brechen, die kamen zu ihnen sogar aus Gevgelija und Saloniki gerannt, aus allen Rassen und Religionen kamen sie daher. Wie Eselinnen brüllten sie die ganze Nacht, ganz offen, auch vor Alten und unschuldigen Kindern stießen sie sich. Und da fand sich Čičo, der Vorsitzende des Ortskomitees, und wollte sich Ärger einhandeln. Im Namen von ganz Kučkovo verklagte er sie wegen Unmoral.

Großer Gott, als die ihre Mäuler losließen, steckten sie ihn und ganz Kučkovo unter den Hundeschwanz. Die Innere und das Gericht und alle anderen Mächte (außer dem Heer) waren auf ihrer Seite! Es gab keine größere Macht als die Hurerei! Čičo zogen sie öffentlich dreißig Millionen auf die nackte Pauke, zwölf Seelen sperrten sie wegen Schwarzhandel mit Opiumteer ein, ein gutes Dutzend wegen Schmuggel von Kleinkram aus Saloniki, und zwei wegen internationalem Terrorismus aus nationalistischen Beweggründen. Ein paar Monate später wanderten auch Murlas Huren hinter Gitter, weil sie lebendige Babys in die Strudel im Fluss geworfen hatten, aber was half's? Was die Crna mitgenommen hat, gibt sie nicht zurück.

Aaaach, einmal wird auch meine wilde Zeit kommen, dass das Maul von diesem Aas ihn mir küsst wie das silberne Kreuz in der Kirche. Es gibt einen Pfahl einzurammen, es steht noch eine Rechnung offen!

Gott bewahre uns vor den Mäulern, die sich winden, die kleben, die sich krümmen. Solche Mäuler, die lassen Sachen los – das können die Scheunen der ganzen Welt nicht wieder sammeln. Paradiesgärten, Milch und Honig, Zuckerspeise, buntes Geflügel, Milchlamm, du kannst dich kaum retten vor lauter guten Dingen. Aber drunter liegt die Tücke. Ich erinnere mich noch, als sich Meister Ile verheiratet hatte, ein richtiger Mann, sah gut aus, offen, wie für die Gottesmutter geschaffen. Kita Gjuvendija angelte ihn sich, Menka Drisla hatte sie ihm angedreht. Geld, Felder, Paris, Amerika – auf Händen tragen würden sie ihn wie einen Tropfen Tau – so hat sie ihm den Verstand genommen, hat ihn verhext. Dabei war Menka – immer am Furzen und mit Durchfall, wohin sie ging, stank es schon hundert Meter gegen den Wind, aber geschickt und ein Aas in allem, was den Mann leichtsinnig und zum Gauner machte, alle blieben sie an ihr hängen. Außerdem eine Schlange: Kaum zischt das Maul, spritzt es schon Gift. Meister Ile ging vorzeitig, er hatte bis oben genug von dem bösen Maul.

Ein eigenes Kapitel sind die gesunden Mäuler, die sich über die kranken lustig machen. Ich erinnere mich, es gab da einen Kostakje, der war auch aus Murlas Sippe, ein Verräter, Griechenfreund mit türkisch-zigeunerischen Wurzeln und bulgarischer Heuchelei, der fand noch am Mund von jedem etwas auszusetzen. Der eine zu krumm, der andere grindig, hier das eine und da was anderes, und mein Mund weibisch geschwollen. Und ständig grüßte er mich: »Komm her, ich piss dir ins Maul.« Wir machten viele Pläne, wir hatten ihm schon mehrmals Fallen gestellt, damit wir hier quitt werden – alle, zu viert oder zu siebt, wie viele Jungs es eben in unserer Sippe gab, wollten wir ihm ins Maul pissen. Es blieb bei einer Schlägerei im Dunkeln, für'n Arsch. Klug wurde der davon natürlich nicht: Ein verdorbenes Maul hält keine Diät.

Aber mit der Zeit geht's wieder aufwärts mit unserer Sache, aufwärts.

Wenn ich könnte, und bald ist es bestimmt soweit, würde ich als erstes die schleimigen Mäuler zugipsen. Aus ihnen kommen so viele menschliche Schweinereien, manche kann man sich gar nicht vorstellen. Mein Gott, was gibt es für Schleimer und Sabberer, da kriegst du Lust, die ordentlich sauber zu machen und dir das Paradies damit zu verdienen! Ich würde bei Istresok, dem von Ljoljo, anfangen: Gips soll er fressen und Gips soll er scheißen. Dünn, schon im Voraus gespitzt, der Hundsfott, ganz schwarz, mit Schnurrbart, ganz voll Gold, so ein Maul. Glatt wie von der Kuh abgeleckt, mit den Händen in der Tasche, kratzt er sich die Eier und kommt und geht zu dem Küken von Česna Rajna und schmatzt es ab. Und das Kind ist gerade zwölf, aber schon prall an den Brüsten und am Hintern. Er schmatzt sich heute heran, morgen schmatzt er sich heran und schiebt ihm den Bohrer in die Hüfte. »Putt putt putt«, sagt er zu ihr und leckt sich vor Geilheit das Maul, und schon ist er dabei und ist mit der Zunge mal an ihrem unteren, mal am oberen Mund. Schlag, tob und schrei, ruf die Polizei, bring die Sache vor Gericht, nix passiert. Er besabbert das Mädchen von oben bis unten, er schleimt wo es grad kommt und wen er gerade findet; hartnäckig wie die Fliegen um den Müll.

Ich habe mich an einer Unzahl Mäulern satt gesehen, mein ganzes Leben ist dabei draufgegangen. Ich weiß, dass der Moment für mich kommen wird. Und dass mir niemand sagt, dass die Mäuler nicht die allerunfehlbarsten Zeichen dafür sind, was das für ein Mensch ist, der eine Müll, der andere ein Lamm, der nächste ein Raubtier. Ich irre mich da nicht mehr. Ich sehe sie im Wachen und im Schlaf, in Bildern und im Film, in den Erinnerungen und in der Wirklichkeit, in Vergangenheit und Gegenwart. Mäuler auf der Erde wie Sterne am Himmel, so viel. Und auch nicht zwei gleiche!

Vor Augen steht mir die Küche von Meka Sevda. Auf dem Totenbett hat sich Smile Tamavkjar ausgestreckt, plötzlich gestorben, Schwiegervater von zehn Schwiegertöchtern, ein Maul hässlicher und als das andere und eine Warze dicker als die andere. Zehn Jahre haben sie ihn nicht gesehen, jetzt haben sie hier alle zusammengerufen, um ihn in Ordnung zu bringen, Gluvi Dolovi hallt von ihrem Lärm wider. Und Tränen – auf die Hosenbeine. Sie nehmen die Mäuler zusammen, lecken sie ab, und wollen Smiles Goldknöpfe vom Hosenbund beißen. Die Leute kommen, wie es Brauch ist, die einen sperren das Maul auf, die anderen pressen es zusammen, ganz wie Vieh auf der Weide. Unter ihnen die liebe kleine Murla, die rothaarige Nixe, blinzelt, huscht und drängt sich durch, sie scheint was Verstecktes zu suchen, das nur für sie unbedingt wichtig ist. Ihre Lippen glänzen, aufgeworfen von einer geheimen Erregung; ein rotes Mäulchen, eng und heiß, entzündet die Adern der Scham. Die kommt zu mir, berührt mich, reibt sich schamlos an mir, drückt sich heran, fest ist sie und gespannt. Ach, wäre es nicht gerade jetzt, dann soll sie schon sehen, ob mir mit all den Mäulern vor Augen der Blick weich wird.

Ich nahm mich zusammen, auch als die Schwiegertöchter von Smile aufeinander losgingen und sich in die Wolle kriegten, als die begannen, Scheiße von Menschen und Schweinen zu fressen, sich mit Hunden und Eseln zu stoßen, trächtig zu werden und ihre Mäuler zu zerreißen wie stinkende Lappen. Ich schaue zu. Die Murla steht in der Feuerstelle mit einer Bluse voll Gold und verteidigt sich mit einer lebenden Schlange gegen Smiles Schwiegertöchter.

Und der liegt da mit offenem Gürtel und lacht sich eins, mit einem Maul, breiter als der Himmel. Die Murla wirft ihm mit ihrer kleinen Hand einen letzten Kuss zu und verschwindet auf dem Schürhaken im Schornstein. Wilde Viecher haben die Welt zertrampelt und nur noch ein einziges böses Maul übrig gelassen, das erklärt, dass die liebe kleine Murla den ganzen Sommer über Smile im Schoß gegraben hat und auf seiner Brust geweidet.

Als es wieder Tag ist, ganz Spitzen und Ecken, reizt alles, sich zu kratzen. Die Zeit kehrt zurück, kehrt sich um, verändert ihr Gesicht, macht mir Mut und Angst, lockt mich und droht mir, liebkost mich und lacht mich gleichzeitig aus. Alles an diesem Tag, alles in diesem Moment, was sich ein ganzes Jahrhundert angesammelt hat. Es wimmelt nur so vor Mäulern. Der große Autobus schaukelt, kommt kaum voran. Es verbreitet sich die schwere Luft von menschlichen Ausdünstungen und Verfaultem. Sie zeugt von dem unreinen Aas, versteckt hinter den zusammengepressten und den offen stehenden Mäulern. Und es weckt den Liebeswahn, unrein und stark will es sich herauskotzen und diese ganze kaputte Welt überschwemmen und ersäufen. Die Zeit dreht durch, hält mich auf und jagt mich, sucht mich und gibt mir Befehle, herrscht über mich wie ein wildes Tier über die ohnmächtige Beute.

Wie eine Blume zwischen grauen Steinen blitzt auf einmal, mit der Macht einer Erscheinung, das Mäulchen der lieben kleinen Murla auf. Es leckt sich, löscht irgendein kleines wildes Flämmchen, beruhigt den tiefen Brand. Unter dem Beben der Lippen lassen die entzündeten Drüsen es laufen wie warme fruchtbare Milch. Der Blick wird mir fest, macht von weitem Druck, mit Stößen so stark wie das Horn eines Stiers. Jetzt pass auf!

Mit ausgestrecktem Hals und stählernen Schultern zerteile ich die Menge wie einen mit Gras zugewachsenen Graben. Ich nähere mich der lieben kleinen Murla, ich dränge mich von hinten an sie heran, ich übergieße sie mit meinem gepressten Atem und tauche in ihr brennendes Haar. Mir glühen die Adern, sie dünsten sich berauschend aus, es füllt sich eine Stelle, die schon sehr lange leer ist, ein sehr alter und wütender Durst wird gestillt, eine sehr grausame Unwahrheit wird zurechtgerückt, es kommt ein lange verlorener Sinn zurück. Ich lecke ihr den Hals und durch das Haar, in einer Verzückung, die Triumph oder Verrat ist, ich gebe meine Lippen dem heißen Mäulchen von Murla.

Die zieht sich zurück wie der Fühler der Schnecke, für einen Augenblick ist sie nicht da. Und in diesem zauberhaften Beben, mit einer Kraft, die Tag und Jahrhundert verlöschen lässt, zerschlägt mir eine schwere Faust die zum Kuss dargebotenen Lippen. Der Bus fliegt in ein violettes Nichts, die Wirklichkeit versinkt in verschmiertem Veilchen, es bleibt nur ein schleimiges Kichern, wodurch das Bewusstsein zu bösestem Gift verwandelt wird. »Dem hast du aber das Maul krumm geschlagen.«

Die Zeit fließt dahin, dreht sich in ihren Strudeln, macht Kreise, wickelt mich zusammen und auseinander entlang der Achse des Schmerzes und der Verachtung, der Wut und des Hasses, der zur Weißglut gebrachten Leidenschaft, die mir das Auge des Herzens blendet und mir den Sinn verdunkelt. Bei diesem Spiel ist kein Ende abzusehen. Aber meine Ader pulsiert, heftig, und einmal werden diese Mäuler mir doch auf den Riegel gehen. Da wird's heißen: Geh runter auf die weiche Matratze und den heißen Sporn ...

Dann ist Schluss, Maul, mit dem Maul.

Das Traumbild

In meinem Schlafzimmer hatte ich ein wunderbares Porträt von mir, in Öl auf Leinwand. Der auf dem Bild war wunderbar jung, er strahlte im Glanz von nur fünfundzwanzig Jahren, voller Frische und Gesundheit, himmlische Schönheit in den Augen, eine unwiderstehliche Feinheit im Gesicht, engelhaften Sanftmut um die Lippen und Sternenhelligkeit auf Haar und Stirn. Edel, unschuldig und rein war jeder Farbton des Gesichts durchdrungen von Freude und Begeisterung. Aus jedem seiner Gesichtszüge strömte kräftiges Leben wie verliebtes Blut durch junge Adern.

Jedesmal, wenn ich von der Arbeit kam, ging ich ins Schlafzimmer, zog mich um und betrachtete das Bild aufmerksam und mit einem überaus zärtlichen Wohlgefallen. Und er dort erwiderte mir mit hellem Blick und beobachtete so alle meine Bewegungen, als freute er sich über mein Kommen. Ich fühlte, dass er auf mich gewartet hatte, dass für ihn die Zeit ohne mich lästig und langweilig war. Man kann sogar sagen, dass er sich ohne mich sinnlos fühlte.

Das zeigte sich besonders dann, wenn ich gebadet hatte. Wenn ich mir dann, nackt und warm, mit geröteter Haut und angeregt, voll reiner Lebensfreude, weiche frische Sachen anzog, dann freute er sich, er lachte, es sah aus, als wollte er jeden Moment aus dem Rahmen fliegen, um sich mir an Gesicht und Brust zu werfen.

Wenn ich von mehrtägigen Dienstreisen zurückkam, war mir nichts wichtiger, als ein Bad zu nehmen und mich dann, befreit von Unsauberkeit,

Kleidung und Müdigkeit, ihm hinzugeben. Seine Augen wuchsen, seine Pupillen wurden weit und strahlten ein ganz lebendiges Licht aus, jeder Farbton und jede Linie bewegte sich und wurde warm. Es ging von ihm eine sehr liebevolle Sanftheit aus und übergoss mich wie Milch, wie flüssiger Honig, wie eine liebende Berührung. So fühlte ich von Zeit zu Zeit, wie das verborgene Leben meines jungen Gesichts in mich überging, in den Herzschlag, in das Beben der Muskeln, in die Wärme der Haut.

Nach der Rückkehr aus einem Sommerurlaub – nur schönes Sonnenwetter! – nahm ich ihn von der Wand, legte mich auf den Rücken, legte ihn auf mich, Brust auf Brust, Gesicht auf Gesicht, und so fühlten wir uns aus der Nähe. Damals schien er geradezu zu atmen, mit einem unsagbar wohltuenden, sanften und duftenden Atem, von dem es mich am ganzen Körper wohlig überlief. Dieses liebevolle Gefühl trug mich fort, und es schien mir, dass ich ihn im Traum so anschaute und liebkoste wie einen Lebenden. So war er noch schöner, noch feiner, mit einem wahren Überfluss an bebendem Lichtschein, der mich weit über die Wirklichkeit erhob, in eine Existenzweise, die sich nicht beschreiben lässt. In diesen Momenten fühlte ich jene Vollkommenheit, nach der ich mich mein Leben lang sehnte, angesichts aller erdenklichen Unfreiheit, angesichts von Unglück und Leiden, wie die Naturgesetze sie nun einmal vorsehen.

Wenn ich an manchen Tagen mit meinem wunderschönen Porträt so dalag, überlegte ich mir, wie er denn wohl in all den ungezählten Tagen, Jahren und Jahrhunderten nach meiner unausweichlichen und unerbittlich nahenden Todesstunde aussehen würde. Licht und lebendig in den Augen, auf den Wangen und um die Lippen wird er von der Wand herunterschauen und mich suchen, hoffen und auf mich warten. Und er wird nur das Bild des Schönen, Angenehmen, Wohltuenden, Zärtlichen und Begeisternden in uns sein, ein Bild dessen, von dem wir wünschten, es möchte ewig mit uns lebendig sein. In diesem Traum stellte ich ihn auch auf den Tisch, mir gegenüber, damit wir uns anschauen konnten, während ich aß und die Lust an jedem Bissen meine Kraft vergrößerte, meine Hoffnung auf morgen stärkte, wie auf eine Tür in eine schöne lebendige Ewigkeit.

Wenn mich Kummer oder ein starkes inneres Feuer krank machten, wenn mich ein wilder Schmerz im Kopf, im Herzen, in den Nieren, in der Galle, den Knochen und der Seele zerschlug und quälte, gab es für mich keine bessere und verlässlichere Medizin als mein wunderschönes und so seltsam unverzichtbares Porträt. Mit entzündeten Augen, ganz versunken in sengende Krankheit, betrachtete ich wie durch einen Brand hindurch meine eigenen jungen Augen, leuchtend vor Gesundheit, meine roten Wangen, blutvoll und straff; meine vor Begeisterung helle Stirn, und dabei fühlte ich, wie eine wundersame Kraft sich auf mich übertrug und ich wirklich der Krankheit wieder etwas entgegensetzen konnte. All das war so unwiderlegbar, so real und unbezweifelbar, dass ich im selben Moment aufstehen, mit sicheren Bewegungen mein geliebtes Bild von der Wand nehmen und wie verzückt mit ihm durchs Zimmer tanzen konnte.

Wann immer ich mir etwas Neues kaufte, Hemdknöpfe, Krawatten, Schuhe, eine Tasche, Strümpfe, Unterhosen, Bücher oder ein Bild, so zeigte ich es ihm immer zuerst. Ich hielt ihm die Neuerwerbungen direkt vor die Augen und bemerkte, wie er sich in ihrem sanften Schein betrachtete.

Ich spürte, wie sehr er sich freute, wie er dies alles gewissermaßen in seine Farben aufnahm und so neue, leichte, spielerische Nuancen hinzugewann. Deshalb konnte ich natürlich nicht anders, ich musste ihm auch mein neues Auto zeigen. Genau am Mittag, als die Sonne am heftigsten schien, nahm ich ihn von der Wand und trug ihn zum Parkplatz. Wir umkreisten das Auto von allen Seiten, setzten uns aufmerksam hinter die sauberen Scheiben, schauten gemeinsam in den Rückspiegel und fuhren durch die Stadt.

Bei der Rückkehr schaute ein junger gut aussehender Nachbar eine Weile auf das Porträt und fragte mich allen Ernstes, wer denn dort so schön gemalt sei. Mit bebender Stimme antwortete ich ihm, dass ich selber es sei. Er warf mir als Antwort hin: Wenn ich genauer hinsähe, würde ich wohl eher ihn selbst dort erkennen, nicht etwa mich! Wer weiß warum, aber ich versuchte ihm zu erklären, dass das Porträt einen schönen Gedanken darstelle, mit dem ich in der Zeit von Heimsuchungen und Zweifeln mein Leben erfüllte. Er aber ließ das nicht gelten und bat mich, ihm von meinem Überfluss für seine alten Tage etwas abzugeben. Und er lachte aus vollem Hals, die Fassaden der Häuser wollten davon einstürzen.

Am meisten und am heftigsten freute ich mich, wenn ich ihm meine neuen Mädchen zeigen konnte. Wenn sie sich vor ihm auszogen, warm und zärtlich, weich und hübsch, mit Rundungen wie Früchte aus einem paradiesischen Traum, strömte ein so starker Glanz von ihm aus, dass es schien, als leuchtete der ganze Raum. Wenn er sie entblößt sah und berauschend schön, unwiderstehlich wie die herrlichste Magie, dann tanzte er an der Wand, bereit, auf sie loszufliegen und sie in seine Farben aufzusaugen. Während wir uns in Liebesglut verschlangen, mit leuchtenden Reflexen im warmen Schweiß wie von Perlen, schwamm er in Helle und Wärme, flimmerte in Wellen vor Erregung und sah so aus, als wollte er gleich über den Rahmen kochen. Durch diese Freude und Schönheit und Liebe erhöhten sich noch seine eigene Schönheit und Lebensfülle. Sie vermittelten mir den Eindruck, dass ich in ihm lebte, mit einer Kraft und Begeisterung, die niemals enden würden.

Die Unfreiheit begann bei meinem letzten Spiel mit der neuesten Geliebten, also mit der, für die ich mich entschieden hatte. Mit ihr wollte ich eine Familie gründen. Als sie sich auszog und sich in einer unwirklichen, nie gesehenen, geradezu märchenhaften Schönheit zeigte, überlief mich auf eine seltsame Weise eine starke Hitze aus meinem Inneren, es übergoss mich von außen wie heißes Wasser. Ich spürte, wie sich mir eine Schwere auf Arme und Beine legte, es erfasste mich eine blaugraue Ohnmacht, und alles an mir wurde schwach und ließ sich hängen, als wäre es tot. Die Schönheit strahlte in ihrer Übermacht und ihrem, wer weiß warum, erbarmungslosen Wesen, und es wurde Nacht um mich. Ich fiel und konnte nicht begreifen, wie mir geschah. Ich schaute besorgt auf mein wunderbares Porträt und erstarrte augenblicklich: Ich sah es, dunkel, rissig und – blind! Über ihm lag der dichte Schatten einer Krankheit, von der ich gleich ahnte, dass es für sie kein Heilmittel gab!

Das war eigentlich der Augenblick, an dem ich zum ersten Mal, unzweideutig und unwiderruflich verstand, dass er nicht unverletzlich war, dass er nicht außerhalb der Naturgesetze stand, die für alles Lebendige und Tote galten, somit auch für mich. Mit einem dunklen Krampf in den Pupillen und einem schmerzlichen Druck auf der Brust entdeckte ich die ersten kleinen Äderchen der bösen Krankheit, die ihn erfasst hatte; sie liefen von den Ecken des Rahmens zur Bildmitte. Ich versuchte mir Hoffnung zu machen. Vielleicht waren da nur Spinnweben, und ich stand auf, um sie zu entfernen, doch es stellte sich heraus, dass dies feine Risse waren, die sich in Richtung der Stirn, der Augen, der Wangen und der Lippen verbreiterten. Ich ächzte, als ich einen teerschwarzen Fleck an seiner Oberlippe entdecken musste, dick und eklig wie eine Herpesnarbe. Ausgerechnet der rote Farbglanz hatte sich dort verloren, die Farbe der Gesundheit und der Jugend. Unheil verkündende braune Flecken waren auch auf seinen Augenlidern zu sehen, unter den Augen und über den Ohren, und auf Bart und Hals sah man frische, offene Risse wie Furchen und Falten.

In den nächsten paar Tagen vermehrten sich die schwarzen Äderchen so schnell und so dicht, dass sie bald das ganze Porträt wie ein engmaschiges Netz bedeckten. Darunter war kaum noch das Gesicht zu erkennen oder die Augen, Lippen und Wangen, die Nase, die Stirn, die Ohren oder das Haar. An einigen Stellen, genau da, wo sich die Pupillen und Wimpern befanden, begann die Farbe langsam abzublättern und auf den Boden zu fallen wie Fliegendreck. Dies war so unerträglich, dass ich ihn in weißes Papier einwickeln und in der Abstellkammer aufbewahren musste. So wuchs in mir das Gefühl, dass ich einen Teil meines Lebens verloren hatte, von dem der schönste, wenn nicht gar der einzige Sinn meiner Existenz auf Erden abhing. Sicher war dies der Grund, dass ich plötzlich und wohl unwiederbringlich das Gefühl für alle Schönheiten des Lebens verlor, die mir bis zu dieser Zeit die Seele mit Freude und Genuss erfüllt hatten.

Nach meiner Rückkehr aus dem Krankenhaus war es mein erster Wunsch, mein Porträt anzuschauen. Eine unheilvolle Ahnung warnte mich davor. Denn das, was ich sehen würde, musste in gewisser Weise das Bild meines Schicksals sein. Aber keine Macht der Welt hätte mich von meinem dringendsten Wunsch abbringen können. Auch die Krankheit, die meinen ganzen Körper auffraß und mich zu äußerst langsamen Bewegungen zwang, mit einer zähnefletschenden Angst, dass jeder Schritt mein letzter sein könnte – nichts konnte mich abhalten. Schließlich gelangte ich also zur Abstellkammer und holte ihn wie aus einer Leichenhalle hervor. Sorgfältig und mit angehaltenem Atem wickelte ich ihn aus dem Papier und hielt ihn mir vor die Augen.

Es wurde Nacht um mich. Ich schaute auf einen widerlichen Grind, einen ekelhaften staubigen Grauschleier, eine aschfahle Gesichtslosigkeit. Schon der erste Anblick warf mich rücklings zu Boden. Ich ließ den Rahmen zur Erde gleiten. Die letzte Hoffnung auf Rettung und Sinn war verloren. Ich blieb liegen und wartete, ob er nicht vielleicht zu mir käme in den Gedanken, in den Gefühlen, in jenem Lichtschein der Seele, der nicht einmal im Sterben erlischt. Wenn er kommt, wenn er sich mir in der wunderbaren Schönheit zeigt, die er damals hatte; wenn ich ihn noch einmal in jener magischen Verzückung sehen kann, dann brauche ich weder Arzt noch Krankenhaus. Nur einschlafen darf ich nicht, denn der Schlaf ist die schönste Lockung des Todes, um die Menschen in seine Gewalt zu bringen.

Die Sippe

Zuerst kam einer mit leicht zugekniffenen Augen und einem platten Hinterkopf. Es wehte ihn gewissermaßen in die Straße herein und trug ihn weiter nach Gorno Pole.

Dann kam noch einer, genau so einer, und schlenderte nach Dolno Pole.

Vor den winterlichen Feiertagen kamen noch zwei auf einem Karren gefahren, wieder solche Kürbisköpfe, um Lämmer zu kaufen. Sie zahlten, luden auf und verschwanden wieder wie Schatten.

Vor den Feiertagen im Frühling kamen sie zu mehreren und kauften die wildesten Fohlen. Sie ließen schweres Geld zurück, und wie Sieger in einem Kampf, der noch nicht begonnen hatte, führten sie die Fohlen durch Visoki Laki. Und entschwanden wieder aus dem Blickfeld und aus dem Sinn, als hätte es sie nie gegeben.

Erst als sie im Sommer den ganzen Obstgarten und die gesamten Trauben aufkauften, bis zur letzten Beere und bis zum letzten Tropfen Saft, wurde es doch etwas rätselhaft, wer sie waren und woher sie kamen und welche Absichten sie haben mochten. Sie glichen einander wie ein Ei dem anderen. Selbst wenn eine einzige Mutter sie alle geboren hätte, hätten sie nicht ähnlicher sein können. Das war nun wirklich eine Sippe, alle aus demselben Stall.

Wir sind eine kleine Sippe, bei uns sehen sich nicht einmal die Brüder ähnlich, und Cousins ersten Grades schon gar nicht. Wir sehen alle unterschiedlich aus, aber trotzdem gibt es unleugbare Ähnlichkeiten und gemeinsame Besonderheiten, die der Kundige leicht entdecken kann. Noch nie ist es passiert, dass jemand einen von uns irrtümlich einer anderen Sippe zugerechnet hat. Wir haben alle weiße Gesichter und sind mittelgroß, nur die Adžilakovci sind noch etwas größer, dabei aber dunkler. Aber das, was uns im Blut brennt, auf Taufen, Hochzeiten, Beerdigungen und im Krieg, das bemerkt man im Alltag nicht, dabei erkennt man hier unsere Sippe am besten. Darin sind wir alle gleich, und wer das ausprobieren will, soll es nur sagen. Besonders die da!

Auch in den folgenden Wochen kamen und gingen sie, und es wurden immer mehr. Und sie sahen immer gleicher und gleicher aus, wie es uns schien. Aber ob nun einer anders oder so ähnlich aussah wie wir – ich meine, wir hätten uns so oder so friedlich verhalten. Wir blicken hin, schauen zu, gaffen, aber an mir frisst das Fieber, es liegt ein geheimer Sinn darin, dass sie alle gleich aussehen, wie ein Gesicht in vielen Spiegeln.

Ihre Ringer kamen auf unseren Kampfplatz, gingen auch in den Kampf, als wollten sie überprüfen, wie hart und mutig wir sind. Gut trainiert und hinterlistig wurden unsere Kämpfer schnell und geschickt mit ihnen fertig, schmissen sie auf den Boden wie Leichen. Die gingen besiegt weg, aber nicht etwa beschämt oder verängstigt, nicht im geringsten erniedrigt. Unter ihren gesenkten Augenlidern blitzte die Erkenntnis hervor, dass wir ein weiches Herz und eine warme Seele haben.

Im Herbst kaufte einer von ihnen, mit drei Frauen und einer ganzen Herde Rotznasen, das Haus, den Hof und die Felder von Leki Maž aus Dolna Maala. Jede Sippe hat ihre unverantwortlichen Dummköpfe, auch wir. Leki Maž war offensichtlich der größte Kindskopf von uns allen: Kein

Wort hatte er gesagt, hatte sich nicht mit unserem alten weißhaarigen Großvater, Bel Dedo, beraten, sondern sich vom Geld locken lassen und ihnen das schönste Gut im Dorf verkauft. Wir versammelten uns und boten dreimal mehr Geld an, um das Verkaufte wieder zurückzukaufen, um das Unsere wieder zurückzuholen, aber vergeblich. Der Typ will nichts davon hören, er schweigt und schaut nur aus halbgeschlossenen Augen. Nicht für alles Geld der Welt wird er auf den Handel eingehen.

Bevor auch nur der nächste Tag angebrochen war, kamen sie zu Hunderten, bauten Scheunen und Mauern. Die Hälfte vom Kirchhof brannten sie zum abnehmenden Mond nieder, beim Neumond ein Drittel des Friedhofs. Wir schreien sie an und beschimpfen sie, wir warnen sie und raten ihnen, das nicht zu tun – die schweigen wie taubstumm und machen, was sie wollen, als hätten sie irgendeinen Herrgott, der es ihnen so befiehlt. Man sieht, die kennen weder Staat noch Gesetz, anerkennen weder Brauch noch Ordnung, die kommen aus der Wüste, sind an das Leben in der Zivilisation nicht richtig gewöhnt, wie die Wilden. Wir wundern uns, aber weder drohen wir ihnen, noch verbrennen wir ihre Scheunen oder reißen auch nur eine Mauer ein; wir vergiften ihnen weder Vieh noch Hunde. Wir denken und hoffen immer, dass sie zur Vernunft kommen und klüger werden, dass sie verstehen, in welcher Welt sie leben, und sich bessern.

Unsere Kinder hatten nach und nach die Schule beendet, blieben in den näheren oder ferneren Großstädten; wir wurden langsam überreif wie Brašnarka-Birnen. Wir kleckern, und die klotzen: kaufen alles von Činko, Mrsna Gizda und Strvna Menka mit allen Aborten und Misthaufen, schlagen auch in Gorna Maala Wurzel. Düster und langnasig, mit kleinen Mündern mit Herpespickeln, schätzen sie uns durch die Augenlider ab, es ist ganz klar, dass sie keine guten Absichten mit uns haben. Sie haben alles unbebaute Land entlang der Felder an sich gerissen, haben Gräben und Abhänge eingeebnet und mit Dornen abgegrenzt, »ihre« Felder dort angelegt, dass das Vieh nicht mehr weiß, wo es noch fressen und Wasser lassen soll. Und wieder kümmert es sie nicht einen Dreck, dass wir sie höflich darauf hinweisen, dass das so nicht geht, dass das zu nichts Gutem führt. Was ist das auch für eine tückische Brut, nicht ein anständiger Mensch dabei!

Über den Winter dann haben sie alles zugeschissen und angefangen, in der Gegend herumzuschleichen. Wo es sie überkam, da haben sie's laufen lassen, Wasser oder sonst was, kennen weder Scham noch Ehrgefühl. Nachts fressen sie wie die Vampire, wir sehen sie, wie sie Schweine- und Kalbsbraten verschlingen, wie sie aus Lammknöchelchen das Mark saugen. Sie stinken nach Bock und Esel, verbreiten einen schweren Gestank wie die Iltisse. Die Nežna Ruska wurde ganz hager, picklig und grindig, packte ihre Siebensachen, als wäre ihr die Pest auf den Fersen, und wanderte nach Australien aus. Sie war noch nicht abgereist, da hängten die schon ihre Unterhosen an Nežna Ruskas Zäunen auf. Und große Hundeviecher haben sie gezüchtet, die heulen den ganzen Tag und noch nachts, man kann nicht mehr in die Kirche oder zu den Gräbern. Das ist nun wirklich eine raffgierige Sippe!

Kaum war es Frühling, da ergossen die sich über die Felder wie die Raupen. Was Weibliches, also von der Sorte mit Haaren unter dem Nabel, das bekamen wir kaum zu Gesicht. Und doch, was für ein starker Same: einmal getropft, gleich geschwängert! Die Felder hoben sich, es fielen die Wäldchen, das Grün wurde dicht, es trank den Himmel leer. Kaum dass die ersten Pflaumen und frühen Äpfel kamen, wurden da ganze Herden geboren: mehr Babys als Lämmer und Böckchen. Das passierte einfach so beim Gehen über Höfe und Straßen – plötzlich hinhocken, es abreiben, schnellschnell in die Arme nehmen und weitergehen, wie um eine große Last erleichtert. Am einundvierzigsten Tag mampft das Baby schon Melonen und Wassermelonen. Alle Gärten haben sie ruiniert; kaum dass mal irgendwo etwas bunt wurde, schon hatten sie die Trauben gegessen. Wären es noch Tiere oder Vögel, dann könnte man schreien, zischen oder schießen, dann könntest du dich wehren. Aber so: wilder als ein Tier, aber ein Mensch, darfst weder schlagen noch schießen. Und es schien, dass außer Hass, der immer düsterer wurde, kein anderes Verhältnis zu ihnen möglich war.

Wie um alles noch schlimmer zu machen, zog ein schöner Altweibersommer herauf mit vielen guten Brombeeren. Ein Busch schön wie der andere, einen hatten wir gerade angefangen abzuernten. Die nehmen, wo sie's nur kriegen können, wir wehren uns, wir lassen sie nicht. Wir werden hitziger und hitziger, Knüppel und Jochbügel werden geschwungen, Fäuste fliegen, es blitzen Dolche. Sogar wenn sie nur auf eine Pflaume stoßen, die wir übersehen haben, irgendein rohes Gelege, sie schreien und zischen, die fressen am Ende auch lebendes Fleisch, trinken warmes Blut, wenn's sein muss. Und wir weichen zurück, Schritt für Schritt und langsam, langsam, zieh dich vorsichtig zurück; zum Teufel auch mit den Brombeeren und den Hagebutten, dass wir ja kein Übel oder Unheil anrichten. Wir ließen es zu, und das war offensichtlich ein Fehler: Sie trampelten auf allem herum, was uns heilig war, und wurden stärker dabei.

Das Wasser aus der Quelle lenkten sie in ihre Höfe um, unser Bewässerungskanal versiegte. Kein Wasser mehr für das Vieh zum Trinken oder für die Enten oder Gänse zum Schwimmen. Unsere Mädchen konnten nicht mehr auf die Straße gehen, denen ihr Gaunervolk prahlte vor ihnen mit den nackten Riegeln. Vor dem Spasov-Fest machten sie dem kleinen Kind von Tutule Brüste aus Auberginen. In mir brodelt Gift, es brennt mit blauer Flamme und verkohlt die lebendige Seele. Geschlagen von der wilden Sonne schwöre ich, dass ich sie in Stücke zerreißen will, dass ich die Sippe und die ganze Welt vor der Gemeinheit und Unsauberkeit retten will. Ich schreie und schäume, Alt und Jung schaut auf mich, sie verziehen keine Miene, tun keinen Mucks. Der alte Bel Dedo umarmt und tröstet mich, gibt mir den weisen Rat, mich zu beruhigen, weil ein Übel das nächste nach sich zieht, das kleinere ein größeres, das größere ein noch größeres, das größere das allergrößte, und deshalb muss man klug sein und die Würde bewahren, damit die Sippe erhalten bleibt.

Der spricht und ich brenne, ich weiß nicht, was ich tun soll. Kommt zufällig von uns ein Hahn oder eine Henne, ein Böckchen oder ein Kalb in ihren Hof, dann sind sie endgültig verloren, die schlachten und fressen sie und finden nichts dabei. Ich sehe unsere Kinder, wie sie ihren Kindern ausweichen, und wenn die auf sie losgehen, laufen sie weg und heulen dabei sogar, als würden sie von wilden Tieren verfolgt. Und es ärgert mich, und es tut mir in den Augen weh, Kopf und Herz sind voll wie von glühender Asche. »Was lauft ihr weg,

Hosenscheißer«, sage ich vorwurfsvoll den Kindern. »Zeigen wir's ihnen doch, geben wir's ihnen doch!«, rufe ich den Erwachsenen zu. Sie lassen die Köpfe hängen wie krank. Ist es denn möglich, brülle ich innerlich, dass wir eine Sippe von Schwächlingen sind? Und ich kann gerade noch an mich halten, dass ich nicht losweine vor Wut und Erniedrigung.

Kurz vor dem kleinen Muttergottes-Fest starb unser alter Bel Dedo. Als Waise und sein einziger Enkel in der direkten männlichen Linie sorgte ich für seine letzte Reise. Die ganze Sippe kam zur Beerdigung. Unser Blut wurde zu einem heftigen Strudel, ließ noch die Fernen erbeben und floss durch die Gasse wie ein breiter und tiefer Fluss. Die waren verschwunden, wie vom Erdboden verschluckt. Wir fühlten uns selbständig und frei, rein und sicher, Herren im eigenen Land, vereint und stark. Das Gefühl war so mächtig, dass sogar der alte Bel Dedo lebendig und stolz aussah. Und es schien, als müsste das ewig so sein: wir marschieren voran und niemand hält uns auf.

Aber als wir zum Friedhof kamen, mussten wir schlucken: Zwischen den Kreuzen und Grabsteinen und den Blumen liefen in aller Ruhe ihre Rinder und Schafe, weideten und lagen herum. Unsere Jungs stürzten sich auf sie mit Ruten und Keilen und machten ihnen Beine – mit Schlagen, Stoßen, Zerschlagen von Hörnern und Hufen. Da standen wir vor den schiefen Kreuzen und den zerstückelten Kerzen, stumm, und ließen die Köpfe tief hängen. Den alten Bel Dedo setzten wir ab, auf frischen Kuhfladen. Ich weiß nicht, wie lange dieses historische Schweigen bei uns anhielt, aber es endete in einem Schrei, der war Gewehr und Dolch und Knüppel zugleich. Ich griff Spaten und Schaufel und ging auf das Feld, das die sich unter den Nagel gerissen hatten – was unser Friedhof gewesen war. Ich blieb dort in der Mitte stehen, über den schon vollen Kohlköpfen, wie ein Ritter über abgeschlagenen Menschenköpfen.

»Hier wird unser alter Bel Dedo liegen!« schrie ich und begann zu graben.

Die Jungs und die Kinder stürzten sich mit mir in die Arbeit, die Erde flog nur so, und in kürzester Zeit, in einem Rausch, wie er aus der Erfüllung einer heiligen Pflicht entsteht, war ein breites und tiefes Grab ausgehoben. Wir ließen den alten Bel Dedo hinunter und deckten ihn mit der alten Erde zu, mit seiner Erde, die wir von den Räubern zurückgeholt hatten. Wir pflanzten das Kreuz auf, legten Blumen darauf, zündeten Kerzen an und tranken Schnaps und Wein zum Seelengedächtnis, auf ewigen Ruhm und unvergängliches Gedenken.

An die Mauern und Heuhaufen gepresst beobachteten die uns und warteten auf den Augenblick ihrer hässlichsten Niedrigkeit und Gemeinheit. Auf einmal kamen sie aus den Höfen gestürzt, wie hungriges und durstiges Vieh aus dunklen, engen Ställen auf die saftigen Wiesen und zu den sauberen Quellen. Zuerst die Alten, dann die Mittleren, dahinter die Jungen, zum Schluss die Kinder, ein Haufen Männer, man konnte sie nicht zählen. Sie kamen wie eine drohende Wolke, voller Blitze und Hagel, der nur darauf wartet, sich auf das zarte Grün und das reife Getreide zu stürzen. Die – dicht an dicht, wir – dicht an dicht; die düster, wir düster, es fehlt nur das Blitzen der Äxte; es fehlt nur ein Donnerschlag, und die ganze Welt verbrennt.

»Entweder den Sarg raus aus dem Feld oder ihr liegt gleich selber drin!« krächzt mir einer zu, wieder so einer mit einer Riesenbirne.

Ich hebe den Spaten, um ihm seinen Kürbis zu spalten. Und auch unsere Jungs machen sich zum Angriff bereit, es sausen Dolche und Jochbügel. Die Kerls sind verblüfft, sie trampeln auf der Stelle wie lahme Ochsen auf einem Boden, in dem der Pflug hängen bleibt; und wie alle Hurensippen lassen sie ihre Kinder vor sich laufen, verstecken sich hinter der Unschuld. In diesem Augenblick verlieren wir den Verstand: Ihre Kinder sind uns ähnlich, uns, ganz klar! Derselbe Mund, dieselben kleinen Nasen, Augen, Stirn, dieselben Haare: unsere Gesichter in vielen Spiegeln. Wir verloren alle Energie, sie konnten mit uns machen, was sie wollten. Und die nutzten unsere Ohnmacht vor uns selbst aus. Mit offenen Mündern schauten wir zu, wie sie in aller Ruhe unseren alten Bel Dedo ausgruben, ihn mitten auf den Friedhof stellten, das Loch zuschütteten und wieder verschwanden wie niemals greifbare Schatten. Aus den Augen der Kinder schlägt eine Wärme, die uns langsam wieder belebt und zu uns kommen lässt. Aber jetzt ist es zu spät, die Schande abzuwaschen und die Niederlage wieder gutzumachen.

»Also wirklich eine seltsame Sippe! Wir vernichten uns am Ende selbst!«

Feiertag

Nach ganzen zwei Jahren, so lang wie eine schwere Krankheit, ist es auch bei uns heute so wie bei Ilos Familie. Bei ihnen ist jeden Tag Ostern, ihr Haus duftet immer nach Essen, wie bei richtigen Herrschaften. Und die ganze Straße ist voll von diesem wunderbaren Duft, als wäre aller Reichtum der ganzen Welt auf einem einzigen Esstisch versammelt – bei ihnen.

Ilo schaut von Zeit zu Zeit durch den Eisenzaun, wie ein Affe aus dem Käfig. Er lädt mich ein, bei ihnen im Hof zu spielen. Dabei erwähnt er nie, was er gerade gegessen hat und wie viel. Auch hat er mir nie etwas von ihrem Tisch angeboten. Aber ich spüre und erkenne jeden einzelnen Essensgeruch. Es gibt Hunderte davon, einer berauschender als der andere. Das Wasser läuft mir im Mund zusammen und mein Magen hängt mir in den Kniekehlen! Wirklich, was ist das nur für ein Leben; es ist doch ungerecht, dass nicht einfach alle Menschen an süßem Brot satt werden können!

Dabei erinnerten wir uns sonntags ganz stolz, ich, meine zwei Brüder und meine vier Schwestern, wie viel wir damals gemampft hatten, als Oma gestorben war. Das ganze Viertel wusste noch genau, wer wie viel Stück Fleisch erwischt, wie viel Süßigkeiten verschlungen, wie viel Äpfel krachend gegessen hatte! Das war eine riesige Freude, und niemand konnte sie für sich behalten oder verschweigen. Die Wohnung roch wie des Kaisers Küche im Märchen. Schöner noch und reicher als die in dem großen Haus von Ilos Familie.

Wir atmeten diese wunderbaren Düfte ein, wir nahmen mit ganzer Seele den verführerischen Dampf vom Essen auf und mussten immer wieder schlucken. Noch ein kleines bisschen, und es wird Mittag werden, das Essen wird fertig sein, Papa wird aus der Firma kommen. Nach ganzen drei Jahren werden wir wieder einmal mit ihm zusammen essen, bis zur süßen Erschöpfung.

Obwohl wir gewohnt waren, ohne Aufregung zu hungern, waren wir doch so von der Schönheit der Speisen eingenommen, dass wir Mama anbettelten, sie sollte uns nur ein Löffelchen probieren lassen, ein Stückchen oder auch nur ein Krümelchen. Sie redete uns immer wieder zu: wir müssten Geduld haben, denn wenn wir jetzt probierten, verlören wir die Vorfreude auf das Essen hinterher, und es würde auch nicht mehr halb so lecker. Nicht einmal dem kleinsten Schwesterchen gab sie etwas, obwohl es heulte fast wie ein Hund, mit einem dünnen hohen Winseln dazwischen. Alle versammelten wir uns um unsere kleine Schwester, um sie abzulenken, sie mit einem Spiel zum Schweigen zu bringen. An diesem fröhlichen Tag sollte sie nicht weinen.

Auch das letzte Mal, als Papa aus der fernen Stadt gekommen war, mit einem ganzen Sack Mehl auf der Schulter und zwei Flaschen Öl in den Manteltaschen, war das ein großes Fest. Er kam spät in der Nacht an, unangemeldet, wie im Traum. Mama kamen die Tränen vor Freude, und wir quietschten und jauchzten. Während Papa sich zurückzog, um sich umzuziehen, wuchs der Teig schon wie die Kuppel einer Kathedrale. Als Mama einen Berg Pfannkuchen gebacken hatte, duftend und rot wie die Brüste von Ilos Schwester, da konntest du vor Glück den Verstand verlieren! Wir futterten sie, ohne zu kauen, sie krochen uns von selbst in den Schlund, und wir bekamen Bäuche wie Trommeln. In diesen Augenblicken war kein glücklicheres und schöneres Leben denkbar als das unsere!

Am nächsten Tag schliefen wir durch bis Mittag. Und auch der knurrende Hund des Hungers in unseren Därmen schlief wie verzaubert!

Das Mittagessen wird in der Küche reif wie eine Frucht im Paradiesgarten, von dem Mama uns so oft erzählt. Und es schickt uns Düfte wie im Traum, es gibt uns das Gefühl, dass unser Leben sich verwandelt hat in das Schönste und Reichste, was Gott dem Menschen nur schicken kann. Unsere Seelen trinken eine reiche, berauschende Seligkeit aus einer anderen, glücklichen und zufriedenen Welt, einer Welt süßer Sattheit, einer Welt, die schon in ein paar Augenblicken auch die unsrige sein wird. Dort gibt es keinen Gestank nach Zwiebeln und Essig, nach sauren Roggenkrusten und staubtrockenem Maisbrei. Der Duft verwandelt sich in eine wunderbar flimmernde göttliche Vision. Sie führt uns die herrlichsten Traumbilder vor, und wenigstens dieses eine Mal sind sie wirklich, greifbar und ganz für uns allein.

Es duftet nach Lammbraten und Krautwickeln aus Sauerampfer, mit himmlischen Zutaten und Stückchen Kalbfleisch darin, in einer Sauce aus Eiern und Milch, und nach unbeschreiblich leckeren Süßigkeiten aus Teig mit Rahm in der Form halbgeöffneter Irisknospen, gefüllt mit frischen roten Johannisbeeren. Bei all dem bekommen wir Knoten im Magen, wenn wir an den Geruch von den drei dünnen Suppengerichten auch nur denken, genauer gesagt an das warme Abwaschwasser in der Volksküche, wohin wir einmal täglich essen gehen. Wir kitzeln und kneifen die zweitjüngste Schwester, damit sie endlich zu lachen anfängt. Sie soll uns nicht an diese säuerlichen Spülreste erinnern und uns das Mittagessen verderben. Sie hört aber nicht auf, sich zu besabbern, und wir müssen ihr leicht aufs Köpfchen klopfen: da geht die Heulerei wieder von vorne los, und wir fragen Mama, wann endlich Papa kommt und wir essen können. Sie tröstet uns. Er muss jeden Augenblick kommen. Es ist doch schöner, auf ihn zu warten. Dann können wir nach so langer Zeit wieder einmal zusammen am festlich gedeckten Esstisch sitzen!

Es ist schon Nachmittag. Quer über die Fenster ziehen sich dunkle Bögen Nebel, der geisterhaft aus der Ferne kommt. Um uns vom Hunger abzulenken, setzen wir uns im Kreis hin, die einen im Schneidersitz, die anderen auf Knien, und spielen ein Festessen. Ich bin der Vater, die älteste Schwester ist die Mutter, die anderen können sein, was sie wollen. Der mittlere Bruder erklärt sich zu einem wichtigen Gast! Wir schweigen einen Augenblick oder zwei über dem ausgedachten Tisch, flüstern in weihevoller Stille das Vaterunser, bekreuzigen uns und fordern einander zum Essen auf. Wir heben die Gläser, prosten einander zu und trinken Schluck für Schluck. Wie Herrschaften, ganz langsam, schlürfen wir die Suppe und wischen uns den Mund mit leisen, lautlosen Tüchern. Einer äußert mit feiner Zurückhaltung, dass die Suppe wunderbar ist, auch der Herrgott würde sie mit Lust schlürfen. Alle anderen stimmen sofort zu. Wir nehmen jeder ein großes Stück Fleisch und essen es, indem wir es in kleine Stückchen schneiden, gravitätisch, mit Genuss. Für die Soße aus den Paradieskräutern unserer Träume gibt es einfach keine Worte, die ihrer würdig wären. Wir unterhalten uns über die Zukunft der Familie, über bestimmte Pläne, die uns, so Gott will, ganz sicher aus der Armut ziehen und uns das Paradies auf Erden bescheren werden. Und der Gast, der aus gewissen Gründen eine untröstliche Seele hat, fängt an zu weinen. Er sagt, das kommt vor Erschütterung über das Glück, das über diese Familie hereingebrochen ist, die sich hier zum Festessen versammelt. Wir loben den Wein und die Süßigkeiten, und wir loben das Fest, bis sich unser Herz, unsere Seele und – unser Kopf mit Freude füllen!

Das wirkliche Essen ist inzwischen fertig, sogar schon ein bisschen kalt geworden, und Papa ist immer noch nicht da! Mama tröstet uns wieder; sie sagt, dass er jeden Moment kommen muss, und als Belohnung dafür, dass wir so vernünftig und geduldig sind, erlaubt sie uns, einen Blick auf das Essen zu werfen. Wir drängeln uns um sie herum, machen große Augen und schlucken nur, während sie uns ausführlich beschreibt, welches Gericht wie und aus was gekocht ist. Wir wollen die Hände ausstrecken und mit den Fingern überprüfen, ob es das auch wirklich gibt, was wir da sehen, aber Mama erlaubt es nicht. Schon den Versuch behandelt sie als eine schwere Sünde und ein Unrecht. Nur noch ein paar Augenblicke, und das alles gehört dann euch! Alles! Mein Bruder bedauert ganz ernsthaft, dass wir keinen Fotoapparat mit Blitz haben, um das Essen zu fotografieren, bevor wir es auffuttern, um es so für die Ewigkeit zu bewahren.

Draußen wird es schnell grau, die Schwere der nahenden Dunkelheit legt sich auf die Fensterscheiben wie Hunger auf einen leeren Magen. Mama verschwindet wieder in der Küche, und wir hören, wie sie schluchzt und ein schwarzes Schreckgespenst verflucht, das sich in unser Schicksal eingenistet hat, so dass es heute für uns keinen Feiertag zu geben scheint. Es nagt die Angst an ihr, Papa könnte vielleicht etwas zugestoßen sein und wir müssten uns dann an diesen Tag in Zukunft mit Tränen erinnern. Im gleichen Augenblick ist das für uns Kinder schon geschehen, und unser Weinen tönt zum Himmel, auf dem sich dichte Asche gesammelt hat. Vielleicht hat unser Heulen es bewirkt, jedenfalls öffnet sich plötzlich die Tür und wir hören Papas laute Stimme: »Frau, wir haben liebe Gäste!«

Stumm vor Überraschung sehen wir sie hereinkommen: eins, zwei, drei, vier ... Papa stellt sie vor: »Mein Chef, der Vize, der Assistent und der Abteilungsleiter.« Einer größer als der andere, vierschrötig und kräftig! Wir begrüßen sie und, wie es in unserer Familie in solchen Fällen üblich ist, ziehen wir uns wie dressierte Hündchen schweigend in das kleine Zimmer zurück. Da stehen wir nun hinter der Tür zusammengedrängt, fast fühlen wir uns schuldig dafür, dass wir auf der Welt sind, und einer nach dem anderen schauen wir durch das Schlüsselloch und horchen, was in unserem Haus passiert.

»Verehrte Gäste, nehmen Sie mit unserem bescheidenen Essen vorlieb« – Papa schreit es fast.

»Und die Kinder?« krächzt einer der Gäste.

»Die haben schon gegessen«, erklärt Mama.

Eine eiserne Schlange kriecht über unsere Körper, sie sticht uns, beißt uns, durchbohrt uns und reißt uns an tausend Stellen. Die kleinsten Schwestern fangen an zu weinen. Wir halten ihnen mit der Hand den Mund zu und versuchen, durch das Schlüsselloch weiter zu sehen, was mit unserem Essen passiert. Wir sehen nur Mama, blass und traurig, als wäre ihr das Liebste gestorben. Sie wischt sich über die Augen und schaut zum Schlüsselloch.

»Aber Sie, liebe Frau, warum essen Sie nicht mit uns?« bringt ein Gast mit vollen Backen hervor.

»Ich habe auch schon gegessen ... mit den Kindern ... so viel, dass mir jetzt der Appetit vergangen ist.«

Die kleinsten Schwestern fangen vor Hunger an, laut zu kreischen. Wie von Sinnen werfen wir uns auf sie, um Schlimmeres zu verhüten, wir decken sie zu, wir drücken sie, damit man ihre Stimmen nicht hört. Die Ärmsten kreischen, wir quetschen sie, setzen uns auf sie, legen uns auf ihre Köpfchen. Nach längerem Kampf werden sie still, und von der anderen Seite der Tür her erklingt ein Lied. Die Gäste gratulieren Vater zu seinem Glück, zu der festen Anstellung, dem höheren Lohn. Und sie versprechen, auch Mama als Köchin einzustellen, sogar Chefin vom Restaurant soll sie werden.

Diese Worte klingen für uns wie die wunderbare Vision eines besseren Lebens mit einem immer vollen Tisch. Voller Kinderglück schlafen wir einer nach dem anderen ein. Nur ich und meine älteste Schwester kämpfen gegen die Müdigkeit und versuchen, wach zu bleiben, um dieses Glück mit eigenen Augen zu sehen. Spät in der Nacht, mit vor Sattheit und Zufriedenheit dicken Stimmen, gehen die Gäste weg. Die Wohnung wird still, die ganze Welt verstummt, Vater schweigt, als gäbe es ihn gar nicht. Nur Mutter klappert leise mit den Tellern, Gläsern, Löffeln und Gabeln, wie um das Leben vor einem heimlich schleichenden Tod zu bewahren.

Auf einmal öffnet sich die Tür des Zimmerchens. Schwankend und mit unsicherem Schritt, wie krank, kommt Vater zu uns ins Zimmer, macht die Arme auf und will uns umarmen. Wir werfen uns ihm an die Brust und streicheln ihn, geben ihm Küsschen auf das blasse und aufgedunsene Gesicht, wir streicheln sein feuchtes Haar. Und er, mit einem Geruch nach Kummer und Mühe, verkrampft sich auf einmal, röchelt, und fängt an, sich über uns zu übergeben. Unser ganzes Feiertagsessen kommt aus ihm heraus, versäuert mit einem schweren Gestank, schleimig und widerlich, aber wir laufen nicht weg. Es quillt aus ihm heraus die verlorene Schönheit unserer nicht erlebten Freude, als wollte er uns all das zurückgeben und wiederschenken, unser verlorenes und so sehr geliebtes Essen, so bedeutsam und so unersetzlich.

Der mittlere Bruder und die zweitälteste Schwester wachen auf und fangen schrill an zu weinen. Wir nehmen die Decken von unseren kleinen Schwestern, um sie aufzuwecken, damit auch sie Papa begrüßen. Sie liegen aneinandergeschmiegt, blau und unbeweglich, träumend und satt für alle Zeiten.

DRAGI MIHAJLOVSKI

Das lange
und nicht besonders
glückliche Leben
des Herrn J. M.

Das lange und nicht besonders glückliche Leben des Herrn J. M.

1.
Ich bin auf diesem Planeten Erde der erste Mensch, der die Veränderungen seines Körper-Geistes bewusst durchlebt hat. Ein anderes Beispiel dieser Art ist mir nicht bekannt. Und ich bin überzeugt: Die ganze Geschichte hat nie etwas Vergleichbares registriert, obwohl sie doch Ohren wie ein Luchs hat und Augen wie ein Falke. Meine Verwandlungen bleiben glücklicherweise jenseits der Geschichte angesiedelt, wie ein kaum glaubhaftes, vergessenes Apokryph, ein unberührtes außerkanonisches Geheimnis, das vielleicht eines Tages inmitten eines neuen Volkes von Träumern wieder machtvoll aufgehen wird; von Träumern, die mit derselben Leidenschaft wie ich daran glauben, dass sie in ihrem Leben Zeugen des Dahinschwindens von letzten Spuren des irdischen Paradieses sind.

2.
Meine kurze, allseits bekannte Biografie beginnt im Jahr 1608, die unbekannte beginnt nach meinem qualvollen ersten Tod im Jahr 1674. Ganze drei Nächte hauchte ich da das Leben aus, wie man so sagt, unter den düsteren Novembernebeln, die sich auf Bunhill House gelegt hatten; voller Angst wie noch niemals zuvor, angesichts des undurchdringlichen Chaos, in das ich übergehen sollte. Dann und wann trat mir das strenge englische Gesicht meiner Elizabeth ins Bewusstsein, wie es sich über mein schweres Lager beugte, und die bleiche Silhouette von Doktor Jennings, der im dump-

fen Zimmer auf und ab ging und von Zeit zu Zeit hilflos die Hände hob. Dann, in der dritten Nacht, so erinnere ich mich, begann mein Körper von den Beinen aufwärts zu versteinern; eine nie da gewesene Kälte schüttelte mich, und ich wurde ganz zu Marmor. Es verschwamm mir alles vor den Augen, nichts drang mehr an mein Gehör, mein Herz blieb stehen.

Es war aus.

Nur innen, in den verborgenen Winkeln meines Seelen-Geistes, der darum kämpfte, sich von der versteinerten Fleischmasse zu befreien und sich ein für allemal in Sicherheit zu bringen, lief vor meinen Augen sehr schnell ein bekannter, aber zum Teil schon vergessener Film ab. Ich sah meinen Vater, John, wie er sich unendlich freut angesichts meines bloßen, schmächtigen, in dünne Windeln eingewickelten Körperchens, in den Armen meiner Mutter, die immer noch schwer atmet, erschöpft von der Geburt und dem heftigen Blutverlust. Dann das runzlige Gesicht des geschickten Cornelius Janssen. Er ist wütend, dass er mich, den zehnjährigen Jungen, nicht friedlich im Haus halten kann, in Haus Spread Eagle in der Bread Street, um mein Porträt zu Ende zu malen, wie es bei den reicheren Familien im damaligen London üblich war. Dann die düsteren Mauern von Cambridge und das helle Gesicht von Diodati, meinem besten Freund, der im August 1638 verstarb. Dann die herrliche Reise nach Frankreich, nach Paris und Nizza ... Schließlich das unglaubliche Florenz, die Gelehrten, die unwiederbringlichen Freunde Gaddi, Dati, Frescobaldi, Coltellini, Bonmatthei, Clementillo, Francini, ihre fröhlichen, unnachahmlichen Gesichter ... Dann das unglaubliche Profil von Galilei, ganz irre geworden an seiner sich drehenden Welt. Und das dunkle Enface des vatikanischen Bibliothekars Lucas Holstenius, das begeisternde Konzert im Hause Barberini, die zauberhafte Stimme der Leonora Baroni. Dann die Hochzeit mit meiner vielgeliebten Mary Powell, ihre Flucht schon nach einem Monat Ehe und ihre Rückkehr nach drei Jahren, die beginnende Blindheit 1644, das Verhör vor den wütenden, nervösen Fratzen der Untersuchungskommission im Oberhaus und die Geburt meines lieben Töchterchens Anne im Juli 1646. Dann die sanfte Mary 1648, der kränkliche John 1651. Dann die schwere, vollständige Erblindung 1652, die Geburt von Deborah und der unerwartete Tod meiner Frau Mary, nur drei Tage später, und der Tod von John, eineinhalb Monate später ... Die neue Heirat mit Katherine Woodcock 1656, die Geburt der Tochter Katherine ein Jahr später und ihr Tod 1658 im März, nur einen Monat nach dem Tod ihrer Mutter, meiner zweiten Frau. Und die Verbrennung meiner Bücher 1659, Verhaftung und Gefängnis, die erneute Freiheit, die schlimmen Streitigkeiten mit den Kindern, die Heirat mit Elizabeth Minshull, der Brand im Haus in der Bread Street, die Qualen der Gicht, das Sterbebett, das Gesicht von Elizabeth ... Und nach all dem, ein kurzer tiefer Schlaf, ein schnell vergehender Traum, Dunkelheit, vielleicht – der Tod ...

3.

Mein Wiedererwachen 1674 überzeugte mich vom Gegenteil. Ich brauchte eine ganze Weile, um zu begreifen, dass ich eine der schönen Zierplatanen geworden war, die bis auf den heutigen Tag ein Wahrzeichen Londons sind. Die Leute gingen unter meinen Ästen entlang, lärmten und redeten. Ihnen war meine Herkunft nicht wirklich bewusst. Manchmal betrachteten sie mich meiner Schönheit, Größe und meines kräftigen Wuchses wegen als Symbol für moralische Reinheit und Überlegenheit. Viel häufiger stellten sie in ihrer stürmischen Unausgeglichenheit Vergleiche mit mir an und wünschten, ich würde zu einem heimischen Apfelbaum, dem Symbol für Gesundheit, Ewigkeit, Liebe und Fruchtbarkeit. London sollte Tschandigarh im Pandschab ähneln, wo die Straßen von Pfirsich- und Pflaumenbäumen eng gesäumt wurden, oder Nanking in China, wo ein Sechstel der Bäume Obst trugen, vor allem Mango. Aber ich erduldete die Beleidigungen und schwieg ganze 277 Jahre lang. In dieser Zeit – fast volle drei Jahrhunderte – hörte ich immer wieder auch von den Werken, die ich schon in meinem ersten Leben geschaffen hatte. Die Leute rühmten mich vor allem wegen der großen, reinen Ideen, des hohen Stils und der immensen Gelehrsamkeit, die ich seit meinem zwölften Lebensjahr zu Tag und bei Nacht angehäuft hatte, bis zu dem Tag, da ich endgültig das Augenlicht verlor. Aber einige, wenn auch wenige, griffen mich frech an wegen meiner Nähe zu Cromwell und jener hehren, reinen Revolution, für deren Verwirklichung ich zwanzig Jahre lang meine großen schriftstellerischen Pläne beiseite gelegt hatte. Das konnte mir nicht gleichgültig sein. Ich sah, wie sie sich zu Haufen sammelten, klein und tückisch. Voll stummen Entsetzens angesichts ihrer Armseligkeit und Kurzlebigkeit rotteten sie sich in bösartigen Schlangennestern zusammen, die sie Schriftstellergesellschaften nannten, von wo aus sie die Stärkeren und Tüchtigeren angriffen und bissen.

Manchmal bedauerte ich, dass ich meine Reise nach Griechenland, besonders in das Land Alexanders, nach Mazedonien, nicht hatte verwirklichen können. Der Tod Diodatis hinderte mich damals daran, außerdem kamen Nachrichten vom Krieg in meiner Heimat England. Es wäre schlicht gotteslästerlich gewesen, die Thermen von Pella zu besichtigen, während meine Freunde unter gnadenlosen Musketenschüssen und dem nackten Schwert zu Grunde gingen. Aber nun hatte ich Zeit. Lange Zeit, unvorhersehbar, dehnbar. Ich durchlebte die Ewigkeit selbst, so schien es mir. Dabei zog es mein Herz weiterhin zur Durchführung der geplanten Reise. Lange genug hatte ich die Erfahrung gemacht, wie es ist, immer an einem Platz zu stehen. Schön war es, eine Platane zu sein, etwas wie eine Brücke zu sein für unterschiedlichste Schattierungen des Lichts, das auf meiner rauen Rinde Spuren seiner Erfahrung hinterließ und meine eigene Erfahrung als Dulder täglich vermehrte; aber nach so langer Zeit wollte ich wieder die glückliche Erfahrung von Wasser machen, wie es seinem Tod in einem der zahlreichen Meere entgegenfließt.

4.

Dieser Wunsch ging im Jahr 1951 in Erfüllung. Wiederum als Mensch wurde ich in Monastir (Kloster) geboren, was vom Griechischen ins Slawische übersetzt Obitel heißen würde, oder Bitola, wie die Mazedonier die Stadt bis heute nennen. Ich weiß nicht, ob Sie von dieser Stadt gehört haben, aber wenn nicht, wäre das sehr schade für Sie. Besonders das alte Zentrum mit seinen »gelben Häusern, hochgebaut« – so wird es in einem von zahlreichen Liedern besungen – ist in vielerlei Hinsicht jeder besseren europäischen Stadt auf der Welt ebenbürtig. Heute allerdings, da bin ich sicher, würde Bitola in seinem provinziellen Dasein eher Ihr Mitleid erregen, wenn Sie es so sähen: dicht gedrängt an die unnatürliche und undurchdringliche griechisch-mazedonische Grenze, im leuchtenden Kitsch der Weihnachtsdekorationen; mit der kleinteiligen Schundarchitektur, die sich inmitten der alten würdigen Bürgerhäuser in den Vordergrund gedrängt hat; mit dem unpassenden Asphalt, der über die reizenden Gässchen ausgegossen wurde, durch die bis vor kurzem noch Kutschen fuhren, mit lebhaften Rappen im Gespann, und Damen einhergingen, in langen Röcken und mit bunten Schleiern über ihren geschminkten feinen Gesichtern, um sich vor der höllischen Sommersonne zu schützen, die immer über der Stadt hing, als wollte sie alle unanständige Feuchtigkeit trocknen, wie sie vor allem von den Läden mit ihren niedrigen eisernen Jalousien ausging.

Die Familie, in der ich ein kleines, unschuldiges Baby darstellte, wohnte in der Solunska-Straße, in einem alten zweistöckigen jüdischen Haus mit einer schönen blauen Fassade, die auf das Flüsschen Kurderes blickte. Auf der westlichen Seite befand sich ein großer Hof mit einem hohen Maulbeerbaum und einer Waschküche; dahinter lugte ein niedriger Quittenbaum hervor, mit einem Brunnen samt Pumpe unter seinen Zweigen. Das Haus war nur gute zehn Meter von der eisernen Brücke entfernt, über die zu jener Zeit vielleicht einmal monatlich ein Lastwagen fuhr. Die Frau, die ich Mutter nannte, war eine kräftige Bäuerin aus dem nahe gelegenen Dorf Bukovo. Wie Sie vielleicht gehört haben, hatte im Kloster jenes Dorfes mein englischer Nachfolger aus dem 19. Jahrhundert, Lord George Gordon Byron, übernachtet, als er von Albanien kommend seinem Tod in Missolunghi entgegenzog. Oft kam der, den ich Opa nannte, mit einem Esel zu uns, beladen mit Zwiebeln, Schnittlauch, Eiern, Grammeln, Schinken und Paprika, jenem weithin bekannten Paprika aus Bukovo. Da zu jener Zeit die Städter über die Maßen arm waren – nur mit Coupons konnte man etwas bekommen –, machte jede noch so geringe Unterstützung vom Land den Eindruck eines Lottogewinns. Ein Spiegelei mit Schinken war wie Balsam auf eine Wunde nach den Tagen, die man nur mit trockenem Brot zubringen musste, oder mit Brot getaucht in Wasser mit etwas Zucker und Kakao. Ich hatte diesen kleinen, kurzen Menschen mit der Adlernase und den weichen Händen sehr lieb gewonnen. Nicht nur wegen der Nahrung, die er uns einmal pro Woche vorbeibrachte, sondern vor allem wegen seines lebhaften Verstands und seiner Gelehrtheit – für jene Zeit, versteht sich. Er sprach sieben Sprachen, am besten Griechisch, Deutsch und Französisch: Griechisch, weil er es auf der Schule gelernt hatte, Französisch, weil er fünf Jahre in Metz gelebt hatte, und Deutsch, weil er zweimal für je drei Jahre in Deutschland gewesen war. Dort hatte er auch Russisch und Ukrainisch gelernt (beim zweiten Mal hatte er vermutlich zusammen mit vielen Gefangenen aus den vom Dritten Reich unterworfenen Ländern in einer deutschen Fabrik gearbeitet), und er kam auch auf Vlachisch und Altslawisch zurecht, einfach, weil er viele Vlachen kennen gelernt hatte, mit denen er Handel trieb, und weil er längere Zeit im Dorfchor gesungen hatte, und zwar in einer Kirche, in der für den Gottesdienst noch immer Vervielfältigungen jener Bibelübersetzung in die kirchenslawische Sprache verwendet wurden, die einst im neunten Jahrhundert der heilige Methodius geschaffen hatte. Besonders gerührt war ich, als er einmal an einem

Dienstag (normalerweise kam er am Markttag zu uns, und in Bitola ist am Dienstag und am Freitag Markt) bescheiden auf einem kleinen Hocker beim Ofen saß (also war es sicher Winter) und mir über die kleine Revolution von 1945 erzählte, als ganz Bitola auf die Breite Straße, den Širok Sokak, marschierte und mit zum Himmel gereckten Spruchbändern auf Serbokroatisch verlangte:

»Wir wollen nicht den König, Tito wollen wir, das Volk muss man fragen!«

Das erinnerte mich an den armen Charles, den wir in England wohl im Jahr 1647 hingerichtet hatten; und so begann ich nach und nach, vielleicht auch einfach, weil ich unterernährt und rachitisch war, aus vollem Herzen zu weinen: nicht so sehr über das böse Schicksal der Könige, als vielmehr über mich selbst und mein unvollendetes Schicksal. Großvater meinte, ich weinte vor Freude darüber, dass das Volk gesiegt hatte, aber ich weinte wegen meines langen und elenden Lebens. Das war natürlich meinerseits unfair gegenüber Opa, einem sanften Frühgeborenen, aus dessen Ehe mit Ilinka Mama hervorgegangen war. Er selbst war der Sohn von Petre und Gjurgja, Petre seinerseits von Ilija und einer Mutter, deren Namen ich nicht weiß (hier endet die Erinnerung an die weiblichen Vorfahren), Ilija wiederum von Konstantin ... Der, den ich Vater nannte, war eine Geschichte für sich. Er wusste nicht einmal, wie seine Oma geheißen hatte. Als ich größer wurde und ihn nach ihr fragte, senkte er nur den Kopf und sagte: »Frag mich was anderes ...« Seine Mutter Zaharja, die ich Oma nannte, lebte bei uns, klein, bucklig, mit einem Kreuz auf der Stirn. Sie sprach kaum Mazedonisch, weil sie eine Vlachin und in Albanien geboren war. »Musakija, Musakija, Kavaja ...« sagte sie häufig, bis ich an einem Tag im Jahr 1962 den ersten für mich gekauften Atlas öffnete und eine Gegend mit diesem Namen fand und eine solche Stadt, dicht am Adriaufer. Aber weiter konnte ich nichts in Erfahrung bringen. Nur dass Papa Sohn von Kitan und Zaharja war, Kitan von Mihajlo, Mihajlo von wer weiß wem.

5.

In der Solunska-Straße, im Haus von Marika Jeftik' und ihrer Mutter Evgenija, erwartete ich in meinem zweiten Leben als Mensch meine erste Sintflut. Ich war nicht älter als elf Jahre, ein schwächlicher, nicht besonders hoch gewachsener Junge, mit kurzen Hosen und einem weißen Sporthemd, das mir John Spiro geschenkt hatte, Marikas Onkel mütterlicherseits, der aus Amerika gekommen war, um in seinem heimatlichen Magarevo einen Kirchturm zu bauen. Mit dem Gesicht gegen die Fensterscheibe gepresst und dem Herz in der Hose käute ich alles wieder, was man sich in jenen Tagen in Bitola erzählte: Eine Sintflut sollte es geben. Eine Sintflut! Die zweite nach Noah. Aber noch viel schlimmer. Diesmal würden nicht einmal die Tiere davonkommen. Ich weiß nicht, wer als erster dieses Gerücht in Umlauf gesetzt hatte, aber ich weiß, dass bald alle davon redeten. Allen voran Čeče und Caki, die beiden Brüder, die am meisten Talent zum Erzählen von Geschichten hatten. Drei Abende standen wir dicht gedrängt einer beim andern am schweren Hofzaun der Belčevci. Sogar die Häuser ringsum schienen die Geschichte schattenhaft zu bestätigen und ließen unsere furchtsamen Kinderherzen erstarren, während wir ČeČes Stimme lauschten, der selbst durchsichtig und irreal wirkte, als er wieder und wieder vom drohenden Unheil erzählte. Eine Sintflut würde es geben. Wir würden alle ertrinken. Bis zum letzten würden wir untergehen. Der Dragor und der Kurderes würden über uns kommen, die Brücken mit sich reißen, die hölzernen wie die eisernen, und die Häuser mit Mann und Maus zerquetschen. So stand ich und schaute nach unten in das Flüsschen, dann nach oben in den bewölkten Himmel, der sich vom Pelister her zuzog. Ich verging vor Angst. Das einzige, was mich beruhigte, wenn auch nur zeitweise, war die friedliche Atmosphäre im Haus: Die Großmutter schlummerte wie gewöhnlich auf dem Bett in der Ecke, Mama nähte auf einer handbetriebenen Singer, und Papa setzte auf dem Amboss eigenhändig eine neue halbe Sohle an Mamas Stöckelschuhe an. Nichts verriet auch nur die geringste Unruhe. Nur Papa fluchte ab und zu, wenn er mit dem Hammer das Nägelchen verfehlt und stattdessen seinen Finger erwischt hatte oder wenn er im neuen Radio etwas Revolutionäres hörte:

»Kapitalistenschweine, Castro wird's euch schon zeigen.«

Ich war am Fenster, schon ganz verschwitzt, und wartete. Ich glaubte nicht, dass sie ahnungslos waren. Vater war Steuereinnehmer und klapperte in der Stadt regelmäßig alle Läden ab. Sicher hatte er was gehört. Ganz sicher. Aber er hämmerte in aller Ruhe weiter, bis die Sohle saß. Dann zeigte er sie Mama, und die beiden lachten zusammen. Da hörte man plötzlich von unten ein Klopfen. Der Schreck fuhr mir in alle Glieder. Das war die alte, schwache Evgenija, sie klopfte mit dem Stock an ihre dünne Zimmerdecke. »Geh nachsehn, was los ist«, sagte Mama zu Papa, und er stand gehorsam auf, wie ein kleines Kind, öffnete die Glastür und fragte laut: »Was ist los?« »Mama hat Angst«, hörte man deutlich Marikas Stimme, heiser vom Rauchen, »sie sagt, mach die Dachziegel fest, bevor es anfängt zu gießen und alles zu spät ist.« »Draußen ist es schön«, sagte Vater, »es gießt nicht aus heiterem Himmel!« »Mach sie fest, ich bitte dich, ich kann das nicht mitanhören!« Dann höre ich, wie Vater auf das Dach klettert und die Ziegel anhebt; er kennt alle Schwachstellen genau, er richtet hier und da etwas und klopft ein bisschen. »Es wird nicht groß regnen«, sagt er dann, während er sich auf den Kasten hinter dem Amboss setzt, »die Alte verliert langsam den Verstand!« Aber ich, ich war doch nicht dabei, ihn zu verlieren! Noch lange, stundenlang lungerte ich am Fenster herum und wartete darauf, dass das geschah, wovon Čeče uns erzählt hatte, das, worüber seit Tagen ganz Bitola raunte. Aber nichts geschah. Buchstäblich nichts. Weiter an der Fensterscheibe klebend fragte ich mich, was hier los war. Waren die göttlichen Kräfte versiegt, waren ihre reichen Quellen ausgetrocknet? Hatte Gott es sich einfach anders überlegt und beschlossen, uns am Leben zu lassen? Hatte dies wohl etwas mit meiner heimlichen englischen Vergangenheit zu tun? Da fiel mir auf, dass auch Nova Makedonija nichts über die Sintflut gebracht hatte. Papa kaufte die Zeitung regelmäßig, und ich klaute sie ihm regelmäßig aus der Aktentasche und las sie. Dann schließlich kam er, satt und nur noch halb wach, nahm die Zeitung, legte sich zum Mittagsschlaf aufs Bett und las, bis ihm die Augen langsam zufielen und er zu schnarchen anfing. Warum hätte die Zeitung über ein so enormes drohendes Unglück nichts schreiben sollen? Das wollte mir nicht in den Kopf. Nach und nach beruhigte ich mich, aber die Angst nagte noch an mir, bis die Nacht den Kurderes ganz ins Dunkel gehüllt hatte und die hellen Sterne unbekümmert am wolkenlosen Himmel glänzten. Am nächsten Tag wurde mir manches klarer, als Vater wütend von der Arbeit kam und noch in der Tür atemlos zu Mutter herüberschrie:

»Diese Kapitalistenschweine! Die haben nichts anderes im Sinn, als uns die Kinder mit Aberglauben zu vergiften. Die sind nicht für die Welt von heute. Die gehören ins Gefängnis nach Goli Otok!«

»Was ist Aberglaube?« fragte ich.

»Aberglaube ist Aberglaube«, sagte er kurz angebunden, »woher weiß ich denn, was das ist. Ich weiß nur, dass es schlecht ist und dass die Kapitalisten das gegen das Volk einsetzen.«

So viel zur Sintflut. Ich möchte jetzt lieber nicht zu lange darüber sprechen. Mich packt die Scham. Ich, Magister aus Cambridge, bin dem Aberglauben aufgesessen, und es brauchte einen grobschlächtigen, halb analphabetischen Vlachen aus Mazedonien, um mich wieder auf den Boden zu holen und auf den richtigen Weg zu bringen!

6.

Wenn wir schon bei meinem Magistertitel sind, will ich Ihnen gleich erzählen, dass ich auf der Schule schwerwiegendste Probleme hatte. Mir war immer langweilig. Und wie sollte auch ein Mensch mit Cambridge-Diplom sich nicht ärgern, wenn er so sinnlos (so schien es mir zumindest damals) in eine sozialistische Grundschulklasse irgendwo auf dem Balkan geworfen wird! Meine einzige Freude war das Erlernen der Muttersprache, und ich mochte dieses Fach mehr als alle anderen, obwohl ich persönlich der Meinung bin, dass das Erlernen von Fremdsprachen nur die intellektuellen Fähigkeiten des Individuums abstumpft und seine schnelle Entwicklung in vielem behindert. In vielen Fällen ist es nur ein Verdecken von Unwissenheit, eine Unfähigkeit, die eigene Beschränktheit zu überwinden. Doch abgesehen von meinen eigenen inneren Zweifeln hielten mich dort alle für ein Genie, außer Papa. Er sagte mir ständig: »Lern, lern, damit du nicht schuften musst!« Und ich lernte und lernte und beherrschte am Ende das Mazedonische so gut wie meine Muttersprache Englisch. Besonders gut wurde ich in Aufsatz und Zeichnen. Einmal zeichnete ich ein so treffendes Porträt meiner Schulkameradin Mare, dass der Lehrer mich lobte. Die Kunde hiervon gelangte sogleich über Marika, die an derselben Schule Musik unterrichtete, auch nach Hause. Mama und Papa diskutierten tagelang, wie und was es denn mit dem Kind werden solle; sie begannen große Pläne zu schmieden, und zum Schluss sagte mein Vater: »Ich werde ihn bei Ivan Melnikov unterbringen!« Ivan Melnikov, Weißgardist, Emigrant aus Russland seit der Zeit der stalinistischen Säuberungen, wohnte gleich hinter dem Theater in einem zweistöckigen, gelben Haus, das besonders uns Kindern Respekt einflößte, wenn wir täglich, außer Sonntags, mit den Schultaschen auf dem Rücken dort vorbeikamen, auf dem Weg zur Schule, die nach Goce Delčev benannt war und nur ungefähr hundert Meter von dort entfernt lag. Ich träumte von dem Tag, an dem ich endlich wieder, nach so vielen Jahrhunderten, einen Privatlehrer bekommen sollte. Täglich, wenn ich dort vorbeikam, starrte ich auf die großen hellen Fenster und den schönen gotischen Balkon. Ich wiegte mich in der Hoffnung, schon bald durch die große Holztür zu treten und mich dem Geheimnis dieses unglaublichen Hauses auszuliefern, und der Lehre dieses, zumindest in Papas Augen, beinahe heiligen Menschen. Aber nichts von alledem! Einmal zeichnete ich eine Landschaft nach einer wunderbaren Ansichtskarte, die Vaters Neffe Miha ihm aus Varaždin geschickt hatte, wo er seinen Militärdienst ableistete. Dafür lobte mich der Lehrer zum zweiten und letzten Mal via Marika bei meinen Eltern. Als aber einmal Vater, über die Maßen nervös, Mutter grob aufweckte und zu ihr sagte: »Also was meinst du, Frau, sollen wir ihn zu Melnikov schicken oder nicht?«, wurde mir klar, dass aus der Lehre bei Meister Melnikov nichts mehr werden sollte. Papa war nun einmal so ein Mensch. Erst entschied er immer, alles sei in bester Ordnung, und dann kamen ihm Zweifel, je nach seiner Stimmung, die gewöhnlich gleich null war. Kein Kind des Sozialismus schien er dann zu sein, sondern eher ein Hamlet vom Balkan. Dann hängte er an die bereits getroffene Entscheidung wieder den Nachsatz »oder doch nicht ...«. Mir jedenfalls wurde klar, dass hier für niemand etwas zu holen war, also auch nicht für mich.

Musikalisch war ich sehr begabt. Diese Gabe hatte ich noch von meinem ersten Onkel John geerbt, der selbst ein bekannter Musiker war und den man in hohen Londoner Gesellschaftskreisen zu schätzen wusste. Unsere Hauswirtin Marika hatte ein Klavier, das in jenen kargen Zeiten (soweit ich verstanden habe, sind alle Zeiten in Mazedonien karge Zeiten!) eine gute zusätzliche Einkommensquelle darstellte. Ihr Klavier stand in ihrem einzigen Zimmer im oberen Stockwerk, und dort gab sie regelmäßig Stunden für Kinder der reicheren Einwohner von Bitola, wenn damals überhaupt jemand reicher oder ärmer genannt werden konnte. Gut, man kann sagen, es gab in der Armut reichere Leute, deren Kinder, zum Beispiel (so viel reicher waren sie!) in der großen Pause eine Brezel oder eine Banica mit Käse kauften und nicht nur das übliche gesalzene Zeug, das fünf Dinare billiger war! Wenn ich nun zu Hause war und Marika ihre Klavierstunden gab, drückte ich mir die Nase an der Glastür platt, die in den Salon führte, und lauschte den Klängen des Klaviers. Aus dem Zimmer nebenan gelangten sie direkt zu uns, da unsere Tür meistens offen stand. Ich weiß nicht, wer schließlich Marika auf die Idee gebracht hat. War es ihre Kollegin Morfa, meine Musiklehrerin, und deren Lob für mein Gehör? Vielleicht gab es auch einen anderen Grund: Zwar hatte Mama die Glastür mit Vorhängen verdeckt, aber Marika konnte von dem Platz aus, wo sie bei ihren meist untalentierten Schülern saß, meine kauernde, lauschende Silhouette sehen. Auf jeden Fall hielt sie mich eines Tages einfach auf und fragte: »Möchtest du auch Klavier lernen?« Und ich (o Gott, wie schämte ich mich vor ihr), kalt erwischt, konnte ihr nicht Nein sagen, und so fand ich mich zwei Tage später in dem großen Empfangssaal der Musikschule für Anfänger wieder (denken Sie nur, welche Erniedrigung für jemand, der im Rückgriff auf Homer in Hexametern das »Verlorene Paradies« geschrieben hatte!). Die alte Hrisula, die neben mir auf dem Klavierhocker saß, fragte mich: »Was für ein Lied kennst du denn?« »Marina«, antwortete ich wie aus der Pistole geschossen, und in den nächsten fünf Minuten begleitete sie mich. Ich sang im Bewusstsein, dass der alten Lehrerin diese Wahl nicht gefallen hatte, denn Marina, das kannten damals alle jungen Leute und sangen es auf der Straße in Gruppen zur Gitarre – also das war wirklich kein Lied für eine ernsthafte Musikschule wie die von Bitola, mit ihrem Ruf in ganz Jugoslawien.

»Er hat ein ausgezeichnetes Gehör«, sagte Hrisula danach zu Marika, und ich hatte zusätzlich zu meinen schulischen Verpflichtungen nun noch eine mehr. Sie hätten mich sehen müssen, wie ich damals mit der Violine in der Hand (»Armes Kind«, sagte Mama, »die ist ja größer als er selbst!«) und mit der Tasche auf dem Rücken »schön am Rand« der Straße ging, wie Mama mir eingeschärft hatte. Ich überquerte die Eisenbrücke, gelangte zum Eingang des alten Krankenhauses, wohl wissend, dass mich bis hierher Mamas Augen sorgsam begleiteten, bog nach rechts in das Sträßchen ein, wo meine Mitschülerin Urania wohnte, und trat nach ungefähr fünfzig Metern aus der Enge wieder ins Weite. Dann kam gleich die Musikschule. Mein erster mazedonischer Musiklehrer war Taki Hrisik. Er brachte mir Solfeggio bei und zeigte mir die ersten Schritte des Geigenspiels. Manchmal schimpfte er mit mir, wenn ich vergessen hatte, Kalifornium mitzubringen, oder wie es auch hieß, also eine wachsähnliche Masse, womit der Bogen bestrichen wurde, damit er nicht quietschte. Er hatte genau wie ich ein feines Gehör, und jedes Quietschen brachte uns um den Verstand; ihn mehr, weil er sich erlauben konnte zu reagieren, und mich weniger, schon deshalb, weil ich einfach nicht zu mucksen wagte. Danach wechselten sich bei mir noch einige Lehrer ab. Džika war von ihnen der strengste und wurde am wütendsten über jeden falsch gespielten Ton. Später gab es Konzerte, wohin auch Papa und Mama kamen und mir voller Stolz auf ihren Sohn (sie hatten ja keine Ahnung von meiner Herkunft) von Zeit zu Zeit zuwinkten, bis ich zu ihnen hinsah, sie bemerkte in ihrer seltenen Wichtigkeit. Ich gewann einen Haufen Urkunden. Papa reihte sie auf, wo es gerade passte, wie ich mich erinnere; damit wollte er später vor den Kollegen angeben oder vor irgendwelchen Verwandten, die sich zufällig auf einen Kaffee oder Tee zu uns verirrten.

Doch wie meine malerische, so endete auch meine musikalische Karriere schnell. Sie ging irgendwie ganz natürlich zu Ende, als ich die musikalische Grundschule abgeschlossen hatte. Nun hätte ich die musikalische Mittelstufe oder das Gymnasium beginnen müssen. Für beide gleichzeitig war ich physisch zu schwach. Vater lehnte sich lange gegen meinen Entschluss auf, ins Gymnasium zu gehen. Angesichts der Armut, die auf seinem ganzen Leben lastete, hatte man es in seinen Augen im Leben zu etwas gebracht, wenn man zum Beispiel Militärmusiker war! Und es fehlte nur wenig, glauben Sie mir, dass ich in meinem zweiten Leben, mit all dieser jahrhundertelangen Erfahrung, Militärmusiker geworden wäre. Vielleicht der, der am Ende der Parade mit erhobenem Haupt einherschreitet und die Becken schlägt. Aber Mama und ich behielten die Oberhand, und dabei half uns Papas schwacher Charakter. Er gelangte schnell zu seinem »oder doch nicht ...« und ließ mich in Ruhe. Mein Schicksal, so wie es nun einmal war und wie es damals seinen Lauf genommen hatte, würde mich sicher nicht ganz in Not bringen! Ich könnte Ihnen noch viel über diese armen, aber wundervollen Tage meiner zweiten Kindheit in Bitola erzählen, doch ich möchte Ihnen über etwas anderes berichten. Absichtlich habe ich meine erste Liebe nicht erwähnt, weil es lächerlich und zynisch wäre, dass ein erfahrener Mann nach seiner reifen und gefestigten Liebe zur fünfunddreißigjährigen Elizabeth Munshall über ein kindisches Verliebtsein in eine zehnjährige Heulsuse spricht. Aber so war es eben, und diese Liebe habe ich erlebt! Mit allem was dazugehört an Erröten, weichen Knien und Herzklopfen!

7.

Dann passierte das mit der Katze. Ein Jahr nach dem Tod der alten Evgenija und zwei Monate nach dem erneuten Besuch von John Spiro in Bitola klärte sich das Geheimnis seines Kommens und Gehens. Nicht im geringsten war er an dem Glockenturm in Magarevo interessiert. Die ganze Zeit strebte er nur danach, unsere Marika zu heiraten, seine eigene Nichte. Mama erfuhr dies von Kate, Marikas Haushälterin. Kate hatte nach ihrer unglücklichen Ehe mit irgendeinem Luderjan aus Kruševo buchstäblich auf der Straße gesessen. Sie war mit achtzehn Jahren als schon geschiedene Frau für ein Stück Brot ins Haus gekommen und blieb dort ganze zweiundvierzig Jahre! Marika selbst war geschieden von einem Offizier aus der königlich-jugoslawischen Armee, der nach dem Einmarsch der Bulgaren 1941 Bitola verlassen hatte und niemals zurückgekehrt war, und sie machte nun große Qualen durch. John Spiro bot ihr ein schönes und bequemes Leben in Amerika, wo er angeblich drei Häuser und ein großes Vermögen besaß, aber sie brachte es nicht über sich, das Grab ihrer Mutter auf dem Friedhof von Bukovo zurückzulassen. »Was soll Mama nur von mir denken«, mit diesen Worten ging sie Tag für Tag im Wohnzimmer jammernd auf und ab, »ihre Tochter heiratet wieder, ausgerechnet den eigenen Onkel, und lässt ihr Grab verkommen!« Sie suchte Rat bei Kate, und die wiederum, selbst verstrickt in eine tiefgehende, jahrelange Affäre mit dem Geldeintreiber Burme, wusste nicht, was sie ihr sagen sollte. Sie bekam Angst, wieder auf der Straße zu landen, weil Burme sie auf keinen Fall heiraten wollte. Wie sollte das auch gehen, wo er doch schon eine Frau und zwei Kinder hatte, von denen die arme Kate überhaupt nichts wusste?

Schließlich löste sich die Angelegenheit ganz von selbst. Der zweite Morgen des neuen Jahres 1963 erwachte ohne den Gast aus Amerika. Er war plötzlich verschwunden. Wir hörten von unten Rufen, Weinen und Schreien. Mama ging herunter, um zu sehen, was passiert war, und ich blieb oben auf der Treppe stehen und sah Marika, wie sie sich die Haare raufte und Tränen vergoss, wie sie vielleicht zum ersten Mal nach so vielen Jahren Mama umarmte und sogar auf die Knie fiel. Nach drei Tagen hatte sich alles wieder beruhigt. Am Ende wurde für alles die schwarze Katze Mica verantwortlich gemacht, mein Lieblingstier. Angeblich hatte sie zu viel miaut, seitdem der Gast gekommen war, ihn am Schlafen gehindert, ihn mit grünen Augen angestarrt und verhext. Nach kurzem Prozess wurde das Urteil gesprochen: Sie sollte in einen Sack gesteckt werden und sterben, und wer, bitte schön, wenn nicht Papa, sollte das Urteil vollstrecken? Er hatte eine leicht sadistische Ader. Dabei konnte das Tierchen ja nicht denken. Als beschlossen war, dass er das arme Tier Mica umbringen sollte, entschied er genüsslich, seinen Leinensack zu opfern, mit dem er täglich vom Krämer Trifun Essen holte. »Ich finde schon einen anderen«, sagte er zu Mama, packte Mica, steckte sie in den Sack und band ihn mit einer dicken Schnur zu. Uns Engländern waren Tiere immer heilig gewesen. Ich schaute auf Papa und konnte überhaupt nicht seine Erregtheit angesichts des nahen Todes der Katze verstehen. Fieberhaft dachte ich nach, was ich tun könnte. Ich hängte mich an Papa und flehte ihn an, Mitleid mit der Katze zu haben, aber er wollte nichts davon hören. »Ach was, Katzen«, sagte er, »wenn ich nicht wäre und Gift in die Keller streuen würde, würden uns die Mäuse fressen!« Dann hob er den Sack hoch, in dem Mica strampelte und leise miaute, stellte die Holzleiter auf, kletterte auf den Boden, schob einige Ziegel beiseite und schleuderte den Sack ohne Gnade vom Dachfirst. Aus dem Küchenfenster sah ich, wie der Sack unten auf dem Zementboden im Hof hinter dem Haus aufschlug. Mein Herz zog sich zusammen. Die Sonne schien durch den Maulbeerbaum, und unten im Sack wimmerte hilflos das verletzte Tier. Die Katze lebte noch. »Nicht weinen«, sagte Mutter, die sich hinter mich gestellt hatte, »Katzen haben neun Leben«. Aber schon war Vater unten, nahm wieder den Sack und verschwand im kleinen Durchgang, der neben dem Klosett zum unteren Salon führte und von dort in den oberen, wo die Holztreppe für den Speicher stand.

Ich sah zu, wie er fünf oder sechs Mal dieselbe Operation durchführte, und überlegte, was ich tun könnte. Beim siebten Mal verließ Vater der Mut, er wurde schwach, wie Mama sagte, und in einem Anflug von Unsicherheit warf er den Sack einfach über die Hofmauer, schüttelte die Hände aus und rief Mama zu, sie solle ihm ein Glas Schnaps bringen. Während er auf den niedrigen Stufen saß und langsam den Raki trank, hörte man von der anderen Seite der Mauer das leise Wimmern der armen Mica, die einfach nicht von ihrem Leben lassen wollte. Da kam endlich Mamas rettende Stimme von oben: »Die suchen dich bei der Arbeit! Zieh dich um, wasch dich und geh!« Papa, treu und gehorsam der Arbeit ergeben, vergaß das Verbrechen, das er nicht hatte zu Ende führen können, sprang auf, und nach nicht ganz fünf Minuten war er schon aus dem Haus verschwunden. Mit Tränen in den Augen lief ich auf die andere Seite der Mauer, nahm den Sack mit dem armen Tierchen darin, das schmerzlich miaute, und lief in Panik auf die Straße. »Such am besten irgendeinen Laster«, rief Mama mir aus dem Fenster zu, »nur dass sie in Sicherheit ist!« Ich blieb am Straßenrand stehen und wartete. Ich wusste, dass zu dieser Zeit einer von den Lastwagen mit nicht heruntergelassener Plane vorbeikommen musste. Die fuhren so langsam, dass selbst ich, ein zwölfjähriger Junge, leicht mit ihnen Schritt halten konnte. Ich warf den Sack auf den ersten vorbeifahrenden Laster, während er auf der Steigung vor der Eisenbrücke lauter brummte. Dann stand ich noch lange da und schaute dem Fahrzeug mit Skopjer Kennzeichen hinterher, wie es mir langsam aus den Augen entschwand. Ich weinte. Als hätte ich gewusst, dass mit Micas Weggang für mich eine ganze Welt unterging, hier, hinter der Biegung bei dem gelben vlachischen Kirchlein, auf dessen Wände ich mir im Lauf der Jahre vom Fenster unseres Hauses aus neue Welten gezeichnet und entworfen hatte, die ich bald erkunden sollte.

8.

Ich weiß nicht – war es eine Strafe oder ein Schicksal, das durchmessen werden wollte, als ich nach einer gewissen Zeit wieder auf diese Welt kam: als kleines schwarzes Katerchen. Ich erschien eines Tages unangemeldet in der Wohnung eines dunkelhaarigen Mannes in der Siedlung Čair bei Skopje. In dieser Geschichte, die ich Ihnen erzähle, werde ich ihn Herrchen nennen, weil sein Name hier zumindest nicht wichtig ist.

Aber dort, in dieser kleinen Wohnung auf der sechsten Etage mit einer fantastischen Aussicht auf die Gebirge der Skopska Crna Gora und der Šara, sollte ich meine Mission in Mazedonien vollbringen. Hier sollte diese unglaubliche Reise durch die Zeitkorridore zu Ende gehen, die damals im fernen Jahr 1674 in London begonnen hatte. In der ersten Nacht war es am schlimmsten. Es war fürchterlich. Ich rollte mich dort in der Dunkelheit unter dem großen Fernseher zusammen, allein, klein und schwach, und wollte mich von dort nicht wegbewegen. Von allen Ecken der Wohnung gefiel mir diese am besten, denn sie erinnerte mich ungewöhnlich stark an Mamas Umarmung, an die Umarmung meiner ersten Londoner Mutter, die jetzt friedlich auf einem der kleinen Friedhöfe nicht sehr weit von Bunhill House ruhte. Von Zeit zu Zeit schaute ich auf meinen Körper und fragte mich, wie ich nur in diesen katastrophalen Zustand von Dissonanz und paranoider Körperlichkeit hatte geraten können. Ich brauchte ganze drei Tage, um mich zu beruhigen und zu begreifen, dass der Körper für mich überhaupt nicht mehr von Interesse war. Ich begann, Anhänglichkeit an Gegenstände zu entwickeln. Als erstes an einen roten Bottich mit Spezialsand, der immer im Badezimmer stand. Schon am ersten Tag meines dortigen Aufenthaltes hatte mir Frauchen dieses Ding unter die Nase gehalten und mich aufgefordert, dort erstmals mein Bedürfnis zu erledigen. Seitdem wurde es geradezu ein untrennbarer Teil meiner selbst, und Herrchen und Frauchen vergaßen es nie mitzunehmen, selbst wenn sie mit mir und ihren beiden Töchtern in einem kleinen koreanischen Auto wegfuhren ... Es war wie ein Magnet für mich, mein erster und mein letzter Wunsch an jedem Tag. Außerdem liebte ich die Sofas sehr, besonders das im großen Wohnzimmer, hinter dem ich mich oft, da ich klein und schmal war, vor den lästigen Ansprüchen der Töchter versteckte. Sie wollten ständig mit mir spielen, wenn sie aus der Schule kamen oder wenn sie einfach nicht wussten, was sie mit sich anfangen sollten. Aber auch Herrchen mochte ich zu Anfang nicht übermäßig. Besonders nervös machte es mich, wenn er sich auf mich stürzte und mich stundenlang an den Ohren, im Nacken und am Schwanz streichelte, weil er glaubte, dass er sich beim Streicheln von Katzen gut entspannen konnte. Ich war sehr wütend auf ihn, weil er nicht verstehen wollte, dass ich keine Katze, sondern ein Kater war und dass mich diese homosexuellen Anwandlungen um den Verstand brachten. Ganz allgemein nervte mich in Mazedonien am allermeisten das unbewusst homosexuelle Verhältnis zwischen den Männern. Ich hätte verrückt werden können, wenn ich sah, wie der Großvater den Enkel streichelte oder der Vater den Sohn küsste! Oder wenn sich einfach zwei Männer auf der Straße trafen, sich umarmten und abküssten! Mir war klar, dass sich hier der schlechteste Einfluss der Griechen auf die Mazedonier bemerkbar machte, und ich konnte es wirklich nicht leiden. Ich ließ Herrchen dies einige Male spüren. Immer, wenn er vom Computer aufstand und mit seinem ekelhaften »Miez miez« auf mich zuging, lief ich in den dunkelsten Teil der Wohnung (hinter eines der Sofas) und machte keinen Mucks, bis er seine Suche aufgab. Aber die Zeit und mein schnelles Wachstum taten das ihrige. Nach nur sechs Monaten passte ich in kein Versteck mehr. Weder hinter die Couch noch hinter den Fernseher, noch hinter die Schüssel im Bad, und so überließ ich mich nach und nach dem griechischen Einfluss auf Gnade oder Ungnade. Dagegen mochte ich Frauchen ganz besonders.

Sie war das Gegenteil von Herrchen. Ruhig und grenzenlos sensibel wie sie war, schmolz langsam der Abscheu, den sie zuerst mir gegenüber empfunden hatte, und am Ende liebte sie mich, als wäre ich im Haus ihr drittes Kind, das sie sich immer gewünscht hatte. Und was wichtiger war, sie berührte mich nie. Ich hielt ihr das enorm zugute, und immer wenn sie etwas am Herd zubereitete, und das tat sie regelmäßig, nur vom Feinsten – und sie vergaß nie, mich zuerst kosten zu lassen –, strich ich zwischen ihren Beinen umher und streichelte sie leicht mit dem Schwanz als Zeichen meiner unendlichen Liebe. Sie wusste zu lieben, und ich wage zu behaupten, dass außer mir niemand in der Wohnung ihr wirklich zu antworten verstand. Selbst Herrchen nicht. Er war wirklich ein sehr sanfter Mensch, mit einem intelligenten Gesicht und einem grau melierten Bart, aber, wie es schien, zu sehr vertieft in seine intellektuelle Arbeit, als dass er wirklich hätte schätzen können, was das Leben um ihn herum ihm bot. Die Wohnung war voll mit Büchern, auserlesenem Alkohol und guter Musik. Das erinnerte mich unheimlich an Vaters Haus in London, besonders weil die meisten der zwei-, dreitausend Bücher in den Regalen auf Englisch waren. Oft blätterte ich nachts, wenn alle sich hingelegt hatten und schliefen, heimlich mit den Pfoten ein Buch nach dem andern durch und bekam eine Vorstellung davon, was meine Nachfolger gegenwärtig so schrieben. Besonders freute ich mich, und vielleicht zum ersten Mal nach so vielen Jahrhunderten, über ein dickes Buch in festem Einband, in dem alle meine Gedichte auf

Latein und Englisch versammelt waren. Ich las und dachte darüber nach, wie wenig die aktuelle Geisteshaltung von der unseren entfernt war, von mir, von unseren Träumen von einem schöneren und glücklicheren Leben. Eigentlich war es damit noch nicht weit gediehen. Das ist keine Neigung zum Narzissmus, glauben Sie mir, sondern die objektive Betrachtung eines sehr erfahrenen schwarzen Katers. Die Nachrichten, die den ganzen Tag über gesendet wurden, und besonders die am Abend, die wir regelmäßig zusammen mit Herrchen schauten, deuteten nicht auf irgendwelche bemerkenswerten Veränderungen zum Besseren. Zwar war Mazedonien jetzt ein unabhängiger Staat, aber auf keinen Fall reicher als zu der Zeit, wo ich als Kind im Haus auf der Solunska-Straße in Bitola gelebt hatte. Die Menschen, die ins Bild kamen, traten wie damals resolut auf, waren misstrauisch und arm, voller Aberglauben und Angst um die nahe Zukunft. Der arme Alexander! Selbst er hätte sich enttäuscht abgewendet von diesem kümmerlichen Rest seines großen Reiches, eingeklemmt zwischen den angriffslustigen Staaten Griechenland, Albanien und Serbien. Könnte er allein die toten Fische in seinem geliebten Axios sehen, wie sie in Säure und Öl schwimmen: ihm würde schlecht ... Einst konnte er am Ufer sitzen, nah seinem heimatlichen Pella, so habe ich es zumindest gelesen, und während Aristoteles ihm die Lösung der Geheimnisse der Welt ins Ohr flüsterte, konnte er mühelos die Angel, die er ausgeworfen hatte, mit dem Pinsel vertauschen und sein eigenes Porträt zeichnen, einfach beim Blick in die makellos sauberen Wasser des Flusses!

Herrchen verstand aber bald, dass ich nicht dazu da war, um seinen Stress abzubauen, sondern um ihn zu verstärken. Vielleicht geschah es unbewusst, vielleicht bewusst, ich kann es bis heute nicht sagen, aber er begann mich als ein von Gott gesandtes Wesen zu betrachten, das ihm beim Erreichen seiner ehrgeizigen Ziele helfen sollte. Und er war über die Maßen ehrgeizig. Um die Ironie der Lage noch zuzuspitzen, war er Anglist mit Universitätsabschluss und interessierte sich vor allem für die meiner Meinung nach genialste Epoche der englischen Literatur vom 16. bis zum 17. Jahrhundert, und noch dazu war er in Bitola geboren! Er hatte die weiterführende Schulausbildung im oberen Gymnasium bekommen und die Universität in Skopje bis zum Abschluss besucht! Wie bekannt mir das vorkam! Als ehrgeiziger Bürger im souveränen Mazedonien beschäftigte er sich nur selten mit der Vergangenheit, er hielt dies für ein Hindernis und ein Zeichen von Altersschwäche. Aber manchmal, besonders in den kalten Novembernächten von 1994, als alle in Čair wie in einem Nest zu Hause versammelt waren, wo ich die ganze Zeit an den angeschlossenen Heizofen geschmiegt auf sie gewartet hatte, wusste er hier und da etwas von seiner Vergangenheit zu erzählen. Ich verstand, dass er nicht gerade mit großer Freude an seine Tage auf dem Gymnasium und an der Universität zurückdachte. »Blödsinn, alles Blödsinn!« sagte er am häufigsten, »wie viel verlorene Zeit und wie wenig Wissen! Hohlköpfe, Hohlköpfe!« Dabei wusste ich nicht, ob er sich auf die Professoren bezog, die ihn unterrichtet hatten, oder auf sich selbst und seine Mitschüler und Kommilitonen; aber die Hauptsache war, dass ihm das Bildungssystem in Mazedonien nicht gefiel, wobei er oft das Missverhältnis zwischen dem erlangten Wissen und dem realen Zustand der Gesellschaft betonte:

»Ja ja, lernen, lernen, die Shakespeares, Miltons, Donnes, Johnsons, Swifts, und die Realität dahinten irgendwo schreit nach Hohlköpfen. Da ist das Unglück geradezu perfekt vorprogrammiert!« Oft sprach er von einem gewissen Temeliev aus dem Gymnasium, der sich, immer mit einem gespitzten kleinen Bleistift zwischen den Zähnen, vor ihm auf die Schulbank aufgestützt, ihn mit seinem unangenehm scharfen Blick von der Seite angesehen und ihn gefragt hatte: »Du Hippie und Beatnik, wie viel Taschengeld kriegst du im Monat?«, und das mit einem ostmazedonischen Akzent, weil er aus der Pirinska Makedonija herübergekommen war, nach dem Streit zwischen Tito und Dimitrov und nach der Schließung der mazedonischen Schulen dort drüben. Außerdem sprach Herrchen über einen gewissen Ljango, einen Mathematiker mit abgebrochenem Studium, der nur Mädchen nach vorn kommen ließ und sie zwang, immer ganz oben an die Tafel zu schreiben, während er unten am Pult saß und ihnen unter die Minis lugte. Die Mädchen, da sie nun einmal Weiber waren, reizten diesen Verrückten. Angestiftet von den Jungen, die sich irgendwie aus der Affäre ziehen wollten, da keiner von ihnen eine Ahnung von Mathematik hatte, wetteiferten sie in jeder Stunde, welche von ihnen das kürzeste Kleid anhatte. In der großen Pause oder in einer der kleinen zwangen sie die Jungen, Geld zu sammeln und die provokantesten von ihnen mit frischen Croissants vom Kiosk zu bewirten, den Schulverwaltung und Stadtrat damals irgendwann im Hof der Schule eröffnet hatten. Außerdem erinnerte er sich an seine Abiturfeier im Haus der Offiziere, an seinen ersten Anzug, grünlich mit braunen Streifen, extra für diesen Anlass genäht, an eine durchwachte Nacht und die morgendliche Kutschenfahrt entlang der Hauptstraße Širok Sokak zum Gymnasium und zurück, an die letzte Schulstunde, die abgerissene Stimme des ansonsten sehr strengen Direktors durch den Lautsprecher – und das war's.

Drei, vier Ereignisse und ein paar verblasste Gesichter für die ganzen vier Jahre, in denen man täglich (außer sonntags) von zu Hause, nahe dem Krankenhaus, vorbei an Sveti Dimitri, an der Uhr, über die Brücke, entlang dem Dragor mit dem tiefen ausgemauerten Bett, vorbei an Kaserne, Feuerwehr, Volksbank bis zum Gymnasium hetzen musste, einem alten dreieckigen Gebäude mit sehr schmalen Fenstern, weshalb es von den Schülern auch »Bastille« genannt wurde.

9.

In jenem Januar war ich im Haus der Chef geworden. Alle waren mir und meinen Tricks verfallen. Ich hatte ein wunderbares schwarzes Fell, transparente grüne Augen, einen langen Schnurrbart und schöne, lange Beine. Kaum ein Kater konnte es mit meiner Schönheit aufnehmen und auch kaum ein Mensch, will ich meinen. Langsam aber sicher festigte sich in jenem Jahr das Ausmaß des Respekts, der mir entgegengebracht wurde. Die zu Hause dachten, sie wären die Chefs und verstanden nicht, das sie eigentlich bei mir wohnten, in meinem nicht gerade großen, aber doch recht geheimnisvollen Reich. Sie mochten vielleicht im mittleren und oberen Luftbereich herrschen: der untere gehörte eindeutig mir. Dort war ich der absolute Herr. Zu Hause waren sie einigermaßen arm, wie fast alle anderen Familien in Mazedonien, aber immerhin: was auch immer sie taten, wie auch immer sie es anstellten, über den Monat zu kommen, ich war immer der erste auf der Liste. Sie kauften für mich nur ausgesuchte Nahrung, weil mein Magen nach jahrhundertelanger Verdauungsarbeit nicht mehr alles annahm. Herrchen und Frauchen gingen einmal pro Woche sogar extra für mich ins VERO und kauften Spezialnahrung für mich. Mein Lieblingsessen war Sheba. Das fraß ich wie wild. Stören Sie sich nicht an Sheba, das ist einfach das englische Synonym für die Königin von Saba, Salomos berühmte Konkubine vom Nil, derentwegen er sich gegen Jehova wandte und begann, Ischtar oder Astarte zu verehren, die Göttin mit Hörnern und einer Mondsichel, und so dem Reiche Israel ein rasches Ende bereitete. Besonders schade fand ich es, wenn ich sah, wie alle zu Hause nach den alltäglichen Besorgungen und der Nervosität in der Stadt beim gemeinsamen Sonntagmittagessen saßen und das Fleisch im Topf umrührten, während ich ruhig und frech mein Whiskas oder Spar schlabberte oder an den leckeren salzigen Kitekat knabberte. Aber das war ich eben wert. Sehr, sehr viel.

Am schwersten zu ertragen war es für mich Ende Januar, als Frauchen aus heiterem Himmel beschloss, mich kastrieren zu lassen! »Der Februar kommt«, sagte sie zu Herrchen, wie sie in dem Zimmerchen, wo er arbeitete, so an der Heizung saßen, »wir sind im sechsten Stock, was werden wir machen, wenn er nun ständig nach draußen will!« Herrchen sagte nichts, nickte nur kurz mit seinem Kopf, der mir in jenem Augenblick sehr dumm vorkam, und starrte ansonsten weiter auf den Bildschirm.

In der Veterinärabteilung schrie ich aus Leibeskräften. Alle glänzenden Simulantenkünste wandte ich auf, ich wand mich wie ein Aal, flehte, streichelte Frauchen mit dem Schwanz, aber es half nichts. Sie hatte entschieden, aus mir einen Intellektuellen zu machen. Als sie mich in die Hand nahm und mich drei Metzgern in weißen Kitteln übergab, schaute ich sie so flehend an (darin war ich Meister), dass die arme Frau, wie ich sah, sich im nächsten Augenblick erbarmt und das Werk aller Intellektuellen dieser Welt vergessen hätte. Aber sie war nicht weich und furchtsam wie Herrchen, sie hatte die Härte und Entschlossenheit eines Heerführers. Sie machte nur eine Bewegung mit dem Kopf zum Zeichen für die Metzger, mich auf ein Holztischchen zu legen und ihre Arbeit zu tun. »Ein, zwei Tage wird er noch etwas komisch sein, bis die Betäubung ganz vergeht, und danach wird er vor allem Hunger haben!«, sagte einer der Metzger mit blutigem Skalpell in der Hand, als wäre nichts geschehen, und verschwand mit den anderen beiden für immer aus meinem Leben.

10.

Hand aufs Herz, meine neue Intellektualität, auf der Frauchen so bestanden hatte, kam im Februar klar zum Ausdruck. Nicht nur, dass ich keinerlei Interesse an irgendeiner Art von Sex mit einer vulgären Katze zeigte, nein, ich begann plötzlich um die Bücher zu schleichen und sie in den langen Nächten in Čair am Heizofen einfach wie Bonbons zu verschlingen. »Mamas Intellektueller!« sagte Frauchen täglich zu mir und füllte mich mit tonnenweise ausgesuchtester Nahrung ab, »du bist mir schöner und klüger als ein Mensch!« Sie liebte mich wirklich. Und ich sie auch. Was auch immer ich tat, wo auch immer ich mich zusammenrollte, ich hielt mich immer an sie. Wie der Blinde an den Stock. Genau so. Auch Herrchen, obwohl sichtlich verwirrt, verloren und verirrt in seine anglistischen Studien, betrachtete von Zeit zu Zeit mit Staunen unser nicht alltägliches Verhältnis und, so scheint mir, er war eifersüchtig. »Hör mal«, sagte er einmal, indem er schmollend den Kopf von der Tastatur hob, »das ist doch trotz allem nur ein Kater. Ein gewöhnlicher, schwarzer Kater mit einer Antenne am Hintern.« »Der ist nicht gewöhnlich!« sagte sie zu ihm, »schau, was für lange Beine er hat, schau ihn dir mal im Ganzen an, das wunderschöne Fell, schau nur, wie klug er zu dir rüberguckt!« Ich sah, dass es weit mit ihr gekommen war und wusste, was zu tun war. Ich hatte bisher zu viel Erfahrung mit Frauen gemacht, vor allem schlechte, um mir jetzt Dummheiten zu erlauben. Der Hauptfehler der Ehemänner im Verhältnis zu den Frauen scheint mir zu sein, dass sie vergessen, dass die Frau ständig verführt und erobert werden muss. Besonders die Auserwählte. Deshalb arbeitete ich ständig an mir, dachte nachts, nachdem ich ein Buch durchgelesen hatte, darüber nach, was ich morgen tun würde, damit nur Frauchen in seiner Vernarrtheit in mich nicht nachließ. Und ich hatte tatsächlich Erfolg. Bis zum Ende meines Aufenthalts in Čair liebte zumindest sie mich bis zum Schluss, ohne Unterlass.

11.

Aber bald begriff ich, oder ein geheimnisvoller Drang in mir zwang mich zu erkennen, dass ich trotz allem für Herrchen da war. Nur für ihn und für niemand sonst. Als der Frühling anbrach, und das war 1995 ziemlich früh, und als haufenweise Turteltauben an unser großes Fenster geflogen kamen, das auf die Skopska Crna schaute, und mit ihren lebhaften Köpfchen ans Glas zu picken begannen, was mich wirklich aus der Haut fahren ließ, erfuhr ich bei einer Gelegenheit, und zwar in Bitola, dass zwischen ihm und mir eine geheime Verbindung bestand. Eine Verbindung, die mich dazu trieb, mich dieses ganze Jahr und auch noch beinahe das ganze folgende nur einer einzigen Angelegenheit zu widmen, denn ihretwegen war ich eigentlich zum Kater geworden und zu einem zeitweiligen Aufenthalt in diese noble Familie in Skopjes Čair-Siedlung gekommen.

Es war so: Die emotionale Erschöpfung, die sich im Frühjahr meistens durch Unlust ausdrückt, trieb Herrchen schon im März dazu, wenigstens für kurze Zeit der Enge in Čair zu entkommen. »Wir fahren nach Bitola!«, sagte er plötzlich eines Freitags, als er vom Computer aufstand und uns bemerkte, wie wir da saßen und nicht wussten, was wir mit uns anfangen sollten. Eine heftige Röte hatte sich über sein Gesicht ergossen, und zum ersten Mal seit langer Zeit ähnelte er in meinen Augen einem energischen Mann in mittleren Jahren, mit einem Willen und mit Autorität. »Und der Kater«, fragte Frauchen. »Wir werden schon irgendwie Platz für ihn finden«, sagte Herrchen, zog sich etwas über und verschwand für ungefähr zwei Stunden aus dem Haus. Als er zurückkam, trug er in der Hand einen großen geflochtenen Korb mit Deckel obendrauf, in den ich schon bald hineinkletterte und nach langer Zeit wieder einmal die Segnungen von Einsamkeit und Dunkelheit verspürte. Dann brachten sie mich den Lift hinunter, steckten mich ins Auto, und schon fühlte ich das Brummen des Motors, das mich zugegebenermaßen ganz um den Verstand brachte und mich ständig zur Übelkeit reizte. Frauchen hielt mich buchstäblich im Schoß, und ich, im Einklang mit meiner Theorie über die aufrechtzuerhaltende Verführungsenergie gegenüber Frauen, warf von Zeit zu Zeit den Deckel ab, hob den Kopf und miaute ein paar Mal, damit sie alle über ihrem Entzücken angesichts der Landschaft nicht mich und meine majestätische Gegenwart vergaßen. Frauchen setzte sich dann immer auf, streichelte mir das Köpfchen, sagte ein paar Mal »brav, brav!« und rief Herrchen mehrmals zu, er solle nicht so schnell fahren, damit mir nicht schlecht würde und so weiter. Herrchen bremste etwas, und ich sah, dass er mich und meine aufgeblasene Wichtigkeit gerne beim Kragen gepackt und erbarmungslos in die pelagonische Ebene gefeuert hätte, durch die jetzt die Landstraße führte. Ich wusste aber genau, wann ich aufhören musste, rollte mich zusammen und hörte, wie der Deckel mit dem geflochtenen Gitter sich über mir schloss.

Bitola hatte ich seit 1964 nicht mehr betreten, seit jenem regnerischen Tag im Oktober. Mit zwei Taschen in der Hand, die eine mit Kleidung, die andere voll Gläser mit Paprika- und Auberginenmus und mariniertem Gemüse, hatte ich mich zum Studium an der Philosophischen Fakultät in Skopje aufgemacht. »Jetzt werde ich euch das Haus zeigen, in dem ich geboren bin«, sagte Herrchen, als er plötzlich nach rechts abbog, anhielt und den Motor ausschaltete. »Seht ihr das dunkelblaue da drüben?« Ich streckte mein Köpfchen aus dem Korb heraus und lugte nach draußen. Das war die Solunska-Straße, ich war sicher. Uns gegenüber sah ich das Haus von Marika, nur dass es jetzt sehr viel schäbiger und älter aussah. Die einstmals schöne blaue Farbe war blass und blätterte ab, und die Fassade ähnelte dem Gesicht eines Katers, der gerade erst nach einem langen nächtlichen

Abenteuer im Februar am frühen Morgen zurückgekehrt ist. An der großen Eingangstür befanden sich immer noch zwei Klopfer, und auf den zwei Fensterchen stand mit großen Buchstaben: ZU VERKAUFEN. Ich erkannte, dass auch der Fluss und die Eisenbrücke verschwunden waren. Anstelle des Flusses gab es jetzt eine asphaltierte Straße und anstelle der Brücke eine Kreuzung mit Ampeln auf allen vier Seiten. Neben dem alten Krankenhaus erhoben sich große, unbekannte und feindselige Gebäude. Sie unterstrichen die Kleinheit meines Viertels, von dem ich früher einmal geglaubt hatte, es sei riesig und unantastbar. Aus dem Haus kam ein altes Weiblein in Schwarz, und als Herrchen ihr entgegenging, spitzte ich die Ohren, denn ich wollte alles hören. Jedes Wort sog ich gierig auf. »Du bist der von Cola, sagst du, ja?« sagte die alte Frau, und Herrchen nickte, ganz klein geworden und wie aufgelöst von Gefühlen und Emotionen. Sie fragte: »Erkennst du mich denn?« Herrchen schüttelte den Kopf, obwohl es mir sofort aufging, wer das sein konnte, »Kate bin ich, Kate, erinnerst du dich? Marika ist vor zehn Jahren gestorben, sie hatte es am Herzen, und mir hat sie das ganze Haus vererbt. Aber was soll ich mit so einem riesigen Haus. Deshalb verkauf ich's. Leben deine Leute noch? Schade, dass ihr weggezogen seid. Eigentlich wollte sie dir das Haus hinterlassen. Sie hat immer gesagt, du warst für sie wie ihr eigenes Kind. Als hätte sie dich selbst zur Welt gebracht!«

So hörte ich es, aber ich konnte nur schwer glauben, was ich hörte: Ich hatte einen Teil vom Leben meines Herrchens gelebt, oder umgekehrt, er einen Teil von meinem Leben. Einerlei. Wichtig ist allein, dass ich damals im Auto, nur mit dem Kopf aus dem Korb schauend, beim Anhören des seltsamen Gesprächs zwischen Herrchen und Kate meine geheime Verbindung zu ihm begriff und den Sinn meines Erscheinens als Kater in seinem bescheidenen Leben auf dieser Welt. Während ich beobachtete, wie Herrchen sich von der Alten verabschiedete und diese wieder ins Haus zurückging und die schwere Holztür hinter sich zuzog, überlegte ich fieberhaft, was die Aufgabe sein konnte, die hier zu erfüllen war und die mich aus den Banden meiner jetzigen Existenz befreien und meinem Seelen-Geist die Freiheit geben würde.

12.

Sobald wir wieder zu Hause in Čair angekommen waren – Sie können sich einfach nicht vorstellen, wie ich mich über mein Reich freute. Ich tollte umher, ich rollte umher, ich gebärdete mich wie von Sinnen. Die Katzen hängen am Haus und nicht an den Menschen. Sie sind schließlich keine Hunde. Frauchen fasste dies als gutes Vorzeichen auf. Sofort machte sie eine neue Dose Sheba auf und überließ sie mir ganz zur freien Verfügung. Ich war ihr sehr dankbar. Aber kaum hatte ich die Portion aufgegessen, als es mich innerlich durchfuhr und mir eine Richtung eingab. Irgendetwas trieb mich zum Bücherregal direkt beim Fernseher und veranlasste mich, gerade das dicke Buch, das meine alten Werke enthielt, zu beschnüffeln und daran zu kratzen. Ich wollte, oder etwas zwang mich dazu, Herrchens Aufmerksamkeit einzig auf diesen Band lenken. Hier war keine Eitelkeit im Spiel, das können Sie mir glauben. Von dieser Krankheit war ich schon längst geheilt. Es war einfach eine höhere Gewalt, die mich trieb und mich nicht das tun ließ, was ich gewöhnlich nachmittags zu tun pflegte, nämlich mich auf dem Sessel einzurollen oder mich am Ofen beim Fenster auszustrecken.

Herrchen beschäftigte sich schon lange mit Übersetzungen, vor allem aus dem Englischen ins Mazedonische, er übersetzte am Computer, druckte die Texte mit dem Nadeldrucker, dann ließ er Frauchen neben sich Platz nehmen und las es ihr vor. Außerdem muss ich sagen, dass er ein wenig zu übertriebener Begeisterung neigte. Wenn er zum Beispiel an eine kritische Stelle kam, von der er wusste, dass er dort keine solide Lösung hatte finden können, setzte er zusätzlich Intonation und Gestik ein. Ich lachte sehr über ihn, als ich seine nicht so besonders gelungenen Übersetzungen von Donne, Priester an der St. Paul's Cathedral in London, hörte oder das wunderschöne *An seine wankelmütige Geliebte* meines Freundes und Bewunderers Marvell. Ihm verdankte ich mein erstes Leben, weil er, als ich in der Epoche der Restauration des Königtums in der schlimmsten Bedrängnis saß, sich beim Parlament für meinen armseligen blinden Kopf verbürgte; außerdem die Sonette von Meister Shakespeare, einige Sonette aus *Astrophel und Stella* von Philip Sidney, dem englischen Helden, der auf dem holländischen Schlachtfeld noch sterbend seine Trinkflasche einem anderen Soldaten zum Andenken gegeben hatte. Außerdem ein paar Sonette aus *Amoretti* von Spenser, einem Menschen, dem ich viel verdanke, weil seine *Feenkönigin* die Schlüsselquelle für mein *Verlorenes Paradies* war. »Bis jetzt habe ich immer kleine Sachen gemacht«, sagte er zu Frauchen, »es wird Zeit, dass ich etwas Großes angehe, etwas, woran man sich erinnern und worauf Mazedonien stolz sein wird!« Dabei war dieses Große doch in seiner Reichweite. Er hätte nur auf mich achten müssen:

Tag und Nacht schlich ich um mein *Verlorenes Paradies* herum, warf mich auf den Bucheinband, leckte den Staub davon ab und kratzte unablässig daran.

Endlich begriff er es. Es war ein Freitag, ich erinnere mich, der Tag, an dem in jeder normalen mazedonischen Familie Bohnen gegessen werden und an dem man keine Arbeit beginnt. Er bemerkte mich (wer hätte das noch gedacht!), wie ich zu einem Knäuel zusammengerollt neben dem erwähnten Buch lag, als er an jenem regnerischen Vormittag zu mir kam und mich streicheln wollte. Ob er sich entspannen wollte oder ob das Schicksal ihn getrieben hatte, dasselbe Schicksal, das auch mich unter seine weichen Hände gebracht hatte – ich weiß es nicht. Aber da fiel endlich sein Blick auf mein altes Buch und seine Augen leuchteten auf. *»Das verlorene Paradies«*, rief er, *»Das verlorene Paradies*! Das werde ich machen, und nur das!« Ich freute mich sehr, ich merkte, wie meine erloschene Eitelkeit erwachte und wie ich mich wieder jung fühlte. Ich sprang auf und drohte freudig den Turteltauben, die nichts ahnend an der verrußten Fensterscheibe pickten. Jung, sehr viel jünger sah Herrchen auf einmal aus, schon eine Minute nachdem er diese schwere Entscheidung getroffen hatte. Ich sah, wie die Falten auf seiner Stirn und um die Augen verschwanden, sein Gesicht sich aufhellte, die Muskeln sich unter der schlechten Kleidung strafften. Er schritt in der Wohnung einher wie ein junger Wanderer, der zum ersten Mal einen Berggipfel erobert und der es kaum erwarten kann, den Weg bis zum Gipfelkamm hinter sich zu bringen und plötzlich ein unbekanntes, majestätisches Panorama sich auftun zu sehen.

13.
Die Übersetzungsarbeit begann tatsächlich am ersten Montag des Monats März 1995. Herrchen stürzte sich mit seinem ganzen Eifer und Können hinein. Er hatte schon zu Beginn der 80er drei Gesänge übersetzt, aber jetzt war er damit überhaupt nicht zufrieden. Es brauchte einen ganzen Monat, bis er sie endlich auf seine Art überarbeitet hatte, denn in der Zwischenzeit hatte er ernsthaft die Bibel und die griechischen Mythen studiert. Ich war die ganze Zeit um ihn, sprang ihm auf den Computer, ich miaute, wenn ich sah, dass er das verfehlt hatte, was ich einmal hatte sagen wollen. Vor allem hatte er zu einem eigenen Rhythmus gefunden, zu einem eigenen Schema, das es ihm ermöglichte, das vor so vielen Jahren Gesagte noch einmal zu sagen. Ich war ziemlich zufrieden. Später, des Nachts, wenn Herrchen es endlich schaffte, sich mit seinen müden Augen vom Computer loszureißen, und sich erschöpft in das gemachte Bett warf, nahm ich heimlich den gedruckten Text, las ihn durch und sagte Herrchen dann leise auf meine Art Lösungen oder Vorschläge ins Ohr. Dafür stand er dann am nächsten Morgen in aller Frühe auf, frisch und voller Energie, und schrieb gewissermaßen in einem Atemzug das nieder, was er vernommen hatte. Er wusste nicht, dass wir ein Körper und eine Seele geworden waren. Ich wusste, dass er ohne meine Hilfe keinen Erfolg haben würde, und deshalb schonte ich meine Kräfte nicht. Tagsüber hing ich über seinem Kopf und kontrollierte, was er tat, nachts flüsterte ich ihm den Text zu. Herrchen sah wie neugeboren aus. In einem schöpferischen Taumel verbrachten wir die Zeit bis zum Sommer. Die Sonne begann zu brennen, und die Temperatur stieg in alle Himmel. Frauchen hielt

es nicht mehr aus. Sie sammelte die Kinder, und an einem Nachmittag, als die unglaubliche Hitze den Leuten den Atem benahm, fuhr sie nach Bitola. »Arbeite, mach was du kannst, und wenn es dir zu viel wird, nimm den Zug! Vergiss nicht, den Herrn da zu füttern.« Dieser Name »Herr«, versteht sich, bezog sich auf mich. Dankbar strich ich an Frauchen mit dem Schwanz entlang, und zwar dreimal, als Zeichen meiner tiefen Verbundenheit.

In der sommerlichen Einsamkeit Čairs brachen wir der Sache sozusagen das Genick. Der fünfte Gesang war fertig, wir begannen den sechsten. Mich beunruhigte nur die Müdigkeit, die sich bei Herrchen erstmals bemerkbar machte. Ob das mit dem überschnellen Tempo zu tun hatte oder mit der unschönen Situation, ganz ohne Familie zu sein, einerlei: Auf jeden Fall stand er manchmal mit plötzlichen Rückenschmerzen vom Computer auf, mit roten, geschwollenen Augen, und streckte sich ungeschickt der Länge nach auf dem Parkettboden aus. Ich wartete darauf, dass er sich umdrehte, und wenn dieser Moment gekommen war, schritt ich seinen Rücken mit meiner ganzen Katzenschwere ab. Manchmal ließ ich mich von ihm stundenlang streicheln, weil er wirklich glaubte, er könne so Stress abbauen und sich beruhigen. Immerhin kam es nicht soweit, dass er aufgab, wie jeder normale Mensch in einer solchen Situation aufgegeben hätte. Die Sommerhitze war höllisch, Geld war kaum da, der Körper streikte. Aber der Geist hielt stand. Anfang September kam Frauchen zurück, und als sie sah, wie weit es mit ihm gekommen war, packte sie ihn sanft ins Bett und gab ihm die dringend notwendige Energie zurück, die ihm die ganze Zeit, die er allein war, trotz meiner Anwesenheit gefehlt hatte. Das Wetter wurde milder, die Tage wurden kürzer, und die Abende luden schon früh zum Arbeiten ein.

Im Februar des folgenden Jahres war die Übersetzung fertig, die öffentliche Präsentation war für Mai angekündigt. Es blieb Herrchen nur noch, die Anmerkungen zusammenzustellen, das Glossar zu erarbeiten und mein erstes, bekanntes Leben zusammenzufassen. Zum ersten Mal seit zweieinhalb Jahren Aufenthalt fühlte ich mich nervös. Nicht nur, dass der Ort mich nicht mehr hielt, ich wurde auch sehr ungeschickt. Früher konnte ich mit größter Geschwindigkeit durch die Gegend sausen, an vielen Kleinigkeiten vorbei, die teils Frauchen und teils die Töchter quer über die Wohnung verteilt hatten, ohne etwas umzustoßen oder auch nur zu berühren. Das hatte meine Achtung bei allen im Haus steigen lassen, besonders bei Herrchen, der es in solchen Sachen mehr als genau nahm. Aber nun hatte ich diese Präzision ganz verloren. Eine andere Energie kontrollierte mich, die nie genau ans Ziel kam, sondern mir aus allen Poren strömte und mich wunderlich werden ließ, unverantwortlich, ungeschickt. Wenn ich ausgestreckt auf der Fensterbank lag, schien es mir oft, als hörte ich gedämpfte und undeutliche Stimmen, die mir ständig aus dem Dunkel etwas zuriefen. Ich spitzte ein Ohr und drückte es ans Fenster, um sie besser zu hören, denn nur diese Stimmen, wie beunruhigend sie auch waren, verschafften mir Ruhe. So ging es dann bis zum Morgengrauen. Wie Sie sich denken können, tat ich kein Auge zu.

Der Tag der öffentlichen Präsentation war unversehens gekommen. Herrchen war sichtlich aufgeregt. Frauchen machte ihn fein, parfümierte ihn, putzte ihm die Brille und sagte ihm, er solle nach unten gehen und dort auf sie warten. »Und der

Kater?«, fragte er, als plagten ihn Zweifel. »Der Kater bleibt zu Hause«, sagte sie, öffnete eine Dose Sheba für mich und schüttete es mir in eine eigene Schüssel, die immer in einer Ecke der Küche stand. »Sei schön brav«, sagte sie noch, bevor sie das Haus verließ. Ich hörte, wie sich von draußen der Schlüssel im Türschloss umdrehte. Ich fühlte mich sehr, sehr allein. Ich sagte mir: Wie hässlich ist es doch, an einer Sache ungefähr eineinhalb Jahre zu arbeiten und dann am Tag der öffentlichen Vorstellung des Ergebnisses zu Hause eingeschlossen zu werden, allenfalls noch mit ein paar Dosen Sheba, Kitekat und Whiskas. Es kam mir vor, als sollte ich vor Qual sterben. Nervös lief ich durch mein Reich in Čair, durch diese kleine ordentliche Wohnung, und wusste nicht, was ich tun sollte. Da sah ich, dass ein Fenster leicht offen stand. Ich kletterte nach oben auf die Fensterbank, und es gelang mir, den Fensterflügel mit den Pfoten ganz zu öffnen. Es wurde Abend. Von der Skopska Crna wehte ein angenehmer Wind. Ich dachte an nicht viel. Gerade in dem Augenblick, als vielleicht Herrchen gelobt wurde und man ihm heuchlerische Gratulationen präsentierte, stürzte ich mich ohne zu zögern aus dem Fenster und überließ mich dem reinen freien Fall, der mich immer weiter und weiter nach unten trug, in den großen schwarzen Abgrund. Bevor ich ganz und gar verschwand, hörte ich noch das Kreischen und Weinen von Frauchen aus dem sechsten Stock in Čair und die leichten Schritte von Elizabeth, die sich traurig vom Grab im Hofe von Bunhill House entfernten, auf dem mit einfachen lateinischen Buchstaben geschrieben stand: Milton (1608–1674).

JADRANKA VLADOVA

Verleih

»Ich kauf mir einen Hut!«, dachte sie und schaute in die Ferne, von wo aus die Straßenbahn in Richtung auf das große Schuhgeschäft gefahren kam. Sie presste die Augen zusammen (das war immer eine sichere Methode zur Schärfung ihres kurzsichtigen Blicks) und begann mit dem Spiel: »Wenn es die Eins ist, kauf ich mir einen Hut ... nein, wenn es die Achtzehn ist, dann werde ich ihn mir kaufen. Nein, ich kauf mir einen, wenn die Bahn eine Eins und außerdem weiß ist! Und ich werde nicht in diese Richtung schauen, bis die Straßenbahn vor mir hält.«

Dass dann eine weiße Achtzehn vor ihr hielt (mit der war sie nie gefahren, so eine hatte sie noch nie gesehen) – interpretierte sie als eine ziemlich seltsame Kombination und also als ein positives Signal für den Hutkauf.

Die Straßenbahn fuhr los, nachdem gerade noch lärmende Schüler von der nahen Schule angekommen waren, außerdem eine keuchende dicke Bedienstete aus dem Fernseher-Reparaturservice von gegenüber. Sie hatte mehrmals gehört, wie diese Frau mit komisch gedehntem Gruß ihre Kunden verabschiedete. Und auch jetzt dankte sie dem Fahrer auf einem hohen singenden Ton in dieser ohnehin schon melodischen Sprache.

»Ich kauf mir einen Hut!« dachte sie und fing an, einen Satz über die Zunge zu rollen, mit dem sie ihre unbeholfenen Verständigungsversuche in jener Sprache beginnen würde, für die sie weder Gehör noch Mut hatte: »Já jsem cizinka, ich bin Ausländerin, já jsem cizinka, já jsem cizinka ...«

... Sie musste lachen bei dem Gedanken, dass ihre Schwester, ihre eigene Schwester, immer die richtigen Töne erwischte ... In einer Art ironischem Spiel stellte sie Ernst und Spaß auf den Kopf, aber das Resultat erweckte stets den Eindruck von Sicherheit ...

Aus dem Augenwinkel betrachtete sie die verschwommene Figur der Angestellten – wie ein Sauerteig floss sie nach allen Seiten über den Sitz. Weich und weiß. Die einzige präzise Linie beschrieb ihre Stirn. Über die Nase kroch sie zu den aufgeworfenen schreiend rot bemalten Lippen. Dann versank sie in einem undefinierten Kinn mit einem Kropf und verfloss schließlich in dem schwer atmenden Gebirge des Busens. Die Schuhe der Frau waren erstaunlich, nicht weil sie altmodisch waren, das war sie schon gewohnt, sondern wegen ihrer Größe. Auf unverhältnismäßig kleinen, auf den kleinsten Schühchen der Welt hielt sich der Riesenleib der Frau vom Reparaturservice, die sie schon einige Male hinter der Ladentheke gesehen hatte, wo sie aber von der Körperhälfte abwärts verdeckt gewesen war.

»Ich kauf mir einen Hut!« dachte sie und lächelte, während sie auf die Dächer der Häuser schaute. Mit einer Falte auf der Stirn, um in die Weite sehen zu können, dachte sie an die Häuser in ihrem Land. »Vergleiche sind so ein Unsinn. Es bringt nichts, Äpfel und Birnen zu vergleichen ... Aber es gibt doch nichts auf der Welt, was man nicht irgendwie vergleichen könnte«, dachte sie und schaute gedankenverloren auf die schönen Dächer der prächtigen Häuser. »Und Ohrid?«, dachte sie mit siegessicherem Lächeln, nachdem sie sich an Bitola und Skopje erinnert hatte.

»Die Dächer«, seufzte sie schwer, unterhalb der ausgestreckten Hand des schlaksigen Jungen, der sich am Griff ihres Sitzes festhielt, »die Dächer sind die Hüte der Häuser, und ich, ich werde mir heute einen Hut kaufen, komme was wolle!«

Ihr Lächeln konnte man nur von draußen sehen. Weil die Straßenbahn so schnell fuhr und weil sie es an den zahlreichen Haltestellen so gut verstand, das Lächeln in der Handfläche zu verstecken, war ihr Lächeln für die Leute unsichtbar – sowohl für die, die in ihre Straßenbahn einstiegen und sie sahen, wie sie an das Fenster gelehnt ihren Gedanken nachhing, als auch für jene, die weiter an der Haltestelle standen und auf eine andere Bahn warteten.

Dabei hatte sie in der Erinnerung an Fotografien gelächelt, auf denen die Großmutter wegen der Hüte, die sie trug, wichtiger aussah. Ach, nicht die Sommerhüte, die mit den Blumen und mit geschickt arrangiertem Obst, die zählten nicht. Aber die, die zu engen Kostümen passten, mit weichen, dicken Mänteln, mit einem Pelz, der den Hals liebkost – die waren wirklich etwas Besonderes gewesen! Ihre Mutter pflegte laut und ironisch abzuwinken, wenn sie und die Schwester sie aufgeregt nach den Hüten fragten: Wo waren sie? Wer von den Tanten hatte sie genommen? Warum hatte sie, die Mutter, nicht wenigstens einen genommen? Warum hatten sie im Haus der Großmutter diese Hüte nie gesehen? Wie konnte das passieren? Bei den ganzen alten Büchern, den alten Kleidern, den Taschen, die man mit viel Reiben vom Staub befreien musste und die unter dicken Ablagerungen von Creme erglänzten ... Wo waren sie jetzt? Wo waren jetzt diese wunderbaren Hüte, die gleichen, genau die gleichen, wie sie die schönen Schauspielerinnen in den alten Filmen trugen?

Mutter winkte ironisch ab. Dann stützte sie die Stirn wie eine zu schwere Last auf die Hand und zeichnete mit den Fingern zwei Linien über die Augen. Dabei nahm sie nur einen Finger für die eine Seite und die restlichen Finger für die andere. Mit einer seltsam dichten und dunklen Stimme, die sich aus schrecklichen, rätselhaften Tiefen zu lösen schien, erzählte sie über die Zeiten, in denen es *eine Schande war, Hüte zu tragen*. »Je einfacher man sich damals anzog, umso besser für einen!« Mutter ließ ihre verwunderten Mädchen mit einer gewissen Nostalgie zurück, entfernte sich, und von dort aus der Ferne war noch ihre treffendste Begründung für diese Verhaltensregel zu hören: »Das war sicherer so.«

»Ich kauf mir einen Hut!«, dachte sie und stieg aus der Bahn. In den großen Warenhäusern mit Hutabteilungen blähten sich deutsche und amerikanische Touristinnen herdenweise vor den Spiegeln, ohne Würde, hässlich und vulgär ... Sie kränkten jedes Schönheitsempfinden, diese verwöhnten Riesenkinder, mit Gesichtern, die sich ganz in schmatzende Münder verwandelt hatten, mit gefletschten Zähnen, mit Kaugummiblasen, die sich ihnen nach einem kräftigen, unanständigen Knall über die Wangen klebten. Die deutschen waren viel älter, aber genauso unanständig, schrill, hässlich aufgeblasen ... Meistens standen Ehepaare vor den Spiegeln, mit geröteten hässlichen Gesichtern, unschönen Zähnen, zu breit, als dass die Spiegel sie hätten fassen können, und deshalb schräg davor gestellt. In Posen wie vor einem Dorf-Fotografen setzten diese ach so *bedeutenden* Europäer überaus feine Hüte auf ihre großen, fleischigen Köpfe. Am komischsten wirkten die Männer in ihren Versuchen, ihre Gesichter mit eleganten Zylindern, seidenglatt wie Schwalbenflügel, zu verschönern. Die Frauen, etwas schamhafter, aber zunehmend ausgelassener angesichts der Ermutigung durch ihre Männer, griffen sich die wunderbaren Hüte (wie die von Großmutter) und machten sie hässlich mit ihrem Kichern, den kieksenden Ausrufen, den ironischen Bemerkungen. Sie zeigten einander die Hüte – wundervolle Schöpfungen aus dem sanftesten Filz – mit beleidigten Gesten, als wären die Hüte schuld an ihrer eigenen Hässlichkeit!

Mit einem Brodeln im Magen nahm sie die Rolltreppe abwärts und schaute von oben auf das Touristengetümmel hinab. Zum ersten Mal fühlte sie sich mit dieser Stadt solidarisch und zum ersten Mal ein wenig wie zu Hause.

»Die Touristen sind eine übernationale Kategorie! Die sind sich überall gleich! Touristen aller Länder – Go home!«, dachte sie und lächelte trotzdem, weil sie sich erinnerte, wo das Werbeplakat hing, das die schönsten Hüte in der Stadt versprach, unter Hinweis auf die Schließung des Geschäfts (vielleicht wegen Bankrott).

Eine Seitenstraße, eine unansehnliche Auslage, ein Laden, den man über ein altes muffiges Treppenhaus betrat – all das versprach einen friedlichen Einkauf. Im Hof musste man klingeln, dann schaute ein bleiches hässliches Gesicht mit einer schmalen Nase hervor, und erst danach öffnete sich die Tür, von der aus man über Treppen zu einer weiteren Tür gelangte, die das blasse dünne Mädchen mit einem langen, schwarzen Eisenschlüssel öffnete.

Im Laden roch es seltsam. Nach Stoffen, die unter dem Bügeleisen dampften, nach irgendwelchen Chemikalien, nach Staub, nach Schweiß ... Das Einzige, was angenehmen Geruch verbreitete, war die schöne Dame im Spiegel. Vor ihr stand das Profil einer älteren Version des Mädchens, das die Tür aufgeschlossen hatte. Es handelte sich hier offensichtlich um Mutter und Tochter, schlussfolgerte sie, während sie sich langsam von einem ausgestellten Hut zum nächsten bewegte und dabei nicht vergaß, aus den Augenwinkeln jeden neuen Hut zu registrieren, den die Dame im Spiegel graziös auf ihr zusammengebundenes Haar setzte. Diese Frau, auch sichtbar eine Ausländerin, füllte den ganzen Spiegel mit ihrem Gesicht aus, obwohl bei ihr auch die Figur ins Auge sprang. Dieses Gesicht färbte den Spiegel leuchtend perlmuttfarben. Der Kopf im Spiegel bewegte sich in stummer Stille nach rechts und nach links. (Die Augen schauten unbeweglich – nicht auf das eigene Gesicht, sondern auf die Schönheit des Hutes.)

Die Eigentümerin (oder war sie es wirklich?) gab flüsternd ihrem Entzücken über den Effekt des Hutes Ausdruck, brachte ständig neue hinzu, hielt dienstfertig die schon ausprobierten Hüte bei der Hand, reichte die neuen mit einem unterwürfigen Lächeln, wies ihre jüngere Kopie streng um Hilfe an und nickte zustimmend ...

Die Dame bezahlte hoheitsvoll drei Hüte, die sie mit einem sanften Lächeln und etwas zögernd ausgesucht hatte. Sie streifte beim Abschied mit einem belustigten Blick die drei Frauen, die im Laden zurückblieben, und ging. Eine Wolke von ihrem schweren Parfüm blieb zurück.

Da stand nun sie vor dem Spiegel, etwas verwirrt, mit dem Gefühl, dass man ihr zu viel Aufmerksamkeit zukommen ließ. Nur für einen Augenblick erfasste sie ihre eigenen dunklen Augen, groß vor Verwunderung ... Dann überließ sie sich mit einer gewissen Gänsehaut Mutter und Tochter, tatsächlich lief es ihr etwas kalt den Rücken hinunter. Nun wagte es auch die jüngere, sich dem Spiegel zu nähern und ihr leise, aber doch immerhin vernehmlich, Vorschläge zu machen. Mit einer seltsamen Unruhe drehte sie, wie sie es von der Dame vorhin gelernt hatte, nur den Kopf nach rechts und nach links und verfolgte mit unbeweglichen Augen den Wechsel der Hüte auf ihrem Kopf.

Mutter und Tochter wechselten von Zeit zu Zeit stumme Blicke. Mit einer nachdrücklichen Kopfbewegung verstand es die Ältere, die Jüngere zu kommandieren, die gleich wieder verschwand und mit ganzen Türmen von Hutschachteln zurückkehrte. Hier war nicht einmal mehr Raum für einen begeisterten Aufschrei, nicht einmal für einen Seufzer angesichts der Schönheit dieser Hüte, die, da war sie ganz sicher, niemals in die Regale der großen Warenhäuser und zu den raffgierigen, primitiven Touristen gelangen würden.

Schamhaft, ohne sich wirklich entschieden zu haben, suchte sie zwei Hüte aus, weil sie denen der Großmutter am ähnlichsten sahen, und verließ verwirrt den Laden, begleitet von den tiefen Verbeugungen der zwei Frauen, die wie eingerahmt in der Hoftür standen.

*

Oft hatte sie vor ihrer Rückkehr in die Heimat versucht, in privaten Geschäften (sogar in der Hutwerkstatt für Theaterbedarf) etwas über die beiden Frauen in Erfahrung zu bringen.

»Mutter und Tochter in diesem Beruf? Nein, das gibt es nicht, weder als Ladenbesitzerinnen noch als Meisterinnen.« Alle schüttelten sie den Kopf, unaufmerksame junge Verkäuferinnen ebenso wie ältere Damen, die ihr mit fast schon unangemessener Freundlichkeit wirklich mit einer Information helfen wollten. So gab sie schließlich den Gedanken auf, ihrer Mutter, ihrer Schwester und ihren Freundinnen Hüte zu kaufen.

Bevor sie nach Hause zurückkehrte, begann ihr Schlaf unruhig zu werden. Es verschwanden ihre Träume, die sie sonst auch am helllichten Tag einfach durch ein Senken der Augenlider herbeirufen konnte. Sie machte sich nicht viele Sorgen, weil ihr die Erklärungen von Bekannten sehr vernünftig klangen. Das war doch nur die Aufregung vor der Heimreise. Es würden ihr da auch noch ganz andere Dinge passieren.

Die Freunde zu Hause meinten wiederum, dass ihr unruhiges Schlafen Ergebnis der Luftveränderung sei, der Aufregung über die Heimkehr. Glücklich, wieder zu Hause zu sein, nach ihrer Zeit in der großen, herrlichen Stadt (die sie immer wie eine schöne Ansichtskarte vor sich sah, ohne Menschen), für immer zu Hause zu sein mit allen, die ihr das Gefühl vermittelten, wirklich *daheim* zu sein, vergaß sie erschöpft ihre nächtlichen Probleme, die sich bald jedoch zu einer wahren Plage entwickelten.

Eines Nachts, nach einem starken warmen Tee, der schöne Träume bescheren sollte, träumte sie zum ersten Mal. Der Tee erfüllte seine Funktion nicht vollständig, aber vor Freude darüber, dass sie überhaupt träumen konnte, lächelte sie, als sie das Bild der schönen Dame mit den Hüten erblickte. Sie erwachte vor Schreck, als diese sich vom Spiegel wegdrehte und sich mit einem der gekauften Hüte zeigte – aber ohne Gesicht!

Mit hartnäckigem Teetrinken brachte sie es dahin, dass sie auch sich selbst im Traum gesichtslos sah, doch diese Träume ließen sie jede Nacht erwachen. Es gab keine Möglichkeit, sich an dieses Entsetzen zu gewöhnen. Mit heftig zitternden Händen tastete sie dann nach ihren Wangen, nach der Nase, den Lippen, den Augen ...

Dieser Albtraum quälte sie lange, bis zu dem Tag, an dem sie ruhiger mit ihrem leeren Gesicht in das leere Gesicht der Dame blicken konnte, die, eingehüllt in das bekannte Parfüm, mit einer eleganten Handbewegung wegwerfend sagte: »Ach die Armen, die wissen ja nicht, was sie tun! Wir müssen glücklich sein, dass wir uns ihnen gegenüber großzügig erweisen können.«

Mit einem perlmutternen Fingernagel deutete sie auf den Spiegel, vor dem Mutter und Tochter aus dem Hutgeschäft sich drängelten, in derselben schrägen Fotopose wie die deutschen Touristen. Anstatt der Hüte probierten sie im Spiegel die Gesichter ihrer Kundinnen.

Wegen der Armut und wegen der kindlichen Gier in den Versuchen von Mutter und Tochter, sich im Spiegel mit einem neuen Gesicht zu sehen, aber auch, weil sie den Gedanken der Dame mit unerwarteter Deutlichkeit vollkommen erfasst hatte, hörte sie auf, sich wegen ihrer nächtlichen Widerfahrnisse Sorgen zu machen. Vor dem Schlafengehen bereitete sie mit Creme auf den Fingerspitzen ihr Gesicht vor – zum *Verleih*.

Wenn die Nacht sich über das Denken senkt

Der Schlaf wird mir auf geheimnisvolle Weise die Augen schließen – und es verschwinden auch die allerfestesten Vorsätze, den Augenblick seines Beginns wahrzunehmen. Mit halb geschlossenen Augen, mit Dunkelheit auf der Haut, höre ich konzentriert auf die Geräusche: die unachtsamen Nachbarn mit ihrem primitiven Lärm setze ich voraus und ignoriere sie, und ich lausche weiter auf das Ticken der Uhr. Es braucht nur eine kurze Zeit der Gewöhnung, und es verschmilzt dieses Herz des Zimmers mit dem Klopfen meines eigenen Herzens, das ich höre wie durch eine feine Leitung, mein Ohr gepresst auf das Gelenk der rechten Hand.

Und die Haut zieht sich zusammen, wenn sie auch nur mit einem Ohr die leichten Trippelspuren der Käfer erkennt, die an die Flucht vor der Helligkeit gewöhnt sind. Die Augen nehmen einen roten Glanz wahr, dann eine blaue Helligkeit, die langsam verblasst. Mit einem dunkelbläulichen Zittern umspielt auch ein Lächeln meine Lippen (weil der Verstand ja weiß, dass er wach ist!), als ich mich kindlich frage: *Fängt also so der Schlaf an?*

Wenn ich in solchen Augenblicken das andere Ohr freimache, das die Adern im Handgelenk belauscht, schlägt die Uhr irgendeine späte Stunde, und ich hülle mich tiefer in das Federbett und denke atemlos, dass ich gerne so träumen würde wie meine Mutter, wie einige meiner Freunde ... Ich muss in der Dunkelheit ein wenig lachen, wenn ich an ihre weit aufgerissenen Augen denke. So bestätigt sich, dass sie die Wahrheit sagen und dass man ihnen glauben kann, wenn sie ihr Gefühl für das, was der Schlaf ist, beschreiben. Nein, nicht ich werde etwa jemals so von Träumen heimgesucht. Immer locken die Träume meine Gedanken mit der Versprechung, dass ich sie werde fassen können.

Während ich mich in meinen Gott versenke, denke ich zuerst an die Menschen. An die Menschen dieses Tages, der mit dem Gedanken an Vergebung zu Ende gegangen ist, als ich eitel gedacht habe, sie sind doch arm, arm, arm ... Ich denke an die Lieben, die schlafen, die ihre Gebete an irgendwelchen anderen Orten der Welt sprechen, der Welt, die ohne diesen Lärm der Nachbarn doch einfach in der stillsten Dämmerung versinken würde... Ich denke an alle, die hier irgendwo atmen, auf einmal ... Aloysius flüstert etwas völlig Unverständliches ... Ich winke ab und vergesse den Versuch, ihm zuzuhören ...

Vater bewegt sich auf seinem Schaukelstuhl zu mir hin. Er zieht die Beine nach, er hat nichts an den Füßen, er schaltet die Lichter in allen Zimmern an. Der Durchzug bringt die Vorhänge zum Schwingen, und ich habe nur gerade noch die Kraft, ein Lid zu heben und mit einer komischen Grimasse zu fragen: *Warum gibt es kein Licht?* Und obwohl ich weiß, dass mein Vater schon lange tot ist, fahre ich fort: *Wir hätten ein paar Herrenpantoffeln kaufen können, genau! So weiche, aus Flanell, kariert ...*

Oh, auch ohne meinen Vater weiß ich schon lange, dass Schlaf und Tod in rätselhaftester und offensichtlichster Verbindung stehen. Dass sie eins sind. Ich tauche ein in meinen Gott, nach einiger Zeit beruhigt sich mein Atem. Und wirklich, ich weiß nie, wann ich nun tatsächlich aufhöre zu atmen und *plötzlich* in die blendend weiße Helligkeit trete ... Von polarem Weiß, aber warm und durchsichtig. Ohne innere Verwunderung bleibe ich stehen bei den Bildern, für die es keine hinreichend genauen Wörter gibt; es gibt keine Namen für Wesen, die schweben. Er lebt immer noch und lacht mit lieben Augen ... Mein Vater in gestreiftem Pyjama, auf den Stock gelehnt, schaut auf seine Pantoffeln (weich, aus Flanell, mit einem blau-grau-rot-schwarzen Karomuster).

Mein Hof ist nicht mein Hof. Ich bin hier, gebeugt über den Rahmen des Fensters, das mit weit aufgerissenem Auge in den Hof starrt. Und doch ist das mein Hof, dort hinter dem Rahmen. Die Blumen, nur von einem milchig leuchtenden, leichten Nebel bedeckt, vollführen in sicherer Aufstellung die gleiche Einteilung (Georginen, Sterne, Rosen; die Winterblumen sehen wie unreife Mädchen nur schamhaft hervor, gleichförmig silbrig-grün). Alles lebt.

Alles lebt, lächele ich. Meine Obsession, dass niemand das Recht hat, fremdes Leben zu nehmen, verschönt jetzt die Augen der Tiere, die mir tagsüber Angst einjagen. (Sogar die Augen aus den illustrierten Büchern über das Leben der Tiere.) Glänzendes Fell leuchtet wie die smaragdenen Augen der Katzen. Ich lache selbstkritisch ein bisschen in mich hinein, weil ich weiß, dass diese Toleranz von Baudelaire kommt. Nach kurzer Zeit macht mir die eigene Skepsis Angst, also die Frage, wann ich wohl beginne, mich an die Bücher zu erinnern. *Von wo ist das?* Es wird lächerlich, so zu fragen, während ich schwerelos durch den leuchtend leichten Nebel hindurchgehe und dabei mit einer neuen Frage kämpfe: *Woran, woran nur erinnert mich diese Berührung an den Händen, und diese Wellen gegen die Brust?* ... Aber nach dem ersten Ausholen, sobald die Handflächen fest aneinander gepresst sind und ich sie vor dem hingehaltenen Gesicht nach vorn strecke, weiß ich es ganz gut: Wasser! Und ich fliege und habe nun den wirklichen Beweis für den Gedanken, dass Fliegen und Schwimmen ein und dasselbe ist: Es ist die gleiche Fähigkeit, die gleiche Macht, das Fließende zu beherrschen.

Aloysius hat spitz zulaufende Schuhe. Er lacht wie Scarbo. Auch die Schuhe sind bei beiden gleich, denke ich und betrachte die Engel mit ihren bloßen roten Füßchen. *Warum das Diminutiv*, frage ich mich verlegen, wobei ich genauer ihre etwas pubertären Gesichter betrachte. Leuchtend und rein! Seltsam! Ich will nicht an den *Himmel über Berlin* denken. Wir alle haben einen Himmel. Lustig. Ich kichere im Federbett, und es wird zum Nest ... Sprachspiele, bemerke ich ironisch bei mir. Da ich *gelandet bin*, lache ich noch lauter.

Aloysius-Scarbo fuchtelt mit den spitzen Schuhen, indem er im Schaukelstuhl hin und her wippt, und misst mit einem diabolischen Lächeln meines Vaters langsamen Schritt, der hartnäckig seine Pantoffeln hinter sich herschleift ... Dass Scarbo ihm ein Bein stellen will, weiß ich, aber ich weiß auch, dass ich ihn im Nu zu mir her bewegen werde, und er wird im gleichen Tempo weiterschlurfen. Ich weiß, dass er da ist und werde ihn irgendwie vergessen ...

Ich frage mich nicht mehr: *Ist das ein Traum?* Ich *bin* einfach, das lässt sich leicht feststellen, mit allen Fäden des Denkens. Diese Fäden verflechten sich nicht. Sie führen klar zu ... jenen Schläfern, bei denen ich für gewöhnlich nicht die Frage nach der Entfernung stelle (was heißt hier entfernt und ausländische Stadt, wenn man jemand liebt?). Ohne Anstrengung, mit dem gleichen Fliegen und Schwimmen, haben sie sich hier eingefunden. *Hier* ist mein Hof. Ist es und ist es gleichzeitig nicht. Alles ist hier. Hier entsteht ein Punkt und pulsiert, wächst an bis zu irgendeinem *Ganzen*, das ich sehr gut verstehe.

Plötzlich fange ich an zu atmen. Wegen der Gerüche. Es duftet der Frühling. Nein, nein, noch ein bisschen soll er andauern, ich lehne mich auf, weil ich weiß, dass es passieren wird, wenn ich mich so an den Morgen erinnere ... Ich strecke die Arme aus, und wie von einer Feder geschleudert schraube ich mich in unendliche Höhen. Die Sterne und die Wasser sind gleich weit von mir entfernt. Gleich nass. Gleich glänzend. Ich weiß nicht, was unten ist, ich weiß nicht, was oben ist. Die betäubende Geschwindigkeit beschreibt Spiralen, durch die hindurch ich die Häuser des Bitpazar erkenne, die verstreuten Häuser, ganz klar und klein sehe ich meinen Hof ... ich kichere mit Aloysius und mit Scarbo, und wenn mir noch der *Gefallene Engel* einfällt rufe ich laut: Teufelswerk, eiiiiindeutig!

Der Fall steht unausweichlich bevor. Das Engelhafte fällt weg. Es bleibt nur ein wirklicher Schmerz in der Wirbelsäule wie nach langem Schwimmen. Ganz selten, im Versuch, mir ein wenn auch infantiles Alibi zu schaffen, habe ich gedacht, dass der Schmerz eigentlich der stärkste Beweis ist. Wie bei der Geburt. Zum ersten Mal erblicken wir das Licht. Diesmal wird es sehr schmerzhaft sein. Und doch werde ich mich daran gewöhnen.

Deshalb hat es seinen Preis und ist doch unbezahlbar, mit fest geschlossenen Augenlidern den Schlaf festzuhalten. Nur er ... noch ein bisschen streicht er über die Pyjamastreifen, wie über das

Fell eines schlafenden Tieres, der sorglose Vater, den Blick fest auf irgendetwas gerichtet. Wie lebendig. Als würde er sich in allem beschauen. Als schaute er dem Tod in die Augen. Denn wenn der Schlaf sich über das Denken senkt, dann flieht dieses vor einem anderen Gedanken, den Gott ganz ruhig an der Hand zu uns führt.

Und meistens genau dann winkt ein unsichtbarer Engel, irgendeine wundersame Hand und wechselt das Bild ... ein Beweis dafür, dass zwischen Tod und Schlaf eine Verbindung besteht, dass sie *sind*, solange du lebendig *bist*, ist auch das altvertraute Gespräch, am Morgen. Dann murmele ich ohne Gewissensbisse (weil da auch nicht der kleinste Rest Erinnerung Gewissensbisse hervorrufen könnte) auf die Frage meiner Mutter (wir sitzen einander gegenüber) nach Schlaf und Träumen, Kaffee schlürfend über den Rand der großen Tasse hinweg: »Wie immer. Ich habe von nichts Besonderem geträumt.«

Nur für einen Augenblick weht ein gewisser Unfriede mir eine Spur Zweifel daher, dann nicke ich bestätigend mit dem Kopf und starre auf den Stuhl, auf dem auch jetzt mein Vater sitzt und – vergesse auf einmal.

Ähnlichkeit

Mit einem skeptischen Lächeln, das mir die linke Braue hebt, nehme ich das Buch mit den japanischen Erzählungen in die Hand. Dabei denke ich mir, dass die Zeiten vergangen sind, als man solche Dinge laienhaft gelesen hat. Etwa mit dem Vorurteil, als lebte dieses Volk mit den starren, fast puppenhaften Bewegungen in einer anderen, andersartigen, unverständlichen Welt. Fremd, schrecklich fremd durch seine Vorschriften über gutes Benehmen, selbst in Bezug auf die Menschen, die einem am nächsten stehen ...

Ohne zu glauben, dass die Japaner sich in dieser Hinsicht geändert haben, und meiner eigenen Veränderung misstrauend, öffne ich das Buch. Nichts sonderlich Japanisches lässt sich in den ersten Zeilen finden.

Ich befinde mich in einem Menschen, durch dessen Augen ich einen leeren Bahnhof sehe, ein leeres Abteil, eine Tageszeitung. Dass die Schrift fremd ist, berührt mich nicht. Ich überfliege nur die Überschriften. Sie sprechen nur zu deutlich von der gegenwärtigen Zeit, den Kriegen der verschiedenen Stämme der Menschheit, den Übeltaten, die allerorten auf der Welt den endgültigen Sieg der Liebe verhindern.

Der Zug setzt sich in Bewegung, und durch das Fenster sehe ich noch eine der abgehackten Bewegungen, mit denen die Japaner Dank und Ehrerbietung ausdrücken. Und danach erkenne ich mit traurigem Inneren meine Gefühle, in der vollständigen Dunkelheit unter den geschlossenen Augenlidern: Mühsal, Unzufriedenheit, Langeweile, Ungeduld angesichts der Sinnlosigkeit von Reisen, wo nicht das Ziel von Bedeutung ist, sondern allein die Veränderung des gegenwärtigen Zustands.

Ich öffne die Augen beim Krachen der Tür. Ein furchtbarer Durchzug. Ich nehme das ›Lokalkolorit‹ in Augenschein: eine junge Frau, fast noch ein kleines Mädchen – aber trotzdem im Kimono und trotzdem mit der typischen Frisur.

Sein nervöses Inneres sagt, ich soll das Mädchen als ein hässliches, ungewöhnlich hässliches und simples Geschöpf betrachten. Und dabei lehnt sich in mir etwas auf. Vielleicht bin ich unfähig, mir jemand so hässlich vorzustellen, der für mich den Charme eines exotischen Schattens, einer Geistererscheinung, einer Puppe hat, die wiederum als Dekoration und Erläuterung einer anderen Schönheit dient. Ich habe keine Kraft für solch feine Unterscheidungen. Sie sitzt in der gegenüberliegenden Ecke des Abteils. Mit zusammengekniffenen Augen schaue ich ihr ins Gesicht, auf die groben Wangen, dann auf die rissigen Hände, die sein Gefühl für Harmonie so verletzen, wie uns auch die kleinste Falte auf einem fremden Gesicht stört, während wir bei uns auch eine tiefere und hässlichere gar nicht sehen.

Ja, ich bekräftige, das junge Mädchen ist eigensinnig und unanständig. (Wenn man das Fenster öffnet, fragt man um Erlaubnis.)

Ich weiß, dass der Zug im Tunnel immer in die entgegengesetzte Richtung fährt. Der Rauch lässt den Atem stocken. Und Asthmatiker ertragen ihn noch schwerer. Also husten wir gemeinsam (mir tränen vielleicht ein bisschen die Augen), bis das Mädchen zwar stumm, aber mit einer Erregung, die aus tiefster Seele hervorbricht wie ein Schrei, seinen heftig winkenden Brüdern Früchte zuwirft (von denen im Titel die Rede war), auf einer Wiese unterhalb dieses Bahndamms, vor einem winzigen Haus, das man nur wegen seiner Kleinheit und wegen der Entfernung nicht als armselig wahrnimmt ...

Der Raum zwischen uns oder die Geschwindigkeit, mit der sich der Zug fortbewegt, haben den Augen der Brüder die schmale Form genommen – jetzt zeichnen sie nur zweimal kugelrund den Buchstaben »O« auf ihre Gesichter, weit entfernte gelbliche Flecken. Wie hungrige Vögel. Mit erhobenen Händchen warten sie auf die Früchte als letzten Gruß der Schwester, die ihr Zuhause verlässt, man weiß nicht wohin (er suggeriert nur mit einem Winkel seines Verstandes, dass sie vielleicht in der großen Stadt eine Stellung hat). Das Mädchen mit den inzwischen leeren Händen verwandelt sich in das schönste Wesen der Welt, da der Geist bereit ist, Güte und Schönheit einander gleichzusetzen.

Vorübergehende Trauer und Resignation und Langeweile werden auf einmal sinnlos.

*

Später entdecke ich, dass er es nicht ausgehalten hat. Er ist an/mit Veronal gestorben.

Immerhin, klug und schön wie er war, wusste er in seiner seltsamen, unverständlichen japanischen Welt doch um die lateinische Bedeutung der ersten vier Buchstaben auf seiner Waffe.

Es gibt viele tödliche Wahrheiten.

Wie eine magische Formel wiederhole ich lange einen japanischen Namen, bis ich ganz natürlich sagen kann: Rjunosuke Akutagawa.

Bitpazar

Harmlos ist er und grausam. Harmlos wirkt der Anblick von Obst, Gemüse und Blumen unter den herausfordernden Blicken der runzligen Bauern und der rotgesichtigen Bäuerinnen mit Kopftuch.

(Anders die Zwischenhändler. Man erkennt sie am lauernden Tonfall in der Stimme. Trotzdem merkt man ihnen an, dass sie sich um ihre Waren keine Sorgen machen müssen. Sie sind sich sicher, dass sie alles gut verkaufen werden. Mit doppeltem Gewinn.)

Und doch ist er grausam – man wird das Gefühl nicht los, dass es im Bitpazar heimliche Ecken gibt, wo die schrecklichsten Verbrechen unentdeckt bleiben.

Man geht durch seine Gässchen mit ihren Eingeweiden voller Qual und Seufzern, immer in der Angst, hinter den Ecken könnte unerkannt Böses lauern. Die schweren Portale quietschen. Flüsternde Stimmen locken in die unsichere Dunkelheit der Hinterhöfe. Aus ihnen strömt der Geruch von schwerem Pflanzenfett, wie als Beweis für die Gegenwart unzähliger Frauen in der Dunkelheit dieser Zwischenräume.

Man kann sie spüren – glatt, weich, mit seidigen Haaren. In wehenden Kleidern verbreiten sie Duft wie lebendige Lämpchen – mit einem markierten Lächeln in den Mundwinkeln, mit auf den Lidern hängen gebliebenen Tränen, mit Schweiß auf dem glänzenden Scheitel, auf dem Hinterkopf ... Sie sättigen die Luft mit ihrem lauten Lachen, mit dem mühelosen Spiel des Fleisches und mit dem kurzen Luftzug, der entsteht, wenn sie ihre Köpfe schütteln. Begleitet von einem Rauschen der Haare (wie von der Mähne eines Pferdes in vollem Lauf) sagen sie weich und vieldeutig, sagen es abgehackt und klar, ganz klar: *nein!*

Sie berühren die Musikinstrumente mit ihren perlmutternen Fingernägeln und singen in unverständlichen Sprachen über die Liebe zu den Fernen ...

Lasziv und üppig, mit Augen von traurigen Tauben, dabei schamlos wie die abgefeimtesten Kokotten, bringen sie das Blut zum Brodeln. Immer im Dunkel oder im Halbschatten des Tages, zwischen den Pflanzen, dem Wasser der Springbrunnen und dem Efeu, hinter dem die eigentlichen Wände verdeckt bleiben ...

Und da sie auf ihre Art und Weise grundlos trotzig sind, provozieren sie, wenn etwas nicht nach ihrem Willen geht, nachts in den Gässchen des Bitpazar mit Sicherheit außergewöhnliche Verbrechen. Nachts, entsprechend der Farbe des mondlosen Himmels, tragen sich im Bitpazar alle düsteren Dinge zu. Nur ihretwegen.

Unter dem Schutz der Nacht tragen muskulöse, düstere Männer ihre blassen Opfer durch halbgeöffnete Türen, die sich blitzartig hinter ihnen schließen und wieder mit den angrenzenden eins werden, womit für immer jede Spur zur Aufdekkung des Verbrechens verwischt ist.

Aber ganz ungefährlich sind die Einkäufe am Tag. Halb unterm Tisch kann man auch Gold kaufen, alte Silbermünzen, Waffen, alle Arten von Uhren, schwere Seidenstoffe für festliche Kleider, Talismane aus Türkis, Silberfäden, Perlen, Opiumteer, Schminke, Tee für schöne Träume, zerkleinerten Tabak, ausländische Feuerzeuge, Spielkarten mit unanständigen Bildern, bunte Pfeifen, große Pfannen, Mörser, Schafschellen und andere Glocken, die verhindern, dass man in den Häusern mit den schweren Türen von Eindringlingen überrascht wird, Taschenrechner, Vorhängeschlösser, getragene Kleidung, Kassetten mit orientalischer Musik, alte Haushaltsgeräte.

Immer bewege ich mich durch den überfüllten Bitpazar mit dem seltsamen Gefühl, dass mich jemand von hinten berührt, sodass ich mich umdrehen muss.

Beim Umdrehen entdecke ich im schlimmsten Fall einen Mann mit Schnurrbart und einem Grinsen aus kaputten Zähnen, was die Angst nur noch verstärkt. Also Flucht. Aber meistens sehe ich nur eine harmlose Frau, die neugierig das Angebot auf dem nächsten Stand begafft.

Unterwegs lächle ich über den Großen Baum, der mit dem Gezwitscher seiner Vögel den Bitpazar überschattet. Ich gehe tiefer hinein, bis zu den Ständen mit den Gläsern, übervoll mit vielfarbigen Schmuckperlen. Man verkauft sie, indem man sie mit kleinen Teelöffeln schöpft. Ich kaufe rosafarbene, grüne und goldene ... Einen Silberfaden, immerhin. Die Alte mit den hennagefärbten Fingern packt sie in grobes Papier ein. Ich stecke sie in die Dunkelheit der Tasche, mit einer Bewegung, als ließe ich winzige Körner von einem trockenen Stängel rieseln.

Ich probiere das Rouge auf der Handfläche.

(Später, bevor ich es noch vollständig abgewischt habe, betrachte ich sie mit einem seltsamen Ekel wie eine fremde Hand nach einem gerade begangenen Verbrechen.)

Ich kaufe Ohrringe aus abgegriffenen Münzen, die allem Anschein nach sehr lange von irgendeiner Frau getragen wurden. Die schon tot ist.

Eine Alte mit Kopftuch und leicht zusammengekniffenen Augen verkauft in einem Stoffsäckchen »echtes« Henna und irgendwelchen Kleinkram, der in seiner Buntheit den Blick fesselt. Dazwischen eine alte rußige und ölige Lampe. Die werde ich kaufen. Noch vom Hof aus werde ich meiner Mutter zurufen: »Schau mal, was ich gekauft habe! Die sieht doch aus wie Aladins Wunderlampe!« So werde ich sagen und darauf pusten und mit dem Zeigefinger darüberreiben.

Aber wie aus einer schrecklichen unterirdischen Tiefe donnert dann aus ihr die Stimme des *Geistes* hervor: »Das würde dir so passen! – Es werden keine Wünsche mehr erfüllt!«

Das Gleiche

Mein Vater braucht lange für die zwei kleinen Stufen. Den Stock hängt er mit dem gebogenen Teil in die Tasche, greift mit der rechten Hand nach dem Türrahmen und betritt gebückt und schwer atmend die Küche. Vorsichtig setzt er sich auf seinen Stuhl und meint ächzend, wir hätten eine Schildkröte.

Meine Mutter hebt die geröteten Augen vom zerkleinerten Schnittlauch. Sie sprechen auch durch den leichten Tränennebel hindurch einen scharfen Tadel aus.

Ich merke: sie denkt an die Nonnen in braunen Gewändern mit bläulich-violetten Heiligenscheinen um die Köpfe; das Kloster, für dessen Bau mein Großvater 1000 Goldstücke gesammelt hat; das Wasser, das direkt unter dem Schlafzimmer murmelt; unbekannte Leute, die mit aufgedunsenen Gesichtern im Garten stehen und in unsere Fenster schauen, wenn Vollmond ist; die Bilder, in die man hineingehen kann (leichter noch als in Spiegel!), bloß mit einem hohen Schritt in den Rahmen hinein; Reisen, für die nur eine bläulich kühle Dunkelheit unter den geschlossenen Augenlidern nötig ist ...

Aber Tiere kamen in den Einfällen meines Vaters eigentlich nie vor.

Es gab in seinen Visionen von Gesundung zwar geflügelte Pferde für die Engel ... Und, ach ja! Einmal, als er von draußen zurückkam (mit einem dicken Pullover über den Pyjamastreifen), sagte er, dass dort ganze zehn Esel auf ihren Schneider warteten. Aber das war (immer noch) zu Beginn der Krankheit, und wir begriffen das als einen wirklich gelungenen Witz auf Kosten von Onkel Risto – dem Sattelmacher.

Deshalb frage ich jetzt: »Was für eine Schildkröte?«

»Ganz rosa«, sagt er und saugt ruhig den Rauch der angezündeten Zigarre ein.

Meine Mutter wischt sich resigniert mit dem rechten Handgelenk die Tränen einigermaßen weg, und ich schaue nur für einen Moment in Vaters faltiges, düsteres Gesicht. Sein Ausdruck lässt mich nachfragen: »Wo hast du sie gesehen?«

»Draußen«, sagt er mit einem Faden Unsicherheit, der wie so oft verborgene Wundernester verspricht, die ich ganz ähnlich in den Büchern finde, die mir gefallen. Aber ich treffe oft die falsche Entscheidung, und auch dieses Mal gebe ich Vater keine Gelegenheit, ins Erzählen zu kommen. Ich kehre zum Buch zurück und denke dabei, dass die Möglichkeit, eine Schildkröte könnte in unserem Leben erscheinen, zwar ungewöhnlich, aber doch nicht wunderbar genug wäre, um alle die vielfachen Abschweifungen meines Vaters beim Erzählen anzuhören. Er wird dann sicher auch das alte Kloster erwähnen, dann ruft meine Mutter: »Ach, was für Klöster! Und das in unserem Hof!«, und der Zauber wird verschwinden und sich in einen gewöhnlichen Familienstreit verwandeln.

Mein Vater, unbekümmert um alle äußeren Einflüsse, versinkt in sich selbst. Er streichelt die eine schwache, steife Hand mit der anderen, mit gemessenen, langsamen Bewegungen. Als einziges Mittel gegen den Schmerz dehnt diese Bewegung auch den einzigen, dünnen und durchsichtigen Faden, der Vater an die *gewöhnliche* Welt bindet. Er setzt dazu an, etwas zu sagen und erschreckt uns damit, weil wir erwarten, dass er gleich mit dem Ächzen anfangen wird. Das Streicheln der Hand ist rituell mit dem Ächzen verbunden und mit dem »Unsinn«, dass ihm ein großer Wurm am Ellbogen nagt.

Meine Mutter war schon vorher mehrfach nervös geworden wegen »diesen Dummheiten« und hatte dann angefangen, ihn anzuschreien: »Was für ein Wurm? Was für ein Wurm?«

Und er hatte direkt in ihre geweiteten Pupillen geschaut und geantwortet: »Ein weißer.«

Diesmal geht es ohne diese Szene ab. Und mein Vater flüstert wie zur Begründung: »Macht nichts. Es gibt viel Grün ...«

Einige Tage waren genug, um uns an Vaters neue Erfindung zu gewöhnen. Alle wussten, dass wir im Hof eine Schildkröte haben. Manche Leute begannen ironisch nach ihr zu fragen (was sie frisst, wohin sie sich bewegt, wo sie schläft, von wo sie gekommen ist), andere nickten nur gleichgültig, ohne Interesse, wenn mein Vater selbst anfing, davon zu erzählen – ruhig, einförmig, aber auch unleugbar mit einer bekümmerten Sorge um das »arme, schutzlose, sanfte Wesen unter seinem Panzer. Und auch der, also der Panzer, kann zerquetscht werden, wenn jemand zufällig drauftritt.«

Meine Mutter seufzte lange mit verdrehten Augen, aber dann ging auch sie dazu über, Witze zu machen. »Deine Schildkröte« verwandelte sich in ihren schrillen Monologen in »unsere Schildkröte« und in ein weiches, weibliches, leises Lachen, mit dem sie ihren geradezu körperlosen Mann stichelte, und das waren die seltenen Momente, in denen ein schmales Lächeln das festsitzende Netz aus Falten von seinem dunklen Gesicht verdrängte. Aber auch in der neuen Stimmung bestand er hartnäckig auf seiner Meinung: wir haben eine Schildkröte im Hof!

Unser Hof ist wirklich wundervoll. Alle, die ihn das erste Mal betreten, schauen mit verdrehten Hälsen auf den Großen Baum! Und mit lauten Rufen der Bewunderung kommentieren sie die weibliche Treue, mit der die Kletterpflanze dem Wuchs des Baumes folgt. Entzückt saugen sie die Luft ein, fast stockt ihnen der Atem vor Blumenduft, und sie schnalzen prosaisch mit der Zunge, wenn ihre Augen gierig das blütenumrahmte Bild des kommenden Salates vorkosten: Auberginen, Gürkchen und Paprika.

Aber die größten Wunder in unserem Hof, sagt mein Vater, stehen Kopf. Wie in einem Spiegel ist die Glockenturmspitze des Klosters so tief, wie der Baum im Hof hoch ist. Die Wurzeln der Blumen hier gehören gleichzeitig zu noch schöneren Blumen auf der anderen Seite. Unter dem Marmorbecken eines ehemaligen türkischen Bades (dort hatte meine Mutter dicht Petunien gesät) befindet sich eine plätschernde Quelle, die man nachts, in der tiefen Stille, im Schlafzimmer hört. Nein, es gibt dort keine Auberginen und keine solchen Paprika wie hier. Ist einfach so. Gibt es nicht. Oh, die Gäste können in Entzücken geraten über dieses unterirdische Bild unseres Hofes. Aber wegen der vielen Leute unterbricht Vater immer wieder die Erzählung und lässt zu, dass wir Gänsehaut kriegen, wenn sie knackend den Salat schmatzen. Damit will er sicher andeuten, dass wir, nur ganz wenige, den Unterschied zwischen wichtigen und unwichtigen Dingen ermessen können.

Unsere Gäste atmen mit weitgeöffneten Nüstern die würzige Luft ein. Vater sitzt gebeugt auf dem Stuhl, der am wenigsten das häufige Kommen und Gehen aus der Küche behindert. Mutter bringt von dort die Teller, in die sich ein Teil der saftigen Frische aus unserem Hof übertragen hat.

Mein Vater schaut konzentriert in die Ferne, sein Blick streift den asphaltierten Pfad und zieht den dunklen Fleck der Petersilienbüschel magnetisch an. Tap tap. Entlang eines hellen Fadens lässt er seinen Blick abwärts gleiten, immer noch drohend versunken, und verfolgt die ungeschickten Schritte einer Schildkröte über den Pfad. Die Gäste sitzen mit dem Rücken zum Hof. Mir steht der Mund offen vor Verwunderung, und meine Mutter lässt, als sie über die Schwelle von der Küche kommt und mit eigenen Augen das Wunder sieht, die Schüssel fallen. (Höchstwahrscheinlich mit Salat.)

Meine Augen betrachten die Schildkröte, und aus den Augenwinkeln erblicke ich auch die versteinerte Silhouette meines Vaters. Sein Blick versteckt sie fürsorglich im Schutz des reichen Schattens von Eibisch und Auberginen. In der Küche tobt Mutter über dem frisch geschnittenen Gemüse und flüstert mir abgerissen zu: »Sie ist nicht rosa, siehst du! Und ich bin sicher, ganz sicher, dass das diese kleine ist, die wir aus Vodno mitgebracht haben, wo du damals in Sommerferien warst. Mit den Kindern vom Kindergarten. Ich bin sicher. Ganz si-cher! Sie ist nur noch ein bisschen gewachsen. Kein Wunder, nach der ganzen Zeit.«

Die Sache mit der Schildkröte brachte mich dazu, Vater mit größerer Aufmerksamkeit zuzuhören, wie er mit neuer Lebendigkeit die alten Geschichten erzählte. Mutter beobachtete aus den Augenwinkeln unsere neue Vertrautheit und murmelte von Zeit zu Zeit: »Rosa Schildkröten gibt es nur in Zeichentrickfilmen.«

Viele Tage nach meiner Begegnung mit der Schildkröte weckte mein Vater mich eines Morgens, indem er mich mit seiner kalten gesunden Hand berührte. Verstrubbelt und mit schlecht zugeknöpftem Pyjama, stützte er sich trotzdem kaum auf das Bett. Mit flackernden Augen, die nach Hilfe suchten, stammelte er, ich müsse sie retten ... Sie habe sie auf den Müll geworfen. Ich müsse aufstehen. Es täte ihm leid, aber bald würden die Müllmänner kommen.

Fröstelnd durchquerte ich den dichten Nebel im Hof. Aber wirklich, meine Mutter hatte die Schildkröte in den Abfall geworfen, und das Tier versuchte nun hilflos, sich durch die fünf Öffnungen seines Panzers und mit Hilfe der Rundung seines Rückens ins Schaukeln zu bringen und sich umzudrehen ... Ich schaute mir die Schildkröte aus der Nähe an – sie hatte einen weißlichen glatten Bauch, aber trockene, knittrige Beinchen mit scharfen Krallen und einen Furcht erregenden Kopf, dessen dunkle kleine Augen Hilfe suchend um sich schauten. Ich konnte sie nicht anfassen, solange aus den fünf Panzeröffnungen die fünf kleinen Schlangen ständig hinein- und wieder zurückgekrochen kamen ...

Atemlos lief ich über den Hof zurück und rief meiner Mutter zu, sie müsse sie dort *sofort* herausholen. Sie ging gähnend barfuß über den Weg und kam langsam zurück, worauf sie in aller Ruhe Kaffee schlürfte. Mein Vater hinkte nach einer kurzen Frage zum Schuppen, langsam, wie unter einer großen Last. Lange spähte er durch die Risse in der alten Tür, und dann kam er noch langsamer den Weg zu uns zurück. Stammelnd flüsterte er, es ist schlimm. Ich darf ihn nie allein lassen. Er kann sich schließlich nicht zweiteilen, um dem armen rosa Wesen zu helfen. Ja. Zuerst sieht sie wie eine Schlange aus, aber das muss man übergehen. Man muss die Hand hinstrecken, dass sie sich umdreht, man darf keinen Ekel vor den knittrigen Beinen, keine Angst vor den Krallen haben. Dann wird sie rosa.

Mein Vater starb eines Nachts. Ob nun wegen des langen Lesens oder wegen eines unabänderlichen Schicksals, das da festlegt, dass der Mensch einsam ist, hatte ich indessen tief geschlafen.

Am Morgen schaute ich erstarrt auf seinen Körper im Sarg. Seine überkreuzten Arme, jetzt symmetrisch, unbeweglich, hatten große, nicht geschnittene, gebogene Nägel. Auf Stirn und Wangen bildeten die feinen Kapillaren bläuliche Schatten wie auf einem verschwommenen Bild ...

Der Ärmel des kranken Arms hatte am Ellbogen ein großes Loch.

Meine Mutter, die meinem Blick gefolgt war, flüsterte: »Die Motten haben unsere Sachen angefressen«.

Aber ich wusste, dass durch dieses Loch ein großer weißer Wurm herausgekrochen war. Jetzt, wo der Schmerz vollständig sinnlos geworden war.

In der Nacht nach der Beerdigung träumte ich von einer riesigen Schildkröte auf dem Weg durch unseren Hof. Sie lag auf dem Rücken. Mit riesigen Krallen, die aus den Beinöffnungen des Panzers hervorschauten. Sie streckte ihren gebogenen Kopf heraus. Wie einen Schlangenkopf. Widerlich. Aber sie schaute mich mit Augen an, in denen eine altbekannte Trauer lag und um Hilfe bat. Ich kam ins Schwitzen, als ich sie umdrehte. Ich mühte mich, als wollte ich einen gelähmten Menschen bewegen. Aber als ich sie umgedreht hatte, verschwand sie rosa, wie ein beweglicher Busch, im Garten.

Mein eigenes Schluchzen weckte mich auf. Zum gähnend offenen Fenster zog mich der kalte Luftzug, der die gläsernen Flügel eintönig schlagen ließ. Zweigeteilt, wie an der Taille zerbrochen, hing ich über dem tränenerfüllten, dunklen Hof und rief bis zum Gipfel des Glockenturm-Baumes hinauf:

»Fraaaaaaaaaaaanz! Mein Vater hat sich in eine Schildkröte verwandelt!«

AUTOREN / AUTORIN

Ferid Muhić

Geb. 1943 in Mahoje (Bosnien), lebt seit 1968 in Skopje. Schriftsteller, Essayist, Professor an der philosophischen Fakultät in Skopje.

Publikationen (Auswahl):

Metodi na kriticizmot (Skopje 1977)
Soul's Rose (Beograd 1994)
Ne zaboravi, Bosno (München 1994)
Yugoslavia and After (London/New York 1996)
The Smoke from the Deam-overs (Sarajevo/Skopje 1996)

Die Erzählungen in dieser Auswahl sind entnommen aus: *Štit od zlato* (Erstausgabe: Kraljevo 1988).

Kim Mehmeti

Geb. 1955 in Grçec/Grčec bei Shkup/Skopje (Mazedonien), wo er auch heute lebt. Schriftsteller, Essayist, Übersetzer aus dem Mazedonischen ins Albanische und aus dem Albanischen ins Mazedonische, Redakteur der Wochenzeitung Lobi und des unabhängigen Informations-Netzwerks AIM.

Publikationen in albanischer und mazedonischer Sprache (Auswahl):

Dënesje (Erzählungen, Prishtinë/Priština 1988)
Shatë net dënesje (Roman, Prishtinë/Priština 1990)
Fshati i fëmijëve të mallkuar (Roman, Pejë/Peć 1998)
Selo na prokolnatite deca (Roman, Shkup/Skopje 1999)
Fshati pa varreza (Erzählungen, Pejë/Peć 2000)

Die Erzählungen in dieser Auswahl sind entnommen aus: *Lulehëna* (Pejë/Peć 1997) und *Fati i Fatushes* (Tetovë/Tetovo 1994).

Vase Mančev

Geb. 1949 in Robovo (Mazedonien). Schriftsteller, Lyriker, Dramatiker, Direktor der National- und Universitätsbibliothek in Skopje, Parlamentsabgeordneter.

Publikationen (Auswahl):
Suša i duša (Erzählungen, 1977)
Kleto leto (Erzählungen, 1983)
Inakvo lice (Roman, 1988)
Nasušna sušnost (Erzählungen 1989)
Golemi bogovi, mali bogovi i prividenija (Gedichte, 1994)
Amin (Roman, 1998)
Sireš (Erzählungen, 1998)
Tegmota (Drama, 2000)

Die Erzählungen in dieser Auswahl sind entnommen aus: *Volšebno vreme* (2001).

Dragi Mihajlovski

Geb. 1951 in Bitola (Mazedonien). Schriftsteller, Übersetzer (u. a. von John Milton: *Paradise Lost*), Professor an der philosophischen Fakultät in Skopje.

Publikationen (Auswahl):
Rečno ulište (Erzählungen, 1981)
Gjon (Erzählungen, 1990)
Skok so štap (Erzählungen, 1994)
Prorokot od Diskantrija (Roman, 2001)

Die Erzählung in dieser Auswahl ist entnommen aus: *Tripolskata kapija* (1999).

Jadranka Vladova

Geb. 1956 in Skopje (Mazedonien). Schriftstellerin, Jugendbuchautorin, Übersetzerin, Lektorin an der philosophischen Fakultät in Skopje, Chefredakteurin der mazedonischen Ausgabe von Lettre International.

Publikationen (Auswahl):
Skarbo vo mojot dvor (Erzählungen, 1986)
Izmisluvanje na svetot (Jugendroman, 1991)
Gledaloto zad ogledaloto (Jugendroman, 1999)
Kuča (Drama, 2000)

Die Erzählungen in dieser Auswahl sind entnommen aus: *Voden znak* (Skopje 1990) sowie aus unveröffentlichten Manuskripten (*Verleih* und *Wenn die Nacht sich über das Denken senkt*).

HERAUSGEBER

Blagoja Risteski-Platnar

Geb. 1949 in Prilep (Mazedonien), wo er auch heute lebt. Dramatiker, Lyriker, Drehbuchautor, Journalist, freischaffender Künstler.

Zu seinen bekanntesten Dramen zählen *Spiro Crne, Letni Siljane, Lepa Angelina, Venko Markovski.*